KB112582

개정증보판

# 설렘

## 설렘 개정증보판

| | |
|---|---|
| 개정증보판 발행일 | 2020년 2월 20일 |
| 초판 발행일 | 2019년 1월 11일 |

지은이      이강남
펴낸이      손형국
펴낸곳      (주)북랩
편집인      선일영                     편집    강대건, 최예은, 최승헌, 김경무, 이예지
디자인      이현수, 한수희, 김민하, 김윤주, 허지혜      제작    박기성, 황동현, 구성우, 장홍석
마케팅      김회란, 박진관, 조하라, 장은별
출판등록    2004. 12. 1(제2012-000051호)
주소        서울특별시 금천구 가산디지털 1로 168, 우림라이온스밸리 B동 B113~114호, C동 B101호
홈페이지     www.book.co.kr
전화번호     (02)2026-5777                      팩스    (02)2026-5747

ISBN       979-11-6539-064-8 03810 (종이책)       979-11-6539-065-5 05810 (전자책)

이 도서의 국립중앙도서관 출판예정도서목록(CIP)은 서지정보유통지원시스템 홈페이지(http://seoji.nl.go.kr)와 국가자료공동목록시스템(http://www.nl.go.kr/kolisnet)에서 이용하실 수 있습니다. (CIP제어번호 : CIP2020006553)

이 강 남
수 필 집

개정증보판

# 설
# 렘

내가 기다려집니다.
기다림은 설렘이며,
아름다움의 시작입니다.

북랩 book Lab

늘 바쁜 걸음을 천천히 걷게 하시며
추녀 끝의 풍경소리를 알아듣게 하시고
거미의 그물 짜는 마무리도 지켜보게 하소서
:


_ 정채봉 〈기도〉 중에서

# 나를 기다리며
# 산다는 것

"이 우주가 우리에게 준 두 가지 선물은 사랑하는 힘과 질
문하는 능력입니다."

— 메리 올리버(Mary Oliver)

함박눈이 내린 엊그제, 신명과 원형의 섬 진도에서 택배 하나가
배달되었습니다. 진도에서 사진작가로 활동하는 이현승 시인이 보
내온 것입니다. 택배 상자에는 밭에서 기른 신선한 배추와 무, 대
파 그리고 울금 가루와 진도 흑미가 들어 있었습니다. 남도 사람
의 넉넉한 마음과 정성에 내 마음이 훈훈해집니다. 상자에는 뜻밖
에 『진도문학』이라는 책도 한 권 들어 있었습니다. 섬사람들이 만
든 향토문예지입니다. 책을 읽다가 60대 중반의 한 할머니가 쓴 소
박한 시 한 편이 마음에 와닿았습니다.

아침 먹고 설거지하는데,
읍장에 가는데 필요한 것 있느냐고

설렘

남편이 묻는다.

꽁치 좀 사 오라 했다.
사 오면 무 넣고 끓여 먹는다고.
한참 있다 신랑이 왔다.
손에 꽁치 봉지는 없고 커다란 수박만 있다.

퉁명스럽게
꽁치 사 오라니까
뭔 수박, 하면서 몇 마디 더했더니
수박이 천장으로 올라갔다 내려오더니
방 안 가득 널려버렸다.
속이 상해서 그대로 두고 나가버렸다.
갈 곳이 없었다.

뒷집의 강아지와 놀다가 돌아와 보니,
시어머니가 다 치우셨다.
죄송했다.
싸움은 우리 두 사람이 했는데
뒤치다꺼리하면서 얼마나 속상했을까.
조심해야지 생각하고 지혜롭게 넘기려고 노력한다.
신랑, 미안해요.
힘들게 사 왔는데.

— 〈읍 장날〉, 박기순

일상의 소소한 삶이 그대로 살아있는 소박한 시입니다. 숨기거나 과장하지 않고, 있는 그대로 솔직하게 쓴 글입니다. 순수함과 따뜻함이 묻어나는 아름다운 시입니다. 아름다운 시는 자신에게 정직한 시입니다. 사람도 스스로 정직한 사람이 아름다운 사람이 아닌가 싶습니다. 있는 그대로의 나를 사는 사람, 바로 자기 자신을 사랑하는 사람 말입니다.

자연은 오늘도 우리에게 말합니다. 단순함이 아름다움이라고. 있는 그대로가 아름다움이라고. 그러면서 나답게, 나 자신으로 존재하는 것이 참 아름다움이라고 일러줍니다.

"나는 누구인가?" 평생을 물어도 온전한 답을 찾을 수 없지만, 이 물음이 내 삶을 지탱해 주고 확장해 주는 소중한 물음이 아닌가 싶습니다.

어느 날, 침묵이 흐르는 이 물음의 바닥에서 놀랍게도 내 안에서 형언할 수 없는 아름다움과 선함과 사랑의 에너지가 약동하는 소리를 듣게 됩니다. 그것은 세상 밖으로 나오기를 원하는 내 원형의 순수한 소리입니다. 이것은 어린이들의 해 맑은 목소리 같기도 합니다. 이런 나를 만나면 내가 한없이 기다려집니다. 기다림은 설렘이며 아름다움의 시작입니다. 나를 기다리는 삶이 오늘도 나를 지탱해 주고 확장해 줍니다.

아름답고 행복한 삶에는 정답이 없다지만, 자신에 대한 믿음과

설렘

기다림으로 살아가는 삶, 바로 내 안에 숨겨진 아름다움과 선함과 순수함을 찾아가는 삶이라고 말하고 싶습니다. 하지만 이렇게 말하는 나 자신도 그 길에서 작은 것에도 수없이 넘어지고 때로는 흔들리며 방황하는 나약한 자신을 보게 됩니다. 바로 내 거짓 자아 때문입니다. 이 길은 좌절과, 아픔과, 때로는 어둠의 길이기도 합니다. 나를 찾아가는 여정은 이렇게 끝이 없는 굴곡진 길 같습니다. 하지만 희망과 믿음으로 걸어야 할, '내가 나 자신이 되는 길'이라고 말하고 싶습니다.

여기에 실린 글들은 나를 찾아가는 길에서 만난 삶의 기쁨과 아픔, 내 안의 빛과 어둠 그리고 세상의 경이로움을 관조하고 감사하는 마음으로 쓴 글들입니다. 나의 희망이 되고 기다림이 되는 글이기도 합니다.

감사드려야 할 분들이 계십니다. 추천 글을 써 주신 이해인 수녀님과 부족한 글을 정성으로 바로잡아 주신 문길섭 선생님과 김민하 시인의 도움에 감사드립니다. 조문기 사장의 조언과 도움에도 감사합니다. 예쁜 책을 만드느라 애쓴 ㈜북랩 출판사 가족 여러분께 감사드립니다.

마지막으로 은퇴한 남편이 글쓰기를 하도록 글 강좌를 안내하고 격려해준 아내에게 고마운 마음 전하고 싶습니다.

2019년 새해 아침
이강남

# 사람,
# 풍경이 되다

지난해 이맘때 일입니다. 책 『설렘』이 출판되고 나서 제일 먼저 만나보고 싶은 사람이 있었습니다. 바로 진도 박기순 할머니입니다. 책 머리글을 쓰면서 필자가 인용한 시 〈읍 장날〉(『진도문학』에 게재)을 쓴 분이기 때문입니다. 먼저 양해를 받아 시를 인용하였으나 출간한 책은 할머니를 직접 만나 전하고 싶었습니다. 문길섭 선생님과 함께 해남 땅끝마을을 지나 진도를 찾았습니다. 할머니가 날마다 나가신다는 '진도장애인 종합복지회관'을 찾으려 했으나 할머니는 당신 집이 좋겠다는 생각이었습니다. 집 주소를 물어 어렵사리 찾아간 곳은 외딴 마을, 작은 집이었습니다. 마당 문을 두드리니 할아버지 한 분이 걸어 나오십니다. 거동이 불편하고 언어소통이 어려운 장애인이었습니다. 바로 할머니 남편 분이었습니다.

집 안 작은 방에 들어가 시를 쓴 할머니를 만났습니다. 말씨는 어눌하였지만 곱고 선한 눈빛에 순박한 시골 할머니였습니다. 감사 인사로 책 『설렘』을 전하고 나니 편한 대화가 이어졌습니다. 할머니에게 요즘도 시를 쓰는지 물었습니다. "아이고, 나 시는 몰라요. 시 쓴다고 생각해본 적 없는디 사람들이 시라고 해요." 그러면서 할머니는 요즘도 날마다 장애인복지관에 나가 틈틈이 글을 쓰고 있다는 이야기였습니다. 복지관에서 가끔 시 전시회도 열어준다며 그동안 할머니가 써놓은 시들을 보여주었습니다. 바람에게 친구처럼 말한 짧은 시어가 있었습니다. "바람아, 우리 사이좋게 지내자. 바람아 내 맘 알제" 어린이 같은 정겨운 말입니다. 순하고 맑은 시어입니다.

두 분은 결혼생활 20년에 신앙생활을 하는 분들이었습니다. 할아버지에게 실례를 무릅쓰고 불쑥 물었습니다. "할아버지, 이리 고운 할머니를 어떻게 만나셨어요? 복도 많으십니다." 말로 소통할 수 없으니 그저 좋아서 어쩔 줄 모르는 할아버지의 표정이 어린이처럼 순박해 보였습니다. 할아버지의 따뜻한 눈빛에 할머니 사랑이 느껴졌습니다.

그날 진도를 떠나오며 섬마을에서 장애인으로 살아가는 노부부의 삶은 세상의 빛을 찾기보다 '내 안의 빛'을 찾는 삶이 아닌가 싶었습니다. 아픔의 삶을 서로 보듬고 사랑하며 살아가는 두 분의 모습이 거룩해 보였습니다. 낮아지고 작아진 삶이 지닌 거룩함이 아닌가 싶습니다. 그분들의 약함에 들꽃 같은 강인함이 있고, 겸손함에 놀라운 자유가 있고, 소박함에 참 아름다움이 숨어있으니 그분들 앞에 나 스스로 작아지는 느낌이었습니다. 비바람에도 한 송이 꽃을 피워 자기를 살아가는 단순한 삶에 할머니의 맑은 시어가 숨어 있었습니다.

영성가 에크하르트 톨레(Eckhart Tolle)은 "불행해지는 방법에는 두 가지가 있다. 원하는 것을 갖지 못하는 것과 원하는 것을 모두 갖는 것이다."라고 말합니다. 행복은 채움이 아닌 비움으로 짓는다는 지혜의 시어입니다. 이런 삶을 그때 알았더라면 세상이 얼마나 넓어지고 경이로웠을까 스스로 묻고 싶습니다.

남도 시인 강만 선생님은 『설렘』 출간을 축하하며 당신의 시집 『쌈빡』을 보내주셨습니다. 시집에는 "귀가 순해지는 나이가 되니 생각도 순해진다."는 시어를 담았습니다.

이순(耳順)의 나이를 훌쩍 넘긴 지금도 귀가 소란하니 스스로 부끄러워집니다. 이제 세상 소리를 순하게 들었으면 합니다. 거친 소리도 둥글게, 꼬인 소리도 풀어서 들을 수 있으면 좋겠습니다. 하지만 생각만으로 되는 일은 아니었습니다. 순한 소리, 어디서 오는지 묻고 싶었습니다.

어느 날 놀랍게도 순하고 맑은 소리가 내 안에 살아있다는 것을 알았습니다. '나'를 찾는 침묵의 여정이 필요했습니다. 나를 찾아 떠나는 길은 살아있는 길이 아닌가 싶습니다. 책 『설렘』은 나를 찾으며 내가 믿음이 되고, 희망이 되는 글입니다. 나를 확장해 주는 정화와 치유의 글이기도 합니다.

『설렘』이 출간되고 나서 독자분들이 공감의 글을 보내왔습니다. 가슴 뛰는 희망의 글이기도 합니다. 글마다 모두 다른 사연을 담고 있었지만 글 안에 숨어있는 원형의 바람은 하나였습니다. 바로 '나'를 찾아, 나를 살고 싶다는 바람이었습니다. "사랑하고, 사랑받고 싶다."는 마음 깊은 곳 외침 같았습니다. 산벚꽃처럼 환한 목소리였습니다.

멀리 독일 함부르크에서 온 서신이 있습니다. 46년 전 독일 간호사로 떠난 김효정 선생님이 엊그제 성탄카드와 함께 친필서신으로 보내온 글입니다. 선생님은 은퇴하여 지금은 집필과 기고활동을 하고 계신 분입니다.

선생님,

여기 '마리아'라는 본명을 지닌 이 자매님은 이곳 함부르크 한인성당의 '기둥' 같은 존재이며 신부님의 오른팔 같은 역할을 하시는 분이랍니다. 외부 손님이나 새 신자가 성당에 모습을 나타내면 눈빛까지 반짝반짝 빛나는 자매님이며, 또 어찌나 본당 신자들의 어려움을 돕는데 정성을 쏟는지 제가 마리아 님을 '사람 낚는 어부'라는 별명까지 주었답니다. 신심 두텁고 선한 자매님인데 독서에도 열중하여 저에게서는 늘 책을 빌려봅니다.

그런데 자매님은 제가 빌려드린 선생님 수필집 『설렘』을 읽으며 또 읽으며 저에게 좀 오래 보아도 되겠느냐? 몇 번 묻기에 그라라고 하였더니 마침내 『설렘』 한 권을 만년필로 모두

베껴서 보물처럼 간직하고 있답니다.

저도 독일어 공부를 하기 위해 독일어책 서너 권을 손으로
필사해 본 적은 있지만, 독일에서 한국 책을 필사한 사람은
처음 보았습니다.

마리아 자매님은 자기의 심연을 "깊게 흔들어 준 책"이라고
말합니다. 이곳 성당 분들은 『설렘』 책을 돌려가며 읽어보
고 저에게는 "참 좋은 책을 빌려줘서 고맙다."라고 인사를
합니다. 그때마다 저도 기쁩니다.

성탄 선물 같은 뜻밖의 서신입니다. 편지글을 읽다 보니 사람이
풍경으로 다가옵니다. 세상이 봄꽃처럼 환해지는 느낌입니다. 독
자분들이 『설렘』을 읽고 '나'를 새로 만나는 작은 기쁨에 공감해
주니 감사할 뿐입니다.

정용철 시인의 시어가 있습니다.

"아침에 눈을 떴을 때 창문을 비추는
아침 햇살이 눈부시게 느껴지지 않는다면
지금은 쉴 때입니다."

이 책이 오늘을 사는 사람들에게 잠시라도 쉼이 되고 나를 만나
는 시간이 되었으면 합니다.

설렘

이번 개정증보판에는 쓰고 싶었던 몇 편의 글을 새로 추가했습니다. '세상을 보듬는 침묵의 언어'와 평생 인연이 된 한은(韓銀) 갤러리 이야기 그리고 『설렘』을 통해 만난 재불(在佛) 화가 김인중 신부님 이야기 등 편한 마음으로 읽을 수 있는 글을 새로 실었습니다. 후기에는 독자분들이 보내온 글을 배움의 글로 정리하였습니다. 초판에 수록된 글도 수정 보완하고 사진 편집도 새로운 감각으로 다시 다듬었습니다.

부족한 글을 읽고 격려해 주신 독자 여러분과 개정증보판 편집에 정성을 다해주신 출판사 가족 여러분에게 깊은 감사의 마음을 전합니다.

오늘의 나를 있게 해 주신 돌아가신 부모님과 나를 아껴준 아내와 가족 그리고 나를 깨우쳐 주신 스승님께 감사하며 이 작은 책자를 바칩니다.

2020년 입춘
이강남

# 차례

제1부

# 참 소중한 나

# 자기소개서, 나를 새로 만나다

　오래전 일이다. 직장 생활을 마치고 정년으로 은퇴할 무렵, 글을 한번 써 보고 싶었다. 봄날에 아내와 함께 다녀온 남도 여행을 주제로 글 한 편을 정리해 보았다. 부족한 필력이었지만 나름대로 열심히 쓴 글이었다. 평소 글 읽기를 좋아하는 아내에게 은근히 자랑삼아 한번 보여 주고 싶었다. 글을 읽어 본 아내가 한마디 했다. "당신 글에는 수사(修辭)가 너무 많아요." 꾸밈이 많다는 이야기다. 칭찬 같은 건 기대하지 않았지만, 그래도 왠지 섭섭하였다. 아내 말을 듣고 다시 글을 고쳐 써 보았다. 두 번째 글을 읽던 아내가 "당신 글은 문장이 너무 길어요. 짧은 문장으로 써 보세요."라고 했다. 글을 장황하게 쓰지 말고 간결하게 써 보라는 말 같다. 몇 차례 글을 바로잡아 준 아내가 작심한 듯 이렇게 말했다. "이제 글쓰기 기초부터 공부하세요."

　이렇게 시작한 것이 글쓰기 공부다. 아내가 수강 신청까지 해 주어 난생처음으로 도서관의 '글쓰기 공부방'에서 강의를 듣게 되었다. 15명 가까이 참석한 강좌는 매주 한 차례 선생님 강의를 듣고, 집에 돌아와 한 편의 글을 쓰고, 이를 회원들 앞에서 낭독하는 방식으로 진행되었다. 처음에는 주제 선정이 쉽지 않았고 특히 글의 첫 문장을 시작하는 것이 두렵고 어려웠다. 수개월 동안 지속하다 보니 차츰 글이 써 내려가졌다. 또 내가 생각하지도 못한 소재들이 내 안에서 나를 기다리고 있는 것 같았다. 글을 쓰기 시작하면 내 안에서 고구마 덩굴처럼 작은 이야기들이 글로 이어졌다. 서투른 글이지만 나를 새로 만나는 시간이었다. 한 번은 수업 시간에 선생님이 각자 자기소개서를 써 보라고 했다. 그날따라 자기소개서를 쓰려고 하니, 나 스스로 '내가 누구인가?' 묻고 싶었다. 세상의 경력보다는 나 자신이 어떤 사람인지 한번 소개해 보고 싶었다. 그날 쓴 자기소개서다.

새삼 자기소개의 글을 쓰자니 조금은 쑥스럽기도 하고, 또 두렵기도 합니다. 사람들 앞에서 잘 쓰고 싶어서가 아닙니다. 자기를 소개하면서 '내가 나 자신을 알고 있나?' 자문(自問)해 보니 '자신도 모르는 나'를 소개하는 것 같아서 하는 말입니다.

돌이켜 보면, 평생을 앞만 보고 분망함으로 살아온 삶, 나를 보지 못하고 살아온 부족한 삶이 아니었는지 묻고 싶습니다. 내가 누구인지, 또 나에게 '너무 많은 내'가 있는 줄도 모르고 바쁘게만 살아온 삶이었습니다. 어느 날 '내가 남의 옷을 입고 있는 것' 같은 느낌이 들 때가 있습니다. 이제 나를 만나고 싶습니다. 이제야 머물러 내 안의 나를 보면서 자신의 허물과 거짓자아에 자괴하며 이를 외면하고 싶을 때가 있습니다. 나의 나약함과 이중성, 단순하다가도 한없이 복잡한 나, 너그럽고 관대하다가도 마음 씀씀이가 각박한 나, 진솔하다가도 가식과 과장을 버리지 못한 나, 겸손을 말하면서 스스로를 드러내고 싶어 하는 나, 이런 양면성을 가진 나를 보게 됩니다.

이런 모순된 나를 보다가도, 어떤 때 '내 안의 내'가 홀연 경이로움과 그리움으로 다가올 때가 있으니 자신도 모를 일입니다. 내 안의 나는 참으로 신비한 것 같습니다. 밝고 성스러운 것과 어둡고 속된 것들이 같이 머무르는 내 안의 나, 이런 나를 어느 날 받아 주고 싶었습니다.

자신을 정직하게 본다는 것은 치유의 시작이었고 나를 찾는 일이었습니다. 어느 날 침묵 중에 내 안의 상처와 아픔, 나약함을 보고 이것들에 정직하게 다가가 '아픈 나', '외로운 나'를 보듬어 주면 내가 왠지 편해지는 것을 느낍니다. 그러면서 주위 사람들도 나에게 편안함으로 다가옴이 느껴집니다. 모두가 상처받고 아픔이 있는 사람들이기에 이들에게 작은 연민의 정으로 다가가고 싶을 때가 있습니다. 세상에 상처와 아픔에 시달리는 사람은 있어도, 나쁜 사람은 없다고 믿고 싶습니다. 자신의 아픔과 상처가 치유되면 누구나 선한 본성이 되살아나기 때문이 아닌가 싶습니다.

이제 서툴지만 나를 찾아가고 싶습니다. 내 안에 숨겨진 아름다움과 선함을 만나고 싶습니다. 내 안의 깊은 곳에는 별빛 같은 순수한 사랑이 살아 숨 쉬고 있다고 믿고 싶습니다.

설렘

이 믿음이 삶을 지탱해 주고 확장해 주는 힘이 됩니다. 나를 믿고, 기다리는 삶은 그 자체가 아름다움이며 축복이라고 말하고 싶습니다.

지금 나에게는 감사하게도 세상을 안복(眼福)으로 즐길 수 있는 작은 여백이 있습니다. 안복의 기쁨은 나를 순화하고 풍성하게 합니다. 세상을 아름답게 보고 즐기는 일은 자신의 선한 본성을 찾아가는 일이 아닌가 싶습니다. 나는 미술관 그림 앞에 홀로 서 있는 여인의 뒷모습을 보는 것을 좋아하고, 누드화 보기를 즐깁니다. 저녁 전등 불빛 아래 아내의 책 읽는 모습도 사랑합니다. 동네 솔숲길의 바람결과 석양의 노을빛을 좋아하고 아이들이 집으로 돌아간 봄날의 텅 빈 학교 운동장을 좋아합니다. 초저녁 서산마루의 별빛과 대나무 숲의 바람결 소리를 좋아합니다. 세상은 언제 어디서나 나를 초대하고 있었습니다. 머물러 보아 주면 세상은 경이로움이었습니다….

세상은 그 아름다움을 마음에 여백과 단순함을 지닌 사람에게 드러냅니다. 세상은 단순함이 아름다움이라고, 보이지 않는 것이 더 큰 아름다움이라고 말합니다. 아픔이 없는 아름다움은 없다고 말합니다. 고통 없는 사랑도 없다고 말합니다.

손자, 손녀가 그린 그림을 좋아합니다. 어린이의 그림은 모두가 동화며 동시입니다. 손녀의 그림을 모아 두었다가 훗날 손녀가 시집가는 날, 할아버지의 선물로 전해 주고 싶습니다. 먼 훗날 할머니가 된 손녀가 삶의 여정에서 그 그림을 보고 '어린 날의 나'로 돌아갈 수 있었으면 좋겠습니다. 나도 지금 '어린 날의 나', 바로 '본향의 나'로 돌아가고 싶습니다. 내가 기다려집니다.

삶은 본향의 '나'를 찾아가는 여정입니다

# 침묵 속에 오는 봄

새봄이 오고 있다. 지난해는 옆 동네로 이사하는 바람에 봄은 나에게 잃어버린 계절이었다. 그래선지 올봄은 더욱 새롭게 느껴진다. 봄이 오는 소리가 새록새록 들린다. 봄은 멀리 남녘 바람을 타고 나뭇가지에 물오르는 소리로 들린다. 만물이 약동하는 소리, 새 소리가 생기를 되찾았다. 가만가만 오다가 그만 수줍음을 참지 못하여 터져버리는 생명의 소리다. 동네 뒷산에서는 진달래, 개나리, 벚꽃, 목련이 서로 앞다투어 꽃망울을 터뜨리며 화사한 색과 향기로 봄을 선사한다. "꽃들이 함께 피어나는 것은 세상에서 가장 아름다운 말로 편지를 보내는 것이다."라는 어느 시인의 시어가 산책길에서 내 마음에 와닿는다. 머문 듯 가는 것이 봄인가. 봄날이 가고 있다. 꽃이 지고 나면 나무숲이 원숙한 여인 같은 녹음으로 짙어져 가리라.

이른 저녁 시간, 꽃이 지고 난 산책길을 천천히 걸었다. 향긋한 꽃향기가 미풍에 실려 코끝에 와닿는다. 주위를 보니 가시덤불 속 작은 흰 꽃들이 여기저기 피어 있다. 가까이 서니 그 향기가 순하면서도 매혹적이다. 꽃향기에 취하여 그 자리에 그대로 머물렀다. 온몸이 향기에 잠기니 느낌이 감미롭다. 부채꼴 모양의 작은 꽃들인데 덩굴로 이어지며 피는 꽃이다. 집에 돌아와 아내에게 꽃 이야기를 전했더니 작은 으아리꽃이란다. 꽃을 좋아하는 아내가 서울 집 마당에서 키웠던 꽃으로, 색채가 다양하고 향기가 은은하다. 눈으로만 꽃을 즐기기보다 꽃향기를 온몸으로 즐기는 일은 얼마나 황홀한가.

다음날이었다. 그날도 꽃향기 스치는 산책길에 다시 걸음을 멈추었다. 꽃들이 만개한 곳에서 꽃향기에 취해 서 있는데 이 어찌된 일인가. 느닷없이 내 안에 주체할 수 없는 충동이 생겼다. 문향생심(聞香生心)인지, 그만 꽃을 꺾어가고 싶은 충동 말이다. 그날 저녁, 두 며느리에게 그 꽃향기를 전해주고 싶은 생각뿐이다. 이미 몸은 가시덤불에 들어와 있다. 꽃가지 덤불 속에서 얼른 두 가지를 꺾었다. 꺾은 꽃가지를 들고나와 잠시 산책길 휴식처의 의자에 앉았다. 솔숲 바람이 얼굴을 스쳐 지나갔다. 어디선가 한 시인의 시어가 바람결에 들려오는 듯하다. "들길 가다 아름다운 꽃 한 송이 만나거든 거기 그냥 두고 보다 오너라." 하늘의 음성 같다. 이때다. 한 노인이 옆으로 다가와 앉는다. 내 옆자리에 놓인 꽃가지를 보더니 퉁명스럽게 이렇게 말했다. "그 꽃은 다른 사람들도 봐야 할 꽃이지요!" 나무라는 목소리였다. 순간 민망스러워 할 말을 잃었다.

"미안합니다." 하며 얼른 자리에서 일어나 산책길을 서둘러 내려오는데 마음이 내내 무거웠다. 아파트 입구에 다 와서야 손에 든 꽃가지가 보인다. 하지만 이젠 꽃가지가 아니다. 얼른 경비 아저씨에게 꽃가지를 건네주며 이렇게 말했다.

"아저씨, 이 꽃향기가 참 좋아요. 물컵에 꽂아 놓고 보세요."
"네!"

다음 날 아침이었다. 문 앞에서 경비 아저씨와 우연히 다시 마주쳤다.

"아저씨, 어제저녁 꽃향기 좋았지요?"라고 물었다.

"…저, 그만 쓰레기통에 버렸어요."
묻지 말아야 할 걸 물은 것이다.

그날 내 모습을 보았다. 얼마나 나약하고 초라한 모습인가. 평소에는 좋은 말을 하면서 아무도 없는 곳에서는 작은 유혹에 스스로 무너지는 나를 본 것이다. "외로우니까 사람이다."라는 어느 시인의 시어처럼, "나약하니까 사람이다."라고 스스로 위로하고 싶었지만, 씁쓸한 마음이 풀리지 않았다.

그때였다. 내 안에서 작은 목소리 하나가 들려오는 듯했다.

"지금 네 나약한 모습, 외면하지 마. 함께 있어 줘." 그 소리에 침묵으로 그대로 머무른다. 잠시 나와 함께 머무르니 내 마음이 스스로 풀려가는 느낌이다. 신비한 일이다. 굳은 마음이 순해진다.

설렘

이때 부드러운 봄바람이 얼굴을 스친다. 내 맘에 작은 꽃 하나 피어나는 느낌이다. 눈을 뜨니 세상이 온통 꽃으로 다가온다. 멀리 보이는 아내의 얼굴도 환한 꽃으로 다가오지 않는가. 침묵이 찾아준 봄이다.

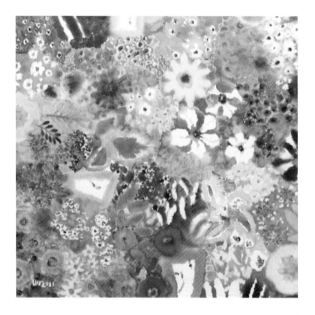

〈판타지아〉, 정우범

"내 맘에 꽃 한 송이 피니, 온 세상이 꽃이로구나."

# 소리 여행, 내 소리에 정직하고 싶다

　지난주 빛고을 광주에서 시 강의를 하시는 문길섭 선생님이 시 한 편을 보내주셨다. 장석남 시인의 시, 〈속삭임〉이다.

　　솔방울 떨어져 구르는 소리
　　가만 멈추는 소리
　　담 모퉁이 돌아가며 바람들 내쫓는
　　가랑잎 소리
　　새벽달 깨치며 샘에서
　　숫물 긷는 소리
　　풋감이 떨어져 잠든 도야지를 깨우듯
　　내 발등을 서늘히 만지고 가는
　　먼,
　　먼, 머언,
　　속삭임들.

　　　　　　　　　　　　　　　　　— 〈속삭임〉, 장석남

　고요 속에서 들려오는 자연의 정갈한 소리를 속삭임으로 노래한 시다. 이런 시어를 만나면 나를 스쳐 간 세상의 소리가 다시 들리는 듯하다. 내 소리 여행의 기억들이 되살아난다.

나는 봄의 소리를 좋아한다. 몸에 와닿는 봄의 소리는 항상 신성하다. 봄날의 산새 소리는 유달리 경쾌하고 생동감이 있다. 산책길에 들려오는 새의 노래를 따라가 보면 벚꽃 나뭇가지 위에 한 쌍의 새가 앉아서 이 가지, 저 가지 사이로 짝지어 날아다니며 사랑의 유희를 즐기고 있다. 봄은 사랑의 계절이다. 경쾌한 새 노래에 벚꽃 가지가 미풍에 하늘 춤을 추고 있다. 온산에 봄꽃들의 합창이 울려 퍼지니 봄바람도 살갑다. 햇순이 돋아나는 산책길 덩굴 숲도 연초록 봄기운으로 노래를 한다. 온 나뭇가지에 물이 오르는 봄의 소리, 그것은 생명의 소리다.

여름날 아침 동네 뒷산 솔숲길을 걷는다. 한여름 장맛비가 그친 뒤라 몸에 와닿는 산바람이 한결 상쾌하다. 원숙한 여인 같은 여름 숲은 소리의 성찬이다. 온 산이 생명의 소리로 넘친다. 먼 데서 가까이 귀에 와닿는 풀벌레 소리, 매미 소리, 산새 소리, 바람결 소리, 나뭇잎 소리, 들꽃 소리 모두가 경이롭다. 숲속 바람결에 색소폰 연주 소리가 실려 온다. 산 아래 동네에서 누군가 혼자 연주하는 소리다. 귀에 익은 멜로디다. 바로 가수 브라이언 케네디(Brian Kennedy, 1966년~)가 불렀던 그 유명한 〈You raise me up〉이라는 곡이다. 영성적인 선율이 나를 일깨운다. 그날 솔숲길에서 들었던 색소폰 연주곡은 지금도 나를 부르는 영혼의 소리 같다.

지난가을, 아내와 함께 화순 백암산 자락에 자리 잡은 친구 집을 찾았다. 시골에서 40여 년 동안 동물병원을 운영하며 지금도 농사일을 하는 친구의 집은 동물 소리가 아침을 연다. 이른 새벽, 수탉이 아침을 깨우는 소리, 개들이 서로 반가워 짖는 소리, 외양 간 소들이 먹이를 찾는 소리에 아침이 깨어난다. 신선한 아침의 소리다. 친구와 산책을 나섰다. 논길 따라 걷는 가을 길이 상쾌하다. 길을 걷다가 친구가 잠시 멈춘다. 눈앞의 논을 가리키며 말한다. "여기가 우리 집 논농사 자리야. 아침마다 꼭 한 번은 이곳에 들르지. 벼들이 내가 오는 소리를 좋아해!" 벼가 주인이 오는 발걸음 소리를 좋아한다니, 농사일하는 친구가 부러웠다.

그날 아침, 고흥군 거금도를 찾았다. 가을빛으로 물든 바다는 청록빛이다. 유리알처럼 곱다. 멀리서 잔잔한 파도 소리가 가을을 노래한다. 해안 길에서 만난 섬사람들, 바다를 닮아 길손에게 술한 잔을 권하는 그들의 음성이 순하고 따뜻하다. 해 질 녘 귀로에 순천 송광사를 찾았다. 마침 대웅전 앞마당 종각에서 법고(法鼓)예절을 시작한다. 난생처음 법고예절을 끝까지 지켜보았다. 북소리 울림이 장단, 고저의 리듬으로 이어지는데 스님 네 분이 번갈아 가며 온몸으로 북을 친다. 대단한 집중력이자 숨은 기력의 발산이다. 북소리에 사찰이 울린다. 북 울림에 잠시 몸을 맡기니 내 안의 무질서한 생각들이 떠내려가는 느낌이다. 법고예불이 마음의 온갖 번뇌를 씻어 준다더니 조금은 이해가 될 듯하다. 마침 대웅전에서는 저녁 예불을 시작한다. 스님들의 정결한 모습이 수도 정진의 고결함을 보여준다. 홀연 모든 것이 고요하고 시공이 비어 있는 듯하다. 그 자리에 그대로 머무르니 마음이 편안해진다. 보랏빛 어둠이 내리는 저녁 시간, 사찰 마당을 떠나는 내 마음도 왠지 환해진 느낌이다.

  몇 해 전 해남 대흥사를 찾았을 때의 일이다. 이른 아침, 아직 아무도 보이지 않는 조용한 법당 마당에 들어서니 안개가 자욱하다. 마당에는 옥잠화 향기가 은은히 번지고 있다. 돌확에 떨어지는 물방울 소리가 청정하다. 맑은 풍경소리가 마당에 내려앉는다. 내 상처를 쓰다듬어 주는 소리다. 순간 나를 잊고 소리에 잠긴다. 마음에 고요한 평화다. 강만 시인의 시어가 들린다.

  비 오는 날 석양 녘이었다.
  무각사 쪽에서 내려오던 범종 소리가
  비를 피해 내 귓속으로 들어오신다.

  들어와 잠시 머물면서
  깊은 상처를 쓰다듬어 주시더니
  다시 길을 잡아 빗속으로 사라지신다.

  하염없이 서서
  소리의 뒷모습을 오래 바라보는 사이
  상처에서 싹이 돋았다.

  ─ 〈소리의 뒷모습〉, 강만

  초가을 길이다. 친구들과 어울려 시골 숲길을 걷다가 모두가 잠시 쉬어 앉아 침묵하는 시간을 가진다. 이때 들려오는 자연의 소리는 형언할 수 없는 경이로움이다. 귓가에 들려오는 바람 소리, 새 소리, 풀벌레 소리, 나뭇잎 소리, 벼가 익는 소리, 모두 신성한 소리다. 침묵은 고요가 아니다. 침묵은 모든 소리를 담고 있다. 아니, 모든 소리를 다 이기고 있다.

겨울이 오면 우리 집 마당에는 하늘에서 내리는 소리가 있다. 사각사각 부드럽게 내리는 눈 소리다. 오죽잎에 사뿐사뿐 내리는 눈 소리가 나를 부르는 어머니 소리같이 푸근하다. 누군가 내 볼을 부드럽게 비벼 주는 것 같다. 눈 소리 내리는 날, 나는 누군가를 보듬어 주고 싶다.

언젠가 제주 '물 미술관'을 찾은 적이 있다. 원형으로 천장이 뚫린 공간에, 바닥에는 맑은 물만 고여 있는 공간이었다. 아침, 저녁으로 시간 따라 수면에 담긴 하늘빛이 수시로 변한다. 단순한 명상적인 공간이다. 하늘빛을 담고 있는 수면을 무심히 보고 있으면 청정한 물소리에 그대로 머물고 싶어진다. 빈 공간의 물소리에 머물다 밖으로 나오니 땅과 하늘이, 꽃과 나무가 새롭게 보였다.

어린 시절 고향의 소리가 내 안에서 울린다. 여름날 소낙비가 앞마당 파초잎에 떨어지는 빗방울 소리, 논두렁 청개구리들의 합창소리. 모두가 생명의 소리다. 이른 아침 골목길 두부 장수의 종소리, 뒷마당 댓잎들이 사각거리는 소리, 이제는 그리움이 된 처마 끝 낙숫물 소리, 눈 덮인 동네 어귀에서 멀리 사라져가는 기적 소리. 모두가 그리운 소리다. 소리는 보이지 않기에 시공을 초월하여 항상 나와 함께 있는 것 같다. 고향의 정겨운 소리가 지금도 내 안에 남아 나를 지탱해 주니, 노년의 축복이 아닌가 싶다.

가끔 시골이나 어촌을 방문하면 일터에서 순박한 사람들이 무심결에 내뱉는 삶의 소리가 울림으로 다가온다. 가식이 없고 있는 그대로다. 새벽 만선(滿船)을 기대하고 집을 나섰지만, 저녁 빈 배로 돌아온 어부의 목소리, "이럴 때도 있고 저럴 때도 있지라우…. 내일 다시 나가면 되제…." 자연에 순응하는 소박한 어촌 사람들의 소리가 거룩하다.

서해 포구에서 출어를 앞둔 한 어촌 부부의 대화가 재미있다. 아내가 말한다. "둘이 싸우고 나가면 그날은 고기가 안 잡혀요. 남편이 '배 나간다!' 말하면 둘이 싸우다가도 웃고 나가요." 이렇게 말하며 아내가 환하게 웃는다. 고단한 삶에도 부부간 구수한 유머가 삶의 윤기다.

세상 소리만 듣고 살아온 사람에게 어느 날 내 안에서 소리가 들린다. 세상 소리는 그만 듣고, 이제 내 소리를 한번 들어보라고 한다. 내 소리에 얼마나 깨어있었는지 스스로 묻고 싶다. 조오현 시인의 시어가 이제야 나에게 들린다. "한나절은 숲속에서/ 새 울음소리를 듣고/ 반나절은 바닷가에서/ 해조음 소리를 듣습니다./ 언제쯤 내 울음소리를/ 내가 듣게 되겠습니까." 내 울음소리를 듣는다는 것은 나를 보듬고 나를 치유하는 일일 것이다. 내 소리에 무심했던 사람이 늦게나마 나에게 메밀꽃 같은 편지 한 장 쓰고 싶다.

지나온 세월, 내 안에 네 소리가 있었어
너는 가끔 나에게 이렇게 말하곤 했지
'내 소리'에 귀 좀 기울여 달라고
근데 그때, 네 소리에 무심했어

너 또 어느 때 이렇게 말하였지
'나'를 좀 사랑해 달라고
근데 그 소리가 나에게는 들리지 않았어
그때마다 너는 얼마나 마음 아팠니
미안해…

네게 미안한 것이 어디 이뿐이겠니
사소한 일로 내가 마음 상하고
작은 일로 짜증 내고
괜한 일로 옆 사람을 미워하고
그럴 때마다
넌 얼마나 상처받고 괴로웠니

또 내가 서툰 지식 드러낼 때
넌 얼마나 부끄러웠니
아니, 얼마나 숨어버리고 싶었니
모든 것 네 소리에 무심했던 탓이야

이제 네 소리에 정직하고 싶고

설렘

너의 있는 소리 보듬고 싶어

나 이제 고요의 소리에 머물고 싶다

— 〈내가 나에게 쓰는 편지〉, 졸시

고요는 모든 소리를 담고 있다

# 할아버지는 혼자 노는 소년 같아요

J형! 계절의 흐름이 빠릅니다. 어느덧 입춘을 지나 우수를 기다리는 절기에 경칩도 머지않았습니다. 아직 꽃샘추위가 기승을 부리지만, 남녘의 봄소식은 이미 매화 가지에 와 있습니다. 오늘은 늦깎이 글공부에 행복한 노년의 삶을 살아가시는 형께 이 글을 드립니다.

연초 한국은행 동우회의 조문기 형이 저에게 월간 『문학사상』을 보내 주셨습니다. 감사한 마음으로 책을 읽다가 우연히 드라마 〈대장금〉의 주연 배우인 이영애 씨가 기고한 글 한 편을 읽게 되었습니다. 그녀는 글에서 자신의 삶을 지탱해준 시 한 편을 소개하고 있었습니다. 바로 이해인 수녀님의 시 〈행복의 얼굴〉입니다. 시에는 이러한 구절이 있습니다.

> "사는 게 힘들다고/ 말한다고 해서/ 내가 행복하지 않다는 뜻은/ 아닙니다// 내가 지금 행복하다고/ 말한다고 해서/ 나에게 고통이 없다는 뜻은/ 정말 아닙니다// 마음의 문/ 활짝 열면/ 행복은/ 천 개의 얼굴로/ 아니 무한대로/ 오는 것을/ 날마다 새롭게 경험합니다"
>
> — 〈행복〉中, 이해인

시를 읽고 생각했습니다. "삶이 힘들고 고통스러울 때도 행복할 수 있다."니, 그 행복은 신비였습니다. "마음의 문을 활짝 열면 행복은 천 개의 얼굴로, 아니 무한의 얼굴로 다가오는 것"이라니, 행복에는 정답이 없습니다. 아니, 사람의 삶에는 정답이 없습니다. 그렇기에 누구의 삶이 존경스럽다고 너무 칭찬할 일도 아니고, 또 어리석어 보인다고 해서 함부로 비판할 일도 아닌 것 같습니다. 그저 자기 삶을 자기답게 살아갈 뿐이지요. 사랑도 마찬가지 아닌가 싶습니다. '사랑은 눈물의 씨앗'이라는 가사도 있으니, 사랑에 어디 정답이 있겠습니까. '고래도 춤추게 한다'는 칭찬이 있으니 칭찬 역시 정답이 없는 것 같습니다. 하지만 사람의 만남에서 진실하고 순순한 마음으로 주고받는 칭찬은 삶에 활력과 기쁨을 가져다줍니다. 특히 노년의 삶에서 칭찬은 자존감을 높여 주어 삶을 지탱해 주는 큰 힘이 되기도 하지요.

봄 햇살이 따사로운 남도에서 문길섭 선생님이 저에게 시 한 편을 보내주셨습니다. 원로 시인 구상 선생님(1919~2004년)의 시였습니다. 평소 세상에 영성적 삶의 지혜를 전해 주셨던 선생님의 시와는 다른, 어린이 같은 시였습니다.

> 이웃집 소녀가 아직 초등학교도 안 들어갔을 무렵
> 하루는 나를 보고
> ― 할아버지는 유명하다면서? 그러길래
> ― 유명이 무엇인데? 하였더니
> ― 몰라! 란다. 그래 나는

— 그거 안 좋은 거야! 하고 말해 주었다.

올해 그 애는 여중 2학년이 되어서
교과서에 실린 내 시를 배우게 됐는데
자기가 그 작자를 잘 안다고 그랬단다.
— 그래서 뭐라고 그랬니?
하고 물었더니
— 그저 보통 할아버지인데, 어찌 보면
그 모습이 혼자 노는 소년 같아!라고 했단다.
나는 그 대답이 너무 흐뭇해서
— 잘했어! 고마워!라고 칭찬을 해 주고는
그날 종일이 유쾌했다.

— 〈혼자 논다〉, 구상

　어린 소녀의 대답인 "할아버지는 혼자 노는 소년 같아요!"라는 말에 시인이 흐뭇하여 종일 유쾌했다니, 이는 노시인을 춤추게 한 어린이의 칭찬이었습니다. 잠시 이런 상상을 해 봅니다. 어느 날 손녀가 집에서 놀다가 나를 보고 "할아버지! 할아버지는 소년 같아요!"라고 말하면 이보다 더 좋은 칭찬이 어디 있겠습니까. 이런 칭찬에 나도 그만 춤을 추지 않을까 싶습니다.

　J형. 지난해 봄, 경기도 남한강 남향받이 언덕에 자리 잡은 '얼굴박물관'에서 이해인 수녀님을 위한 지인들의 작은 모임이 있었습니다. 그날 모임에서 우연히 여성 방송작가 K선생님을 처음 만났습

니다. 선한 눈빛의 중년분이었지요. 만남이 인연이 되어 그분께 저의 수필집, 『나를 기다리는 설렘』을 보내드릴 기회가 있었습니다. 그분이 제 책을 읽고 어느 날 책 한 권을 보내왔습니다. 본인이 집필한 산문집 『오늘의 오프닝』이었습니다. 산뜻한 책의 표지를 넘기니 여백에 고운 글씨체로 이런 글귀가 쓰여 있었습니다.

"이 선생님! 제가 만난 가장 멋있는 소년이십니다."

처음 들어본 뜻밖의 칭찬이었습니다. 하지만 자신을 되돌아보니 그게 아니었습니다. 세상을 살아오며 무의식중에도 부질없는 가식과 허식을 버리지 못한 삶을 살아온 제가 어찌 어린이의 모습이겠습니까? 그러면서 스스로 물었습니다. 노년의 모습이 소년의 모습을 닮아간다는 것은 나에게 무엇일까. 내 원래의 순수한 모습, 바로 '원래의 나'로 돌아가는 모습이 아닐까 싶었습니다.

J형. 여기 제 고향에서 경험한 일입니다. 그러니까 50여 년 전에 가족이 남도 고향 집을 정리하고 서울로 이사를 온 이후에도 가끔 고향을 찾을 기회가 있었습니다. 그럴 때면 으레 어린 시절의 고향 집을 찾았지요. 지금은 남들이 사는 고향 집이지만, 그 집 앞에 잠시 머물러 서 있으면 그냥 좋았습니다. 그 머무름에는 어린 시절의 추억들이 아련히 되살아나고, 어머니의 품에 안기듯 그저 따뜻하고 평온한 느낌이었습니다. 어느 해 모처럼 오랜만에 다시 고향 집을 찾았지요. 그런데 어찌 된 일입니까. 어린 시절의 고향 집은 허물어 없어지고 옛 집터에 낯선 새집이 들어서 있지 않겠습

니까? 허전했습니다. 삶에서 무언가를 잃어버린 듯 마음이 공허했습니다. 제가 살던 '고향의 원형'이 사라져 버린 것입니다. 원형의 모습이 사라진 고향, 그것은 이미 고향이 아니었습니다. 삶도 마찬가지 아닌가 싶습니다. 자신이 살아온 삶에 '내 원형'이 없으면 설령 사람들의 칭송을 받은 삶이었을지라도 그 삶은 어딘지 공허한 느낌으로 다가오지 않을까 싶습니다. 그러면서 사람 삶에서 '원형의 나'를 찾아 '나 자신'을 살아가는 삶이 새삼 소중하게 느껴졌습니다.

"삶이 가장 훌륭한 순간은 당신이 순수할 때, 당신 자신이 참모습으로 있을 때다."라고 말한 미국의 영성가 돈 미켈 루이스의 말을 저 자신이 감히 살 수는 없지만, 마음에 새기고 싶습니다. 한 방송작가분이 책에 담아 저에게 전해준 말, "제가 만난 가장 멋진 소년이십니다."라는 글귀는 바로 '원래의 나', 순수한 나'로 돌아가는 소년의 모습이야말로 진정 행복한 노년의 모습임을 일깨워준 고마운 말이었습니다.

설렘

# 그대 앞에만 서면 나는 왜 작아지는가

Q형!

계절의 흐름이 덧없이 빠르군요. 돌담 아래 성깃성깃 자란 오죽 (烏竹) 사이로 아랫집 마당의 흰 목련이 화사하더니, 벌써 초여름, 이제 앞마당에는 연보랏빛 붓꽃이 한창입니다. 문향(聞香)의 시간을 즐기는 형을 생각하며 오늘 이 글을 씁니다.

어디서나 노래 부르기를 좋아하는 Q형. 저도 요즈음 우리 가요가 좋아졌습니다. 정감 있는 멜로디에 노래의 가사가 마음에 와닿는 김수희의 〈애모〉도 좋아하는 노래가 되었지요. 〈애모〉의 한 소절 "그대 앞에만 서면 나는 왜 작아지는가."를 들으며 가끔 이런 질문을 해 봅니다. "지금 나에게 그대는 누구입니까?"

나이 들어 주책없는 이야기 같습니다만, '야들야들하고 투명한 살결에 볼륨감 넘치는 탱탱한 가슴, 윤기 나고 부드러운 머릿결, 그리고 매혹적인 곡선의 가는 허리에 온몸으로 싱싱함을 발산하는 청신한 여인의 아름다움' 그 앞에 서면 나도 모르게 설레면서 눈부신 아름다움에 자신이 작아지는 것을 느끼지요. 그런가 하면 미수를 넘긴 세월에 통영 미륵산 자락의 푸른 바다가 보이는 화실에서 구상과 추상을 넘나들며 자기만의 조형 세계를 열어갔던 진정한 예술혼의 화가 전혁림, 그의 작품 앞에 서면 그 열정과 비범함에도 저절로 자신이 작아짐을 느끼지요.

세상 사람들은 행복을 이야기하며 주변 사람들의 성공을 부러워하지요. 그래서 역경에서도 자기 일에 큰 성취를 이루어 복된 삶을 살아가는 비범한 사람을 만나면 이들 앞에서 자신도 모르게 작아질 때가 있지요. 하지만 이렇게 작아지기도 하면서 다시 일어나 희망으로 살아가게 되는 것이 우리의 삶이 아닌가 싶습니다.

오래전 경기도 남한 강변의 '얼굴 박물관' 전시회에 참석했을 때, 아주 차분하고 조용한 분위기로 사람들에게 다가오는 여인이 있었습니다. 단아한 자세에 소박한 차림의 70대 후반의 여인. 그분의 밝고 따뜻한 모습에는 편안함과 여유로움이 흘러넘쳐 말 없는 가운데서도 주위 사람을 압도하는 듯했습니다. 나중에 알게 된 사실입니다만 이분은 시를 좋아하는 재불(在佛) 화가 P선생님이셨습니다. 그 후 『대화』라는 책에서 그분의 삶에 대해서 조금이나마 알게 되었지요. 젊은 시절 좋아하는 남성과 결혼하면서 부모님의 반대로 어려움이 있었고 훗날 열심히 공부한 딸이 프랑스에서 불문학을 전공하여 박사 학위를 받았을 때, 부모는 기쁜 마음에 딸이 대학교수가 되기를 바랐으나, 딸은 부모의 바람과는 달리 모든 것을 정리하고 산골 마을에 들어가 어린이를 위한 승마 수련장을 운영하고 있지요. 지금 딸은 자연 생태 보존에도 깊은 관심을 가지고 열심히 살고 있지만, 부모 입장에서 처음에는 이를 선뜻 받아들이기가 쉽지 않았으리라 생각됩니다. 이분은 『대화』에서 이렇게 말하고 있습니다. "이제 나의 삶을 조용히 받아들이니 정말 편안하고 평화롭습니다." 자기의 삶을 받아들이는 것은 참된 자아를 찾아가는 삶의 지혜가 아닌지 모르겠습니다.

세계적인 영성 심리학자 로버트 웍스(Robert J. Wicks)는 그의 저서 『일상 안에서의 거룩함』에서 '평범성의 가치'에 대해 이렇게 말하고 있지요. "사람의 평범성은 자기 자신을 있는 그대로 받아들이는 것, 자기 자신을 편안하게 대해 주는 것이다. 즉, 평범성은 그저 자기 자신이 되는 것이다."

세상을 살아오며 남의 평판에 민감했던 사람이 나 자신으로 돌아와 '나로 산다'는 것은 결코 쉬운 일이 아니지요. 그러고 보니 새삼 평범해지는 것이 비범해지는 것 못지않게 어려운 일인지도 모르겠습니다.

웍스는 참 행복을 위해 우리가 자기 자신을 받아들이는 '평범성으로 돌아가는 것'이 절대적으로 필요하다고 말하고 있습니다. 이를 위해 그는 우리에게 '매우 단순한 습관'을 권유합니다. 즉, 날마다 침묵에 머무르는 습관을 지닐 것을 권유합니다. 번잡한 세상에서 '마음의 쉼'을 가져다주는 침묵은 우리에게 정화를 통해 자기 긍정성과 참된 편안함을 가져다주기 때문이지요.

여기 저의 작은 경험입니다. 저는 시를 좋아하는 한 선배의 권유로 침묵 수련 프로그램에 참여하면서 매일 아침 혼자 침묵하는 습관을 지니게 되었습니다. 침묵의 시간을 갖게 되면서 나 자신을 보게 되었습니다. 세상에 드러내고 싶지 않은 나 자신의 모습들-나약성, 허세, 과장, 이중성, 거짓 겸손-에 대해서도 정직해지며 이 허물들을 나의 모습으로 그대로 받아들이기 시작했습니다.

나를 받아들이는 일은 내적 정화와 치유의 시작이며 자존감의 회복이 아닌가 싶습니다. 이런 '나'를 새로 만나면 무엇보다 소중한 '자기 사랑'의 힘을 얻게 되지요.

윅스는 "이 세상에서 자기 사랑보다 더 큰 축복은 없다."고 말했습니다. 이는 바로 자기 자신이 되는 평범성을 말하는 것이지요. 평범성 안에 숨어있는 비범성을 새로 배우게 됩니다.

Q형!
저에게 다시 묻고 싶습니다.
"그대 앞에만 서면 작아지는 나, 정녕 그대는 누구입니까?"
"바로 평범한 당신입니다."

형은 가수 이진관의 노래 〈인생은 미완성〉을 좋아하지요?
요즈음 저도 이 노래를 좋아하게 되었습니다.
내년 봄에도 형과 함께 남도 여행을 하며 매화꽃 피는 섬진 강변에서 이 노래를 같이 부르고 싶습니다.

설렘

# 나는 나대로 아름답고 소중하다

　남도 무등산(無等山)을 찾았다. '눈부신 햇빛 속에 갈맷빛의 등성이를 드러내고 서 있는 여름 산'이다. 산세의 흐름이 장대하고 단순하여 산행이 유유하고 여유로웠다. 정상 부근에 다다르니 서석대의 입석 바위들이 환한 햇살 속에서 영겁의 침묵으로 다가온다. 웅장한 돌들의 자태가 대형 조각품처럼 장중하고 신비로웠다. 정상에서 멀리 빛고을을 내려다보니 무등산과 함께한 어린 시절의 추억들이 주마등처럼 스쳐 지나갔다.

　초등학교 시절, 학교 운동장 남쪽으로 탁 트인 무등산을 바라보며 그림을 그리고 꿈을 키웠다. 눈을 반쯤 감은 채로 그림을 그리시던 미술 선생님, 석양의 산등 그림자를 그리도 아름답게 그리셨던 선생님의 붓 터치를 보며 그림을 배웠던 어린 날들은 그림에 대한 꿈을 키웠던 시절이었다. 집에서는 노래와 그림을 좋아하셨던 어머님의 영향도 받았다. 어머님이 그려주셨던 사과 정물화의 진홍 색감은 지금도 내 마음속에 생생히 살아 있다. 고등학교 졸업 이후에는 대학 진학과 직장 생활로 그림을 그린다는 것은 상상도 할 수 없는 일이 되었다. 분망한 세월, 그림을 잊고 살아왔지만 내 안에는 그림에 대한 그리움이 살아 있었던 것 같다.

바쁜 직장 생활을 하고 있던 1997년 봄, 서양화가 김일해 화백과의 만남은 우연이었다. 어느 날 불쑥 분당 화실로 김 화백을 찾아가게 된 것은 텔레비전 문화 프로그램에서 방영된 그의 미술 강의를 듣고 난 뒤 그를 만나보고 싶어서였다. 그때까지 그의 경력이나 화풍에 대해서는 아는 바가 없었다. 나중에 알게 된 사실이지만 그는 '자연을 자신의 감성과 교합해 자유롭게 해석하고 그것을 서정적, 시적 언어로 표현'한 우리 시대의 대표적인 자연주의 작가 중 한 사람이었다. 김 화백을 만나 그의 호의로 그림 지도를 받게 된 것은 큰 행운이었다. 그것은 내 생활에 큰 변화를 가져왔고 일상에서 활기와 기쁨을 찾는 계기도 되었다.

　매주 토요일 오후, 그의 화실에서 그림을 배우고 그리는 기쁨은 마치 한지에 물이 스며들 듯 충만한 것이었다. 그림에 맛들이며 아내와 함께 주말이면 그림의 주제를 찾아 여행길에 나섰다. 역사와 삶이 흐르는 섬진강의 봄 꽃길, 가을빛이 물든 부안의 내소사, 철쭉의 군무에 덮인 지리산 비래봉, 사과 향기 그윽한 영주 부석사, 기암절벽에 묻힌 봉화 청량사, 염원을 실은 화순 운주사 천불천탑, 노송이 아름다운 보길도 예송리 해변, 신명과 원형의 땅 진도, 메밀꽃이 피어 있는 이효석 생가, 극락정토 보령의 무량사, 그리고 물이 좋아 여인네들의 피부도 고운 울릉도. 그 외에도 발길 닿는 대로 우리 땅을 찾아가, 부딪치고 어울리며 우리 것의 아름다움을 몸으로 느껴 보려고 했다. 그림의 주제를 찾는 여행에서는 평소 쉽게 지나칠 수 있는 작고 평범한 것에서도 경이로움과 설렘을 경험할 수 있었다.

그림의 주제를 찾아 나서는 길에는 항상 즐거움만 있는 것은 아니었다. 한번은 남대문시장에서 노상의 과일 수레를 카메라에 담고 있었는데 갑자기 주인이 나타나 사전에 양해를 구하지 않고 사진을 찍었다며 필름을 내놓으라고 큰소리를 쳤다. 얼마나 당혹스러웠는지 모른다. 이날 어렵게 양해를 구하고 찾은 주제는 훗날 그림 〈석류와 청포도〉가 되기도 했다.

여행길에서 돌아와 그림에 몰두하는 시간은 나를 찾고, 나를 만나는 시간이었다. 늦은 밤, 그림 작업에 열중하다가 잠시 뒤로 물러나 그린 그림을 보면 때때로 놀랄 때가 있다. 생각하지 않았던 선의 흐름과 색조의 연결이 나에게는 환상적으로 다가온다. 뜻밖의 그림이다. 몰입하여 그리다 보니 나도 모르는 사이에 그려진 그림이다. 그림은 그리는 것이 아니고, 그려지는 것이었다. 나도 모르는 내 안의 내가 그려낸 것이다. 그림에 몰두하는 시간은 바로 나를 새로 만나는 시간이었다.

그림을 배우면서 이런 충고도 받았다. 언젠가 아내의 친구이자 파리 대학에서 미학을 전공한 W화백이 우리 집 화실을 방문했다. 해외에서 여러 전시회를 통해 탁월한 자신의 미술 세계를 구축한 그녀의 방문에 은근히 격려의 말을 기대했다. 화백은 화실에서 내 그림들을 유심히 보더니 "그림을 정직하게 그려보세요."라고 말했다. 순간 부끄럽기도 하고 당황스러웠다. 그녀의 솔직한 말이 얼마나 소중한 충고였는지 후일에서야 알게 되었다. 그녀의 충고는 그림 공부를 하는 사람에게 서툴더라도 나다운 그림, 바로 자신의 그림을 그리라는 충고였다. 화백은 "일기를 쓰듯 그림을 그려라."
라는 말도 남겼다. 남을 의식하지 말고 온전히 나 자신을 표현하
라는 말이다. 이 말을 들으니 문득 어느 겨울날 아침, 나의 모습이
회상되었다.

눈 내린 아침이었다. 동네 뒷산 눈 덮인 언덕에 올라 텅 빈 학교
운동장을 내려다보고 있었다. 홀연히 화가 잭슨 폴록(Jackson Pol-
lock, 1912~1956년)이 생각났다. 지금 저 눈 덮인 텅 빈 운동장에 그
가 서 있다면 어떤 그림을 눈 위에 그릴까. 미국 현대 회화의 대표
적 작가인 그는 캔버스 위에 물감을 흘리고 뿌리며 그때마다 생기
는 우연적 현상을 그림으로 완성해 가는, 소위 행위 미술 작가다.
그가 그림에 몰두할 때는 "무엇을 하고 있는지 거의 의식하지 못한
다."고 말한다. 오직 무아의 경지에서 그림 그리기에 몰입하여 자
기 원형의 아름다움을 찾아간 화가라고 할 수 있다.
폴록을 생각하니 홀연 나도 눈 덮인 운동장에 내려가 장대 같은
큰 붓을 들고 내 안의 율동적 느낌에 따라 손과 몸이 움직이는 대
로 맘껏 휘저으며 그림을 그리고 싶어졌다. 농익은 색감의 물감을
마음껏 칠하고 뿌려 보고 싶다는 충동이 솟구치지 않겠는가. 세
상 누구도 의식하지 않고 몸과 마음 가는 대로 온전히 자유롭게
그림을 그려내는 나의 모습을 상상하니 갑자기 내 마음이 환해졌
다. 온전히 '나다움'을 운동장에 토해내는 멋진 순간이 아니겠는
가. 나를 찾은 환한 아침이었다.

W화백의 "자신의 그림을 그려라."라는 말은 비단 그림에만 국한

되는 말이 아닌 듯싶다. 자신에게 정직한 삶, 바로 있는 그대로의 나를 사랑하라는 말이기도 했다. 자신의 나약함과 부족함도 세상에 드러낼 수 있을 정도로 자신을 사랑할 수 있을까. 자기 사랑에도 자신을 드러내는 아픔이 있어야 했다. 아픔 없는 사랑이 어디 있을까.

나를 찾는 그림은 끝이 없는 여정 같다. 그림을 애써 그리지만, 그리고 나면 부족함에 항상 아쉬움이 남는다. 이때 내 안의 소리가 들린다. '내 부족함도 나다운 아름다움입니다. 나는 나대로 충분히 아름답고 소중합니다.'

# 어머님이 간직하신 초등학교 교지

학교 운동장의 눈 발자국, 어린 시절 추억이 되다

올겨울 유난한 추위에 집안에서만 지내다가 어제는 추위가 조금 풀려 모처럼 뒷산 길로 산책을 나섰다. 집을 나서니 싸늘한 바람이 얼굴에 와닿았다. 그 느낌이 상쾌했다. 산책길에 들어서니 발 아래로 밤새 흰 눈이 내린 텅 빈 학교 운동장이 보였다. 갑자기 텅 빈 학교 운동장을 한번 걷고 싶어졌다. 아무도 보이지 않는 학교 운동장을 혼자 걸으니 눈을 밟는 뽀드득 소리만 들렸다. 어린 시절 고향의 눈길 밟는 소리처럼 느껴졌다. 운동장을 한참 걷다 보니 내가 눈을 밟은 발자국들이 운동장에 새하얀 눈길을 만들었다. 내가 살아온 삶의 발자국처럼 느껴졌다. 문득 어린 시절 고향의 어느 해 겨울방학이 생각났다.

초등학교 4학년 마지막 수업이 끝나고 겨울 방학이 시작되는 날이었다. 담임 선생님께서 갑자기 부르셨다. "네가 학교에서 가까운 곳에 살고 있으니 겨울 방학 동안 학교 사육장의 거위와 오리를 보살펴 주면 좋겠는데…. 어때, 할 수 있겠지?" 이렇게 해서 나는 한겨울의 아침마다 학교에 나가 운동장 남쪽 끝 울 안에 있는 거위와 오리에게 먹이를 주는 것이 중요한 방학 일과가 됐다. 처음에는 거위가 나를 피했지만, 먹이를 주기 시작하니 먼 데서도 나를 보고 꽥꽥 울어대는 모습이 귀여웠다. 그렇지만 눈이 많이 내리거나 날이 추워 배합 사료에 이용할 연못물이 얼어붙으면 오리와 거위 밥을 만들기가 쉽지 않았다. 또 눈이 많이 내린 날이면 우선 운동장 초입에서부터 남쪽 끝 사육장까지 눈을 쓸어 길을 내야 했으며, 특히 매섭게 추운 날이면 얼어붙은 연못의 얼음을 깬 다음 주걱으로 물을 떠서 쌀겨 밥을 만들어야만 했다.

추운 겨울날 매일 아침 거위에게 밥을 주는 일이 쉽지는 않았으나 한 달 동안 날마다 거위와 오리를 만나다 보니 이들에게 꽤 정이 들었다. 방학이 끝나고 학교가 다시 시작된 뒤에도 운동장 저 멀리에서 거위의 꽥꽥거리는 소리가 들릴 때면 나도 모르게 사육장으로 달려가 보곤 했다.

초등학교 육 년을 졸업하던 날, 받아든 학교 교지 『서석교육』에는 2년 전 겨울 방학 동안 거위를 돌보았던 '한 졸업생의 이야기'가 실려 있었다. 4학년 때 담임 선생님이셨던 이해근 선생님께서 쓰신 글이었다. 세상이 꽁꽁 얼어붙은 추운 겨울날 혼자 눈을 치우고 거위 밥에 쓸 물을 얻기 위해 두 손을 호호 불어가며 얼음을 깨는 어린 학생의 모습을 생생하게 남기신 글이다.

60여 년 전 발행된 시골 학교 교지 『서석교육』. 지금은 오래되고 빛이 바래고 종이가 다 해어져 글씨를 알아보기조차 힘들지만, 어머님께서는 집 마당에 노란 수선과 목련이 화사하게 핀 봄날, 선종하실 때까지 이 교지를 소중하게 보관하고 계셨다. 이제 다시 빛바랜 교지를 보니 어머님이 사무치게 그리워 뵙고 싶다. 세상이 바뀌고 자식들이 장성해 곁을 멀리 떠나가도 어머니의 자식 사랑은 꺼지지 않는 꽃 등불이 되어 항상 우리를 비춰 주시는 것 같다. 김광균 시인의 시어가 나에게 다가온다.

사월이 오면/ 목련은 왜 옛 마당을 찾아와 피는 것일까/ 어머님 가신 지 스물네 해/ 무던히 오랜 세월이 흘러갔지만/ 나뭇가지에 물이 오르고/ 잔디잎이 눈을 뜰 때면/ 어머님은 내 옆에 돌아와 서셔서/ 어디가 아프냐고 물어보신다

— 〈다시 목련〉, 김광균

여기 어머님이 생전에 간직하셨던 초등학교 교지가 있다. 4학년 담임 선생님이 쓰셨던 글을 옮겨 본다.

2년 전, 지금 본관 앞 연못가에 있는 사육장이 신교사(新校舍) 남쪽 언덕 밑에 있을 때의 일입니다. 그해 들어 눈이 가장 많이 내린 어느 겨울방학 날이었습니다. 추운 날씨라 숙직실에서 잠자리를 치우고 나왔을 때는 해가 이미 동쪽 하늘에 4~5m쯤 떠올라 있었습니다. 눈은 내 구두의 두께만치나 내려 마침 아침 햇살에 눈부실 만치 반짝거리고 있었습니다. 그런데 웬일입니까?

강당 앞에서부터 사육장까지 외줄기 길이 나 있지 않겠습니까. 저쪽을 바라보니 한 어린 학생이 무엇인가 하고 있는 것이 보였습니다.

'이렇게 일찍 누가 모이를 주고 있을까? …그러나 설마…'

나도 모르는 사이에 한걸음에 뛰어가 보니 그것은 내 반에 있는 한 학생이었습니다.

"강남아. 너 뭐 하고 있니?"

"모이를 주고 있어요."

"왜 이렇게 일찍 와서."

"어제, 그제 당번이 나오지 않아 아무것도 먹지 못한 것 같아요. 저기 보세요. 거위가 비틀거리니 불쌍해요."

나는 가슴 속에 뭉클한 그 무엇이 솟아오르며 자꾸 눈시울이 뜨거워졌습니다.


"너 손 시리지 않니?"

"괜찮아요."

"그만 들어가렴."

"예."

어린 학생은 수수비를 겨드랑이에 끼고 손을 불면서 하얀 눈 위에 그려진 한 줄기 눈길을 걷고 있었습니다. 나는 말없이 서서 그 뒷모습을 바라만 보고 있었습니다. 가슴 속에 그 무엇이 치밀어 오르는 것을 느끼면서….

해가 떠오를수록 글자대로 은세계처럼 황홀해졌습니다. 자꾸 이 세상이 아름다워진 것만 같았습니다. 눈이 떡가루로 내린다는 동화 나라의 왕궁 뜰에 선 것처럼 마음이 흐뭇해졌습니다. 나는 아무 부족한 것이 없었습니다.


해가 가고 날이 지낼수록 그때의 인상은 더 선명해져 간 것만 같습니다. 지금도 사람이 그립고 아쉬울 때는 그때의 광경을 그려봅니다. 한 어린 학생이 걸어갔던 모습에서 우리 어린이들이 가야 할 길을 발견한 것 같았기 때문입니다. 그 학생은 금년에 좋은 성적으로 졸업하게 됩니다. 나는 부지런히 공부하여 세상의 작은 빛이 되라고 마음속으로 조용히 빌고 있습니다. 스스로 몸을 태워서 내는 빛이 되라고….

— 〈사육장에서〉, 이해근

60여 년 전 선생님이 쓰신 글을 다시 보니 스승님의 사랑과 가르침이 큰 은덕으로 다가온다. 세상의 작은 빛이 되라는 선생님의 말씀은 내 삶의 중심을 잡아 준 선생님의 가르침이었다. 선생님은 지금도 하늘나라에서 제자들을 위하여 기도하고 계신 것 같다. 기도는 이승과 저승을 초월하여 영원한 것이 아닌가. 되돌아보면 선한 인연으로 남은 사람들이 감사로 다가오며 자꾸만 그리워진다. 내 삶이 그분들의 기도와 사랑의 덕분이었기 때문이리라.

오늘 아침도 감사의 기도로 하루를 시작한다.

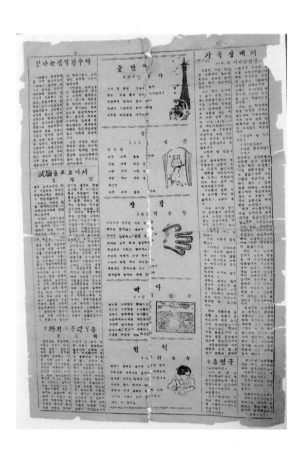

생전에 어머님이 간직하셨던 초등학교 교지 『서석교육』(1955년)

# 나에게 가장 소중한 기다림

J형. 해마다 봄이 오면 섬진강 여행을 떠나는 형과 오늘은 마음의 본향으로 여행을 떠나고 싶습니다.

얼마 전 『헤세로 가는 길』 책을 소개한 글을 「한은소식」지에서 읽었습니다. 젊은 날 헤세의 사상적·문학적 세계에 관심을 두고 유럽을 여행하면서 헤세의 생가가 있는 독일의 작은 마을 칼프를 찾아간 필자의 열성이 신선했습니다. 제가 헤세의 글에 관심을 가지게 된 것은 지난해 소설 『데미안』에서 헤세의 심오한 문학적·영성적 세계에 큰 감명을 받았기 때문입니다. 『데미안』은 제1차 세계대전 중인 1916년, 그러니까 100년 전에 집필된 소설인데 지금도 재판(再版)을 거듭하며 전 세계인의 사랑을 받고 있다니 그 이유가 궁금했습니다. 헤세의 주제인 '자신에게 이르는 길'은 시대를 초월하여 모든 사람이 묻고, 찾아가야 할 자아 회복의 길이 아닌가 싶습니다. 소설은 주인공 싱클레어와 신비한 소년 데미안과의 우정을 바탕으로, 데미안이 성장 과정에서 겪는 시련과 깨달음을 통해 완전한 자아에 이르는 과정을 헤세의 놀랍도록 섬세한 문학적·영성적 감각으로 다루고 있습니다. 인간 내면의 이중적 세계를 관조한 헤세는 한 사람, 한 사람의 삶은 결국 '자기 자신에게 이르는 길'

이며 누구나 이 길을 향하여 노력해야 하는 존재임을 일깨워 주고 있습니다.

『데미안』은 물음으로 시작하는 소설입니다. "내 속에서 솟아 나오려는 것, 바로 그것을 살아보려고 했다. 왜 그것이 그토록 어려웠을까?" 저 자신에게도 묻고 싶었던 질문입니다. 내 속에서 솟아 나오려는 것, 그것은 '진정한 나', 바로 '참 자아'라고. 그리고 그것이 그토록 어려운 것은 자기중심적이고 자기방어적인 내 거짓 자아 때문이라고 말하고 싶었습니다. 헤세는 "새는 알에서 나오려고 투쟁한다. 알은 세계이다. 태어나려는 자는 하나의 세계를 깨뜨려야 한다. 새는 신에게로 날아간다."라고 말합니다. 알을 깨뜨리는 것, 그것은 바로 자신의 거짓 자아를 깨고 참 자아로 돌아가라는 외침으로 들렸습니다.

싱클레어의 독백을 빌어 헤세는 사람에게 한 가지 참된 직분은 "자기 자신을 찾고, 자기 속에서 확고해지는 것, 즉 자기 자신에게 가는 것이다."라고 말하면서 우리에게 무의식의 세계를 일깨워 줍니다. "우리들 속에는 모든 것을 알고, 모든 것을 하고자 하고, 모든 것을 우리들 자신보다 더 잘 해내는 어떤 사람이 있다."고 일러 줍니다. 인간의 무의식 안에는 또 다른 내가 존재한다는 말입니다. 20세기의 위대한 심리학자인 카를 구스타프 융(Carl Gustav Jung, 1875~1961년)은 "의식은 무의식에서 나왔다. 무의식은 작은 섬을 둘러싼 바다와 같은 것으로 의식을 양육하며 전체를 이룬다. 무의식은 자아의식과 그 발전의 원천이며 뿌리다."라고 말합니다.

설렘

그러면서 빛과 어둠의 양면성을 가진 인간의 무의식 안에는 무한히 선하고 아름답고 모든 것을 하나로 포용할 수 있는 순수한 '원형의 나'가 존재한다고 합니다. 참 자아실현을 위해서는 무의식의 의식화가 끊임없이 이루어져야 함을 배우게 됩니다.

    카를 융의 영향을 받은 헤세가 데미안에서 인간의 참된 직분은 자기 자신에게 돌아가는 것이라고 한 것은 바로 '원형의 나'로 돌아가라는 말이 아닌가 싶습니다. 정현종 시인은 "사람은 언제 아름다운가. 자기를 벗어날 때처럼 사람이 아름다운 때는 없다."고 말합니다. 가식을 벗어나 '나다운 나', '원형의 나'로 존재할 때 가장 아름답다는 말입니다. 이는 세상의 정형화된 아름다움에 얽매이지 않고 나 자신의 참된 아름다움으로 나답게 살아가라는 가르침이기도 합니다. 젊은이들에게 바보가 되어 보라고 외친 스티브 잡스(Steve Jobs, 1955~2011년)는 세상 사람들의 선호보다 자신이 진정으로 좋아하는 제품의 개발에 몰입했습니다. '내 원형'의 아름다움이 살아 있는 물건을 만들고자 한 것입니다. 이것이 사람들에게 더 큰 감동과 깊은 공감을 불러일으킨 것입니다. 나 자신이 되는 일은 바로 내가 창조자가 되는 일이었습니다. 카를 융의 분석심리학에 큰 영향을 미친 노자(老子) 사상을 연구한 최진석 교수는 "사람으로 산다는 것은 자신만의 고유하고 진실된 내면의 활동성을 기반으로 자신의 존재를 지속하는 것이다. 기억이나 통념에 얽매이지 않고 자기에게만 있는 고유한 덕으로 살아가는 존재다. 이것이 창조자이며, 지도자이며 이때 인간이 희망이 된다."고 말합니다. 진정 '나다움'으로 돌아가는 것이 얼마나 진실한 가치인가를 말해 주고 있습니다.

　J형. 여기 소설 『데미안』에서 주목해야 할 인상적인 장면이 하나 있습니다. 바로 주인공 싱클레어가 그림을 그리는 장면이지요. 그는 어느 날 소녀 베아트리체를 만나 그녀를 아름다움과 정결성의 이상으로 그리게 됩니다. 그녀의 얼굴을 떠올리며 붓 가는 대로, 물감과 붓에서 저절로 나오는 선에 따라 그립니다. 무의식에서 나오는 선을 긋고 면을 채우면서 마침내 그녀의 그림을 완성합니다. 그런데 어찌 된 일인지 완성된 그림은 그녀의 모습이 아니었습니다. 그림을 유심히 보니, 언뜻 데미안의 얼굴인가 했더니 그것은 데미안도 아니고 바로 싱클레어 자신의 순수한 모습이었습니다.

　그렇습니다. 사람이 좋아하는 일에 몰입한다는 것은 바로 자기를 찾는 일이었습니다. 그것은 순수한 나를 찾는 일이었습니다. 스스로 하는 일에서 자기를 찾는 기쁨은 어디에도 비견할 수 없는 참 기쁨이라고 말하고 싶습니다. 20세기 현대미술의 거장 앙리 마티스(Henri Matisse, 1869~1954년)는 노년에 거동이 거의 불가능했지만 침상에서 그가 좋아하는 색종이를 오려 붙이는 콜라주 작업에 열중하다가 85세를 일기로 삶을 마감합니다. 그의 삶은 한마디로 생의 마지막 날까지 화가로서의 혼을 불태우며 자신을 찾아가는, 바로 '내 원형의 아름다움'을 찾아가는 삶이었습니다. 그러기에 그가 남긴 작품들은 지금도 세상 사람들에게 정화이며 치유이자 감동입니다.

설렘

헤세가 제시한 '나를 찾아가는 길'은 아무리 시대가 변한다고 하여도 그 누구도 피해갈 수 없는 길입니다. 소설은 이렇게 끝을 맺고 있습니다. 전쟁에 참전한 싱클레어와 데미안은 부상병이 되어 야전병원에 누워 마지막 대화를 나눕니다. 젊은 날 침묵에 침잠하는 습관을 지녔던 데미안이 말합니다. "싱클레어, 잘 들어! 나는 이제 떠나게 될 거야. 네가 나를 찾을 때, 그때는 너 자신 안으로 내려가야 해. 내가 네 안에 있다는 걸 알아야 해!" 이 말을 남긴 데미안은 다음 날 아침, 누구도 다시는 볼 수 없는 존재가 됩니다. 헤세는 여기서 사람이 자기 자신을 찾기 위해서 '내 안'으로 내려가는 침묵의 시간이 필요함을 일러 줍니다. 침묵에는 놀라운 정화와 치유의 힘이 있습니다. 침묵에 머무르는 시간은 '원래의 나', 바로 따뜻한 생명력을 지닌 자기 자신을 찾는 시간입니다. "진정한 치유는 자기 자신이 되는 것이다."는 카를 융의 말을 다시 생각합니다.

J형, 이제 제 이야기로 글을 마무리하고자 합니다. 언젠가 금융인들을 대상으로 인문 강의를 하면서 참석자들에게 이런 질문을 한 적이 있습니다. "나는 '내가 알고 있는 나'보다 더 아름다운 존재인가?" 수강자 대부분이 선뜻 대답하지 못했습니다. "나는 누구인가?" 평생을 물어도 온전한 답을 찾을 수 없지만 그래도 이렇게 말해보고 싶습니다. "나는 나약한 존재입니다. 하지만 나는 내가 알고 있는 나보다 더 아름다운 사람입니다." 아니, 그렇게 믿고 싶습니다. 내 안에는 무한히 선하고 아름다운, 바로 '원형의 나'가 살아있기 때문입니다. 이 믿음이 자신에 대한 기다림의 삶을 살게

합니다. 삶의 마지막 날까지 나를 기다리며 살아가는 삶은 축복이 아닌가 싶습니다. 박노해 시인은 "희망찬 사람은 그 자신이 희망이다. 길을 찾는 사람은 그 자신이 새 길이다."라고 말합니다. 진정 내가 희망이 되어야 함을 배웁니다.

J형, 형도 언젠가 말씀하셨지요. 나를 기다리는 일을 내 안의 '나'를 기다리는 일이라고. 김용택 시인은 '내 안의 나'를 '참 좋은 당신'이라고 부릅니다.

> 어느 봄날/ 당신의 사랑으로/ 응달진 내 뒤란에/ 햇빛이 들이치는 기쁨을/ 나는 보았습니다/ 어둠 속에서 사랑의 불가로/ 나를 가만히 불러내신 당신은/ 어둠을 건너온 자만이/ 만들 수 있는/ 밝고 환한 빛으로/ 내 앞에 서서/ 들꽃처럼 깨끗하게/ 웃었지요/ 아, 생각만 해도/ 참/ 좋은/ 당신
> ㅡ 〈참 좋은 당신〉, 김용택

그렇습니다. 밝고 환한 빛으로 오는 '참 좋은 당신'은 내 안의 나입니다. "나, 당신을 사랑하는 까닭은 그대 앞에 서면 있는 그대로의 내가 될 수 있기 때문입니다." 이제 당신을 기다리는 일은 나에게 가장 소중한 기다림이라고 말하고 싶습니다.

J형, 뒷산 산새 소리 하나에 봄이 오고 있습니다. 세상의 봄, 이제 '나를 기다리는 설렘의 봄'으로 다가왔으면 좋겠습니다.

설렘

봄을 기다리는 호수의 설렘

# "참, 염치없는 삶을 살았습니다."

    J형, 바로 엊그제였습니다. 금구 선생님이 오랜만에 한국에 오셨습니다. 선생님은 60여 년 전 제가 중학교 시절, 매주 집에서 저에게 영어를 가르쳐주신 분입니다. 젊은 시절에 의과대학을 졸업하고 미국에 건너가 의사 생활을 하시다가 은퇴하고 이번에 한국을 방문하신 것입니다. 40여 년 만의 고국 방문입니다. 80대 중반의 연세지만 아직 건강한 모습이셨습니다. 평소 꼬막 요리를 좋아하는 선생님을 위해 그날 강남의 한 벌교 꼬막 요리점에 소박한 저녁 자리를 마련했습니다. 긴 세월을 지내온 이야기에 대화를 나누다 보니 그만 시간 가는 줄을 몰랐습니다. 자리가 끝날 무렵에 선생님은 나에게 글을 계속 쓰라며 고급 펜촉을 선물로 주셨습니다. 선생님의 따뜻한 마음이 느껴지는 귀한 선물이었습니다. 저녁을 마치고 나오니 짧은 만남이 못내 아쉬웠습니다.

    그날 밤 늦은 시간, 선생님을 호텔까지 모셔다드리고 강남 전철역에서 신분당선 환승을 위해 서둘러 걷고 있었습니다. 마침 지하도에 한 노숙자가 엎드려 지나가는 사람들 앞에서 손을 내밀고 있는 모습이 보입니다. 주머니 안 지갑에 잔돈이 없습니다. 그냥 지나쳤습니다. 한참 걷다 보니 지하도 상가에 한 편의점이 보입니다.

발길이 그리로 향했습니다. 두유 한 병 사 들고 거스름으로 잔돈을 받았습니다. 손안에 든 두유가 따끈하게 느껴집니다. 가게를 나와 조금 전 지나쳤던 노숙인에게 다시 발길을 돌렸습니다. 엎드린 노숙인의 마른 손 위에 두유를 놓으며 "이것 하나 들어봐요." 하며 얼른 잔돈 몇 장을 놓았습니다. 뒤에서 가늘게 외치는 듯한 소리가 들려옵니다. "고마워요!" 사랑에 목마른 외침 같았습니다.

그날 밤 나의 행동은 지극히 작은 것이었지만 평소의 나는 아니었습니다. 그냥 지나쳤을 내가 그날따라 왜 머물렀는지 나도 모르겠습니다. 함(doing)이 없이 행해진 일 같았습니다. 문득 이런 생각을 해 보았습니다. 오늘처럼 고맙고 감사한 사람을 만나고 나면 자신도 모르게 '내 안의 작은 선성(善性)'이 살아나는지도 모르겠습니다. 집에 돌아오는 전철 안에서 금구 선생님께 다시 감사하고 싶었습니다. 그러면서 '나는 주위 사람들에게 어떤 사람으로 살아왔는지' 묻고 싶었습니다.

35년간의 공직생활을 마치고 퇴임하는 날이었습니다. 감사하는 마음에 만감이 교차하는 시간이었습니다. 후회스러운 마음도 감출 수 없었습니다. 일상에서 소홀히 했던 사소하고 작은 일들이 더 후회스러웠습니다. 오랜 세월 한 직장에서 동고동락하면서도 큰 직장이긴 하지만 자리 한 번 같이하지 못한 직원들이 있었습니다. 어디 이뿐이겠습니까. 고마운 인연들을 소홀히 한 일들이 한두 가지가 아니었습니다. 못내 아쉬웠습니다. 정용철 시인의 시 〈작은 후회〉가 제 마음을 위로하고 있었습니다.

조금 더 멀리까지 바래다줄 걸/ 조금 더 참고 기다려줄걸//
그 밥값은 내가 냈어야 하는데/ 그 정도는 내가 도와줄 수
있었는데/ 그날 그곳에 갔어야 했는데/ 그 짐을 내가 들어
줄 걸// 더 솔직하게 말했어야 했는데/ 더 오래 머물면서/
더 많이 이야기를 들어줄 걸/ 선물은 조금 더 나은 것으로
할걸// 큰 후회는 포기하고 잊어버리지만/ 작은 후회는 늘
계속되고 늘 아픕니다.

— 〈작은 후회〉, 정용철

지금도 같은 후회를 하며 살아가는 부끄러운 자신을 다시 보게
됩니다. 죽는 날까지 같은 후회를 하지 않을까 두렵습니다. 요즘
나이 들어 더 염치가 없어진 것 같습니다. 스스로 후회하는 나를
만나면 '있는 그대로의 나를 받아주는 그분'을 찾게 되니 말입니다.
한 신부님의 말씀입니다. "그분 앞에 염치 없는 자신을 고백하는
일은 은총입니다." 이 말이 작은 위로가 되니 그나마 다행입니다.

삶을 되돌아보니, 세상에 태어나 나 스스로 설 수 있는 시간은
한순간도 없었습니다. 지금 여기 있음도 누군가의 기도와 사랑 덕
분이었습니다. 하늘과 땅이 생명을 주었으니 나뭇잎 하나에도 감
사하고 싶습니다. 살아오면서 너무 많은 것을 거저 받았습니다.
'내가 무엇이기에' 이렇게 거저 받았는지 모르겠습니다.

"참, 염치없는 삶을 살았습니다."

설렘

'교황 프란치스코와 친구들' 공저로 출간된 책 『세월의 지혜』가 있습니다. 노년을 사는 사람들의 지혜를 담은 책입니다. 벨기에의 한 양로원에서 여생을 보내고 있는 89세 할머니의 말 한마디가 신선하게 와 닿습니다.

"진실한 사랑을 위한 시간은 항상 충분합니다."

염치없는 삶을 살아온 사람에게 위로와 희망이 되는 말입니다. 지금 내 앞에 서 있는 사람에게 따뜻한 말 한마디로, 온유한 미소로, 때로는 상대방을 있는 그대로 받아주는 침묵으로 진실한 사랑을 할 수 있다는 말이 아닌가 싶습니다. 황혼의 삶, 아니, 임종의 시간에도 희미한 음성으로, 작은 몸짓 하나로, 선한 눈빛으로 사랑을 전할 수 있는 은총을 구하고 싶습니다. 할머니의 말 한마디가 염치없는 삶을 살아온 사람을 희망으로 다시 깨어나게 합니다.

# 내가 카메라에 담는 것이 바로 나다

　나에게는 오래된 작은 카메라가 하나 있다. 15년 전, 생일 선물로 받아 지금까지 아무 탈 없이 사용하고 있다. 작품 사진을 찍는 전문가도 아닌 사람이 가족 행사나 여행길에 사용하기에는 가볍고 조작이 편리하여 안성맞춤이다. 지금껏 사용하는 데는 불편함이 없었으나 한 번은 여행길에서 분실할 뻔한 일이 있었다. 단체 관광여행으로 캐나다 앨버트주 밴프 국립공원의 루이스 호수를 방문했을 때의 일이다. 아내와 함께 장엄한 로키산맥에 둘러싸인 호반길을 걸으며 멀리 잔설과 호수를 배경으로 웅대한 자연의 아름다움을 사진에 담았다. 걷는 동안 눈과 마음이 옥색 물빛에 젖으며 여행의 피로도 한꺼번에 풀리는 느낌이었다. 산책을 마치고 관광 삼아 호반의 샤토 레이크 루이스(Chateau Lake Louise) 호텔 로비에 들어섰다. 우아한 프랑스 왕조풍의 내부 시설과 고급 쇼핑점이 볼 만 했다. 2층 중앙홀에 들어서니 창문 밖으로 보이는 봄날 호수 전경이 호반의 꽃, 멀리 빅토리아산의 잔설과 함께 어우러져 그야말로 한 폭의 그림이었다.

　호텔 관광을 마치고 주차장으로 가는 길에 주머니의 카메라를 찾았으나 보이지 않았다. 배낭을 뒤져 보았지만 보이질 않았다. 호텔로 다시 돌아가 로비 등 다녔던 곳을 다 찾아보았으나 카메라는 보이지 않았다. 카메라에 수록된 수백 장의 여행 사진을 잃어버린 것 같아 몹시 아쉬웠다. 호텔 분실물 센터에 신고를 마치고 서둘러 일행이 기다리고 있는 버스 주차장으로 향하였다. 주차장에는 인솔자가 마지막 손님인 나를 기다리며 버스 문 앞에 서 있었다. 분실 카메라 찾느라 늦어 미안하다고 내가 말하자 그는 빙그레 웃으며 "혹시 이 카메라 아닌가요?" 하며 손에 든 카메라를 보여 주었다. 순간 믿어지지 않았다. 분실된 카메라가 인솔자의 손에 있다니, 어찌 된 일인가. 사연은 이렇다. 호텔에서 내 카메라를 발견한 일행 한 분의 이야기다. "내가 호텔 화장실에서 나오려는데 눈앞 선반에 작은 카메라 한 대가 보이지 않겠어요. 순간, 혹시 우리 일행 중 누가 잊고 간 물건이 아닌가 하여 카메라를 열어 보니 저장된 사진에 우리 일행의 모습들이 보였지요. 그래 제가 가져와 인솔자에게 전했지요."라고 한다. 그분의 기지와 친절이 놀랍고 고마웠다. 하늘이 도와준 일 같았다. 처음 만난 사람의 도움으로 카메라를 다시 찾으니 새삼 내 삶이 얼마나 많은 사람들의 도움과 기도의 덕분인지 다시 생각하게 된다. 그날 찾은 카메라는 지금도 소중히 사용하고 있다. 카메라는 이제 케이스도 낡아 고물이 되었지만, 새것으로 바꿀 생각은 없다. 오래 쓰다 보니 물건에도 정이 드는 모양이다.

나는 지금도 이 작은 고물 카메라가 있어 때때로 행복하다. 며칠 전 일이다. 수지 전철역에서 성복천변을 따라 집으로 돌아오는데 징검다리 위에서 놀고 있는 두 어린이의 모습이 저녁 햇살에 정겹게 보였다. 바로 다가가 스마트폰 카메라에 이들의 모습을 담았다. 징검다리 위에서 이들 두 어린이와 마주쳤다. "너희들 몇 학년이니?"라고 물었더니 초등학교 2, 4학년에 다니는 형제란다. 잠깐 말을 건넸다. "할아버지가 너희들 사진을 찍었지." 하며 스마트폰 카메라에 담은 사진을 보여 주었다. 그렇게 좋아할 수가 없었다. "할아버지가 너희들 사진을 보내주지."라고 말하자 아이들이 머뭇거리다가 아버지의 전화번호라며 알려 준다. 그 자리에서 사진을 보내고 집에 돌아오니 사진에 감사하다는 부모의 메시지가 와 있었다. 사진 한 장으로 세상 사람들과 작은 기쁨을 나눈 저녁 시간이었다.

나는 손주들 모습을 자주 사진에 담는다. 봄날 운동장에서 남매가 공놀이하는 모습이나 손자가 산책길에서 만난 새끼 오리를 뒤따라 가는 모습이 귀엽고 해맑다. 한 번은 손주들과 어린이 박물관을 방문했을 때의 일이다. 작은 동영상 공연장에서 손녀가 할머니와 함께 춤추는 모습을 얼른 사진에 담았다. 산뜻한 청색 배경에 드러난 조모와 손녀의 춤추는 모습이 신선하고 재미있다. 소소한 일상의 모습이 새삼 소중하게 느껴진다.

손자와 오리의 행복한 산책

오빠와 동생의 신나는 공놀이

손녀와 할머니의 춤

요즘 나는 봄날의 징검다리, 진도 들판의 파꽃, 섬진강 석양의 물빛을 사진에 담기를 좋아한다. 또 역광에 드러난 노인의 뒷모습이나 길거리에서 일상을 살아가는 사람들의 모습을 좋아한다. 엊그제 해 질 녘, 집 앞 성복천변을 따라 걷다 보니 우연히 석양의 햇살에 징검다리를 홀로 건너는 사람의 모습이 보인다. 얼른 사진에 담았다. 외로운 사람의 모습이다. 사람은 누구나 서로 위로하고 위로받아야 할 외로운 존재가 아닌가 싶었다.

석양의 징검다리가 말한다. "외로우니까 사람이다."

한 번은 구로구청 네거리에서 신호등에 잠시 폐지를 가뜩 실은 수레를 옆에 두고 길 둔덕에 앉아 쉬고 있는 머리가 희끗희끗한 한 남자의 뒷모습이 눈에 들어왔다. 하루 종일 수집한 저 폐지는 얼마를 받을 수 있을까 생각하니 삶이 고달파 보인다. 하지만 하루가 고달파도 가족이 기다리는 집으로 돌아갈 수 있다는 것, 행복이 아닌가 스스로 말하고 싶었다. 세상 삶을 일깨워 준 사진이다.

고단한 하루, 길 위에서 잠시 쉬어 간다

지난해 일이다. 겨울철 산책길에서 눈에 들어오는 흰 눈 덮인 산소묘지를 사진에 담고 싶었다. 마침 한 어린아이가 산소묘지 앞에 다가선다. 저 어린이는 무슨 사연으로 산소묘지를 찾아왔을까 궁금했다. 그날 묘지의 침묵이 나에게 이렇게 일러주는 것 같았다. '사람은 태어나면서 죽음을 향해 가는 존재가 아닌가. 누구나 사랑받고, 사랑하기 위해 이 세상에 잠시 왔다 떠나가는 존재가 아닌가' 그날따라 묘지가 나에게 편하게 다가온다. 이런 사진을 보면 노년을 살고 있는 내가 변하고 있음을 느끼게 된다. '내가 보는 것이 바로 나(I am what I see)'라는 말처럼 세상을 사진에 담는 일은 결국 나를 담는 일이 아닌가 싶다.

눈 덮인 겨울 무덤, 삶을 이야기한다

설렘

내 작은 카메라는 여행길에서 사람들의 모습 담기를 좋아한다.

올가을, LA 산타모니카 산 정상에 자리한 게티 센터 미술관에서
담은 사진이 있다. 게티 센터는 석유 재벌 폴 게티(J. Paul Getty,
1892~1976)가 7억 불을 재단에 기부하여 세계적인 건축가 리처드
마이어(Richard Meier)가 12년의 공사를 거쳐 1997년에 완성한 미
술관이다. 미술관을 찾은 사람들의 걷는 모습이 세상 삶을 말해
주는 것 같다. 분수대 길에서 스마트폰에 열중하는 사람들 모습
이 문명의 이기에 스스로 갇히어 오늘을 살아가는 외로운 현대인
의 모습 같다.

미술관을 찾은 사람들, 현대인의 삶을 이야기한다

설렘

한 번은 샌디에이고의 한 성당을 방문했던 적이 있다. 눈 부신 햇살에 성당 흰 벽면에 보이는 작은 창문과 여백의 짙은 그림자가 어우러져 고요한 공간을 연출한다. 성당 안에 들어가니 어둑한 공간이지만, 작은 창문으로 보이는 푸른 하늘이 눈부시게 밝다. 어둠 속에서 보이는 창문의 햇살이 여행자의 마음을 환하게 한다. 어둠에서 빛을 볼 수 있다는 것, 하늘이 내린 선물이 아닌가 싶다.

잠시 성당 의자에 앉아 침묵에 머무른다. 홀연 하늘에서 이런 음성이 들려오는 듯하다. "절망에서도 항상 희망을 말하십시오. 당신이 빛이 되고 희망이 됩니다. 하늘은 스스로 희망이 되는 사람을 돕습니다. 희망에서 기적의 꽃이 핍니다."

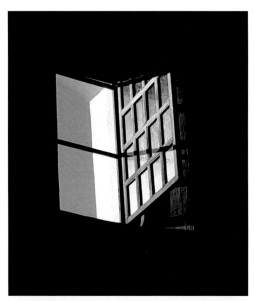

작은 창문, 푸른 하늘이 집 한 채로 열려있다

설렘

몇 해 전 시애틀에서 1907년에 개장된 파이크 플레이스 마켓 (Pike Place Market)을 방문하였다. 이곳은 미국에서 가장 오래된 재래시장으로 요즘은 종합 관광단지가 되어 한해에 약 500만 명의 관광객이 찾고 있다. 스타벅스 커피 1호점도 이곳에 있다. 초여름 아침의 꽃시장은 화사하고 풍성한 꽃 빛깔로 생기가 넘친다. 마침 한 꽃가게 여주인이 보랏빛 아이리스 옆에서 전화하는 모습이 인상적이다. 그녀의 잔잔한 미소에 꽃들이 아침 합창을 하는 것 같다. 여행길에 이런 모습을 만나면 마음이 환해진다.

아침 꽃 시장. 꽃가게 여주인의 미소에 꽃들이 아침 합창을 한다

미국의 전설적인 테니스 선수로서 그랜드 슬램을 10여 차례나 우승하여 '전미 여성 명예의 전당'에 오른 빌리 진 킹(Bille Jean king, 1943년~)은 흥미로운 말을 남겼다. "별을 봤어야 별이 되지 (You have to see it to be it)." 이 말은 내가 자주 보는 세상이 결국 나를 만들게 된다는 말로 들린다. 신현림 시인의 시어처럼 "바다를 보면 바다를 닮고/ 나무를 보면 나무를 닮고/ 모두 자신이 바라보는 걸 닮아가는 것" 같다. "무심히 꽃을 대하고 있으면 어느새 자기 자신도 꽃이 될 수 있다."는 법정스님의 말씀을 다시 생각한다. 세상의 아름다움을 보고 사진에 담는 일은 결국 자신의 존재를 아름답게 가꾸는 일이 아닌가 싶다.

그렇다. 세상 아름다움을 즐기는 일은 내 선성을 살아나게 하는 일이다. 그래서 "하늘은 스스로 즐기는 자를 돕는다."라고 한다.

# 내가 그림이 되고,
# 그림은 내게 말을 하고

지난 가을 아내와 함께 '목포 문학관'을 찾았다. 문학관은 시원한 푸른 바다가 한눈에 내다보이는 목포 갓바위 문화타운에 세워진 국내 최초 4인 복합 문학관이다. 우리 한국 문학사에 빼놓을 수 없는 여류 소설가로 최초로 장편소설을 집필한 박화성 선생님을 비롯하여 극작가 김우진과 차범석, 문학평론가 김현 선생님의 삶과 문학세계를 손때 묻은 유품을 통해 만나 볼 수 있는 공간이다.

차범석 문학관에서 만난 선생님의 글이다. "나와 수인사를 나누고 난 사람에게서 으레 이런 질문을 받는다. 실제 나이에 비해 10년은 젊어 보이는 비결이 뭐냐는 것이다. 나는 욕심 없는 삶이라고 대답한다. 나는 소식주의(小食主義)를 실천한다. 더 먹고 싶을 때 수저를 놓는 게 나의 식생활이다. 나는 시간이 날 때면 연극, 무용, 전시회장을 찾는다. 물론 먼 길도 걸어서 다닌다. 그러다 보니 산책은 나의 건강과 취미와 사색을 위한 유일한 여가선용이다. 도심에 들어서면 광화문에서 명동까지 걸어 다니는 게 예사다. 걷고 있노라면 들리는 소리, 보이는 현상, 생각나는 사연들이 늘 나의 창작욕을 자극하곤 한다." 차범석 선생님에게는 걷는 일이 삶을 즐기는 일이요, 자신을 충전시키는 일이요, 또 세상이 당신 안에서 확장되는 시간이 아닌가 싶다.

그날 문학관에서 뜻밖의 그림 한 점을 만났다. 바로 차범석 선생님이 간직하셨던 낭곡 최석환(浪谷 崔奭煥) 선생의 포도나무 수묵 병풍화다. 군산 출신인 낭곡 선생은 조선 후기의 화가로 당대 포도 그림으로 최고의 명성을 떨친 화가다. 병풍 그림은 원래 차범석 선생의 부친께서 소장하셨던 것으로 나중에 물려받은 것이다. 차범석 선생님이 이 병풍 그림을 처음 본 것은 해방 직후, 방학 때 시골집에 내려갔을 때라고 한다. 당시 처음 그림을 마주했던 순간에 관해 선생님은 이렇게 적고 있다. "그 순간 나는 하나의 공포랄까, 위압감 같은 것에 잠시 말을 잃었었다. 그것은 생명력과 생동감에서 오는 무언의 힘이었다." 선생님은 생전에 이 병풍을 집필실에 두고 자유분방하고 힘이 뻗어가는 그림 보는 것을 낙으로 삼았다고 한다.

병풍 그림 앞에 한참을 머물러 보았다. 화폭 가득 휘감아 퍼져가는 포도 덩굴을 강한 농묵으로 대담하고 박진감 있게 표현한 작품이었다. 자연스러우면서 호방하게 펼쳐지는 포도 덩굴을 춤을 추듯 율동적으로 그려 놓았다. 장수와 다복, 다부를 상징하는 포도나무 가지의 춤추는 역동적 자태에 그만 취하여 그 앞에서 나도 춤이 춰질 지경이었다. 낭곡 선생님의 춤추듯 붓을 휘두르는 율동의 에너지가 느껴졌다. 내가 그만 그림이 된 시간이었다. 문학관을 나오니 눈 앞에 펼쳐진 남해의 푸른 바다가 춤을 추고 있었다. 온 세상이 내 안에서 춤추고 있는 느낌이었다.

설렘

지난가을 비 내리는 날, 서울 숲 전시장의 이성수 화가의 전시회를 찾았다. 전시회의 주제는 '어디서, 어디로, 무엇을 향하여'였다. 전시장에 들어서니 벽면에 설치된 작은 원형판 위에 화살표 그림과 짧은 글귀들이 눈에 들어왔다. "극단이 있어야 中이 있다."는 글귀를 보니 '무슨 의미일까?' 스스로 묻게 되었다. 관객이 작품 앞에서 물음을 갖는다는 것은 그 작품 안에 사람을 확장시키는 힘이 있기 때문일 것이다.

　전시장에 설치된 다른 조형 작품들도 흥미로웠다. 한 작품에서는 화살표가 중심을 향하고 있고 다른 작품에서는 화살표가 밖으로 향하고 있었다. 작품 앞에 서 있으면 그림이 나에게 묻는 것 같다. '당신은 남들을 보고 살아왔는지, 아니면 당신 자신을 보고 살아왔는지' 말이다. 그러면서 이렇게 일러주는 것 같다. "삶에서 당신 시선이 밖을 향해 있으면 '남의 삶'을 살게 되지만, 당신 자신을 향해 있으면 '자신의 삶'을 스스로 확장하며 살 수 있습니다."

　그날 전시 작품 중에서는 〈골방의 성 어거스틴(St. Augustine)〉라는 작품이 백미(白眉)로 다가왔다. 성 어거스틴의 내면세계를 작품화한 것으로 죄를 상징하는 흑색 바탕에 화살표 그림들이 중심을 향하고 있었다. 끊임없이 당신의 내면을 보며 자신의 죄를 참회하고 회개했던 성인의 삶을 상징하는 것 같았다. 끊임없이 회개하는 삶은 자신의 선성을 무한히 확장해 가는 삶이 아닌가 싶었다.

　전시장에는 작가의 서울 숲 그림들도 전시되어 있었다. 서울 숲 그림에는 공원에 나온 사람들의 모습과 사슴 같은 동물, 솜사탕과 커피잔 그리고 음악 선율 등 다양한 형상들이 환상적으로 담겨 있었다. 시공의 경계를 넘어 작가의 사랑 안에서 확장되는 세상 모습이었다. 자유롭게 형상화한 그림으로 은유적이고 시적이며, 때론 음악적이며 영성적이다.

문득 그림 앞에서 작업에 몰입하는 작가의 모습을 상상해 보았다. 작가가 자유롭게 그리고 치열하게 그림을 그리는 시간은 스스로 자신을 찾아가는 시간일 것이다. 이렇게 화가 자신을 온전히 표현한 그림 앞에서 사람들은 감동하고 공감하며 정화되는 것이 아닌가 싶다.

그날 전시장을 나오니 가을비 내리는 서울 숲 전경이 어머니 당신 품처럼 편안하게 느껴졌다. 아무도 보이지 않는 호젓한 호숫길을 천천히 걸어 보았다. 가는 빗방울이 떨어지는 호수 수면에 작은 원형의 파장들이 율동하며 확장하는 형상이 고운 음악 선율처럼 들리는 듯했다. 문득 이런 생각이 나를 스쳤다. '내 마음 안에서도 저 율동하며 확장하는 호수 수면의 신성한 파장들이 살아 있으면 얼마나 좋을까?' 홀연 전시장의 〈골방의 성 어거스틴〉 작품이 나에게 이렇게 말해주는 듯했다. "끊임없이 당신 내면의 중심으로 들어가십시오. 거기서 무한히 확장하는 당신 자신을 날마다 만나십시오."

설렘

내 안에는 무한한 확장성이 있습니다. 설레는 일입니다

# 설거지, 나만의 여행이 되다

　설거지를 한다. 아직 서투른 솜씨지만 하다 보니 나름대로 작은 요령도 생기는 것 같다. 먼저 음식 찌꺼기가 남은 그릇들은 흐르는 수돗물에 대충 씻는다. 그리고 나서 주방세제를 묻힌 수세미로 큰 그릇부터 씻는다. 큰 그릇 안에 작은 그릇을 씻어 놓으면 물로 헹구어내기 쉽다. 기름기나 냄새가 남아 있는 그릇은 나중에 한다. 다른 그릇에 옮기지 않기 위해서다. 이제 세제로 씻은 그릇들을 수돗물에 헹구어 내면 그때 손끝에 와닿는 그릇의 촉감이 미끈거린다. 그릇을 씻으면서 무심결에 눈을 들면 싱크대 창문 밖 전경이 보인다. 눈에 들어오는 소나무 공원 분수대가 시원하다. 어린

세상의 그릇은 모두 아름답고 소중하다

이들이 공원에 나와 노는 소리도 들린다. 어느 날은 순한 비둘기 한 쌍이 날아와 난간에서 유희를 즐긴다.

그릇을 씻는 손은 계속 움직인다. 수돗물에 헹구어지는 그릇들의 촉감이 이제는 매끈거리며 '뽀드득' 소리를 낸다. 이때 손등에 떨어지는 수돗물의 촉감이 부드러우면서도 경쾌하다. 이런 촉감들이 느껴지면 지금 살아 있다는 생각을 하게 된다. 무심결에 콧노래가 나오기도 한다. 말끔히 씻어진 그릇들을 하나하나 건조대에 올려놓는다. 그릇들이 고맙게 느껴진다. 그릇의 자태가 맵시 있고 예쁘다. 한국은행 화폐박물관에서 구입한 컵은 본관 전경을 담고 있어 볼 때마다 정이 간다. 그릇 정리가 끝나고 나면 싱크대 둘레의 물기도 말끔히 닦아낸다. 집 안 청소처럼 설거지를 마치고 나면 마음도 말끔해진다. 어지러운 마음도 가라앉는다. 설거지는 할 만한 일이다. 아니, 즐길 만한 일이다.

어느 작가는 설거지 같은 일상성을 즐기는 일이 여행이라고 한다. 평생 나무와 함께 살아온 미국의 여성 지구과학자이자 풀브라이트 상을 세 차례나 수상한 작가 호프 자런(Hope Jahren, 1969년~)의 저서로 『랩걸(Lab Girl)』이라는 책이 있다. 필자는 책에서 나무를 식물이 아닌 한 존재로, 공존의 대상으로 보고 나뭇잎에 끊임없이 질문을 던진다. 이파리 하나에 스무 개가 넘는 질문을 던진다. 예사롭지 않은 그의 통찰력이 삶의 지혜로 다가온다. '나무, 과학, 그리고 사랑'이란 부제를 단 책에서 그는 이렇게 말하고 있다. "눈 속에 사는 식물에게 겨울은 여행이다. 식물은 우리처럼 공간을 이동하면서 여행하지 않는다. 그들은 사건 하나하나를 경험하면서, 견뎌내면서 시간을 통한 여행을 한다." 겨울은 여행이라는 말이 신선하다. 식물에게는 공간이동이 아닌 '지금, 여기'가 바로 여행이라는 말이다. 사람에게도 이것이 가능할까.

한 편의 영화가 생각난다. 오래전 〈위대한 침묵(Into Great Silence)〉이라는 영화를 관람한 적이 있다. 2005년에 개봉된 영화는 해발 1,300m 알프스의 깊은 계곡에 자리 잡은 프랑스 그랑드 샤르트뢰즈(La Grande Chartreuse) 수도원에서 수행하는 카루투시안 수도사들의 일상생활을 기록으로 담은 다큐멘터리 영화다. 필립 그로닝 감독이 1984년에 처음 수도원에 촬영을 요청했으나 허락되지 않고 그 후로 19년이 지나서야 다시 허가를 받아 6개월 동안 수도원에 머무르며 수도사들의 일상을 촬영한 영화다. 특별한 내레이션이나 음향 효과를 넣지 않고 단지 수도원의 모습과 기도하는 수사들의 단순한 일상생활 그리고 자연의 소리로 구성된 침묵의 영화다. 2시간 반 동안 상영되는 영화는 침묵이 인간을 새로운 세상으로 이끌어낸다는 메시지를 담고 있다. 봉쇄된 수도원이라는 제한된 공간이지만 수사들은 "언어가 사라진 뒤에야 우리는 비로소 세상을 새롭게 보기 시작했다."고 말한다. 침묵하는 그들에게는 같은 세상이 날마다 경이로움과 새로움으로 다가온다는 말이다. 봉쇄된 수도원의 단순한 일상성이 위대한 여행이 된 것이다.

사람들은 '여행' 하면 바로 어디론가 떠나야 하는 공간 여행을 생각한다. 하지만 '지금 여기'가 나에게 여행이 될 수는 없을까. 『랩걸』의 저자는 깨어 머무르는 사람에게는 지금 여기가 여행임을 가르쳐 주고 있다. 무심히 스쳐 가는 일상이 아니라, 머물러 지각하고 느끼는 일상이 바로 여행이라는 말이다. 집에서 잠시 창밖의 경관을 바라보거나 베란다 화분에 핀 꽃 한 송이를 보고 몸으로 느끼는 순간이 바로 여행이 된다는 말이다. 동네 뒷산 산책길의 쉼터에서 얼굴에 와닿는 부드러운 바람결, 멀리서 들려오는 숲속의 맑은 새 소리들, 그리고 향긋한 숲의 향기를 느끼는 순간, 그것이 바로 여행이라는 것이다. 해 질 녘 미풍에 흔들리는 은빛 나뭇잎들의 떨림이 그물에 막 올려진 멸치 떼의 퍼덕임으로 느껴지면 더할 나위 없는 설렘의 여행이 아닌가 싶다. 설거지 일도 몸으로 느끼고 즐기면 이 또한 여행이다. 박경리 작가의 시어가 있다. "나는 내 방식대로 진종일 대부분의 시간 혼자서 여행을 했다. 서산 바라보면서도 여행을 했고 나무의 가지치기를 하면서도 여행을 했고, 밭을 맬 때도 설거지를 할 때도 여행을 했다."

우리는 여행하면 흔히 멀리 떠나는 여행을 생각하지만 지금 여기서 일상성을 여행으로 즐길 수 있으면 좋겠다. 단순한 일 같지만 쉽지만은 않다. 스스로 일상 의식을 확장할 수 있는 각자의 습관이 필요한 것 같다. 필자는 우연히 한 선배의 권유로 십여 년 전부터 매일 아침 바른 자세로 30여 분 침묵하는 습관을 갖게 되었다. 아침에 일어나 잠시 침잠(沈潛)하는 작은 습관이 세상을 내 안에서 확장해 주니 신비한 일이다. 어느 날 보이지 않던 것이 눈에 보이고, 들리지 않는 것이 들리니 작은 경이로움이요, 때론 눈부

신 세상의 아름다움이다. 사소한 일들을 새롭게 느끼고 즐긴다는
건, 실은 세상이 내 안에서 확장되는 신선한 여행이 아닌가 싶다.
여기 김달진 시인의 시 〈씬냉이꽃〉이 있다. "사람들 모두/ 산으로
바다로/ 신록철 놀이 간다 야단들인데/ 나는 혼자 뜰 앞을 거닐다
가/ 그늘 밑의 조그만 씬냉이꽃 보았다/ 이 우주/ 여기에/ 지금 씬
냉이꽃 피고/ 나비 날은다." 소소한 일상에서 만난 세상의 경이로
움이다. 세상에 하찮은 일은 없는 것 같다.

# 어느 날, 시가 내게로 왔다

어느 날 빛고을 광주에서 시가 왔다. 문길섭 선생님의 〈행복한 시 암송〉 칼럼에 담긴 시다. 한 달에 두 차례 배달되는 〈행복한 시 암송〉은 언제부터인가 나에게 소중한 기다림이 되었다. 일상의 단순한 삶에서 기다림은 설렘이고 축복이 아닌가 싶다. 〈행복한 시 암송〉에 담긴 시들은 산사의 샘물처럼 맑고 청량하다. 어느 때는 어머니의 품처럼 넉넉하고 따뜻하다. 어느 날은 동심의 노래와 그림으로 다가와 내가 별빛 세상이 되기도 한다. 시는 세상을 새로 만나는 기쁨을 가져다주는 것 같다.

〈행복한 시 암송〉 칼럼에는 시인의 삶과 지혜의 글도 실려 있다. 법정 스님의 말씀이 신선하다. "가슴이 녹이 슬면 삶의 리듬을 잃는다. 시를 낭송함으로써 항상 풋풋한 가슴을 지닐 수 있다." 오래 간직하고 싶은 멋진 말씀이다. 또 정효구 교수의 글이 영혼을 맑게 한다. "자신의 존재와 영혼을 높이 들어 올리고 싶어 하는 사람들에게 시가 있습니다. 시를 알고 좋아하고 즐기는 일은 우리들의 밋밋한 생에 적잖은 기쁨과 깊이를 선사할 것입니다. 시를 즐기면 여러분 영혼의 정원이 한결 향기롭고 풍요로워질 것입니다."

"봄이 오면 꽃이 피는 것이 아니라 꽃이 피어야 봄이 온다."는 말이 있다. 내 마음에 꽃이 피어야 세상의 봄이 느껴진다는 말이다. 시를 가까이하는 일은 바로 내 마음에 꽃을 피우는 일이 아닌가 싶다.

여기 우리나라 명시 50편을 수록한 시 선집(選集) 카드도 있었다. 시 암송 운동을 펼치는 문길섭 선생님이 직접 여러 철을 만들어 선물로 보내주신 것이다. 가끔 모임이 있을 때 자리를 함께한 친구나 친지분들께 시 선집 카드를 작은 선물로 전해드린 적이 있다. 그때마다 감사의 화답이 나를 기쁘게 했다. 서울 명동 중심가의 작은 구두 수선방에 들렀을 때의 일이다. 60세를 넘긴 할아버지가 구두를 수선하는 집이었다. 수선방 대기 좌석에 잠시 앉아 있으니 맞은편 벽에 시 한 수가 붙어있는 것을 볼 수 있었다. 마침 내 가방에 가지고 있던 시 선집 카드 한 권을 건넸더니 "젊은 날 시를 좋아했다."며 고마워했다. 그 후 명동에 나가는 길에 구두 수선방을 다시 들렀더니 좌석 앞면에 시 한 편이 붙어있었다. 바로 시 선집 카드에 수록된 김황팔 시인의 〈다짐〉이었다. "오늘의 바늘코에 이 마음 꿰어/ 겸허한 자세로 그날까지/ 한 땀 한 땀 내 이웃의 아픔을 깁고 싶어." 할아버지의 삶을 닮은 시였다. 구두 수선방 손님들이 수선을 기다리는 동안 자리에서 읽어 볼 수 있도록 걸어놓은 것이다. 여쭤보니 2주마다 시 선집 카드의 새 시로 바꾸어 놓는다고 하였다. 구두 수선방 할아버지의 시 사랑이 바쁜 도회인들에게 잠시 휴식과 위로의 선물이 된 것 같아 흐뭇하였다.

어느 날 시를 읽다가 아름다운 시어를 만나면 그것을 세상 사람들과 나누어 갖고 싶을 때가 있다. 한 번은 마음에 드는 시를 복사하여 동창회 모임에 참석한 친구들에게 전했다. 한 친구가 이런 고마운 메시지를 전해 왔다. "제 삶에 가장 소중한 선물이 되었습니다." 그런가 하면 노년에 〈행복한 시 암송〉을 만나 시 공부를 시작한 한은 동우회 김영신 형은 지난가을, 나에게 시 한 수를 보내 왔다. 이성희 시인의 〈다시 태어나고 싶어라〉다.

> 다시 태어나고 싶어라/ 산길 모퉁이 금강초롱/ 그 꽃잎 사이에서 나풀거리는 아침으로// 새벽하늘에 돋아난 금성/ 그 별빛 사이에서 흘러나오는 노래로 다시 태어나고 싶어라// 징검다리의 마지막 돌 하나로 살고 싶어라/ 시냇물의 노래를 들으며/ 가장 넉넉한 자리에 안착하는 새를 보며/ 저녁을 맞고 싶어라
>
> — 〈다시 태어나고 싶어라〉, 이성희

이런 시어를 만나면 나뭇가지 사이로 보이는 가을하늘이 더없이 높고 푸르게 보인다. 저 티 없는 푸른 하늘에 안겨 그만 티 없는 어린아이로 다시 태어나고 싶다. 그만 어린 날의 동심으로 돌아간다. 별빛 쏟아지는 밤하늘을 보고 '누가 저 하늘을 엎질렀기에 저 많은 별이 쏟아졌을까?' 물으며 손주들과 별을 노래하는 할아버지가 되고 싶다. 시를 만나면 어린 날의 나를 만나는 기쁨을 누리게 되는가 보다.

한 번은 늦가을 동네 산책 중에 길가에 홀로 피어 있는 도라지

꽃이 눈에 들어왔다. 나태주 시인의 시어처럼 "무리 지어 피어 있는 꽃보다 오직 혼자서 피어 있는 꽃이 더 당당하고 아름다울 때가 있다". 가던 길을 멈추고 꽃에 다가가 허리를 굽혀 보니 청보라 빛깔이 곱기도 하다. 혼자 외롭게 핀 꽃에게 가만히 말을 건네고 보니 그만 졸시가 되었다.

늦가을 호젓한 산책길
홀로 핀 도라지꽃 한 송이

할아버지 다가가 묻는다
"도라지꽃아.
아무도 보아주지 않는 너의 보랏빛깔,
어찌 그리도 고우냐?"
도라지꽃 수줍어 하늘거린다

도라지꽃 속삭이듯 묻는다
"할아버지.
아무도 보아주지 않는 당신의 선한 눈빛,
어찌 그리도 고요합니까?"
할아버지 수줍어 미소 짓는다
가을바람 웃으며 지나간다.

— 〈도라지꽃〉, 졸시

나는 아직 시가 무엇인지, 왜 내가 시를 좋아하는지 모른다. 그저 늦은 나이에 시가 내게로 왔을 뿐이다. 어느 날 오민석 시인의 시어가 내게로 와 내가 푸르도록 풍성함을 느낀다. "벚꽃 그늘 아래 누우니/ 꽃과 초저녁달과 먼 행성들이/ 참 다정히도 날 내려다본다/ 아무것도 없이 이 정거장에 내렸으나/ 그새 푸르도록 늙었으니/ 나는 얼마나 많은 것을 얻었느냐"

남도의 고향 친구가 미국의 시인 맥스 어만(Max Ehrmann, 1872~1945년)의 〈소망(Desiderata)〉의 시어(발문)를 보내왔다.

> 소란하고 분주한 가운데서도 고요히 머무르십시오./ 고요 안에서만이 평화가 찾아온다는 것을 기억하십시오.// 아무리 보잘것없이 보일지라도/ 자신이 하는 일에 흥미를 잃지 않도록 하십시오./ 그것이 무상의 세월 안에서 진정으로 그대가 지닌 것입니다.// 그대 자신이 되십시오.// 갑자기 불행이 닥치더라도 굳건히 대처하기 위해서/ 영혼의 힘을 기르십시오.// 무슨 일을 하든지/ 늘 그분의 현존을 마음속에 지니십시오.// 때로 거짓이 판을 치고/ 삶이 힘겹게 느껴지고/ 꿈이 산산이 부서질지라도 /여전히 세상은 아름답습니다./ 즐거워하십시오./ 늘 행복하려고 노력하십시오.
>
> ― 〈소망〉 中, 맥스 어만(Max Ehrmann)

삶의 지혜를 새롭게 깨우쳐 주는 시다. "고요에 머물러 그대 자신이 되라"는 영성적인 시어가 내 노년의 삶을 지탱해 주고 확장해 주니 시가 그저 고마울 뿐이다.

# 기쁨과 사랑이 열리는 창, 아내의 정원 일

올봄, 용인 수지에서 아파트 생활을 정리하고 5년 만에 다시 서초동 옛집으로 이사를 하게 되었다. 노년에 이사를 한다는 것은 쉽지 않은 일이지만 집 관리를 위해 어렵게 결정한 일이다. 이사를 결정하고 나니 할 일이 한둘이 아니다. 우선 이삿짐 정리는 아내가 할 일이 대부분이다. 살림 도구와 옷장 정리 등 하나하나 모두 손이 가야 할 일들이다. 화실과 서재 자료 정리는 내 몫이다. 자료를 정리하다 보니 모아 두었던 편지들이 눈에 띈다. 일하다 말고 편지들을 열어 하나둘 읽어 보았다. 그동안 잊고 지냈던 사람들의 글들이 새삼 소중하게 다가왔다.

어느 해 고향 친구가 편지에 광화문 글판의 헤르만 헤세의 시구 하나를 적어 보내왔다. "봄이 속삭인다/ 꽃 피라/ 희망하라/ 사랑하라/ 삶을 두려워하지 말라." 노년의 마음에 생기와 활기를 되찾게 해준 시구다. 남도의 문길섭 선생님은 이런 시어를 편지에 담아 보내왔다. "올해는 설경을 자주 볼 수 있어 행복합니다. 며칠 전에 뵈었던 정현종 시인의 시구 하나 보내드립니다. '취할 만한 일에 취하는 일은 이쁜 일이다.'" 멋진 시어다. 바쁘게 이삿짐을 정리하면서도 이런 시어를 만나면 잠시 마음에 여유를 찾게 된다. 또 무심결에 들춰본 앨범에는 서초동 옛집 정원의 아름다운 꽃들 사진이 남아 있다. 정성으로 정원을 가꾼 아내의 고운 심성이 느껴지는 사진이다. 그런가 하면 무심히 봐왔던 베란다의 돌확독도 눈에 들어온다. 어머님께서 생전에 명절 떡이나 김치를 담그실 때 쓰셨던 옛 살림 도구다. 새삼 소중하게 여겨진다. 거실의 자명종 시계는 20년 동안 아침마다 아름다운 소리로 가족들을 깨워준 시계다. 벨지움 뷔르셀에서 이를 선물해 준 지인들의 정성이 새삼 고맙게 느껴진다. 이처럼 살림 도구 하나하나에 세상 사람들의 따뜻한 마음과 정성이 스며있으니 모두가 소중하고 감사하게 느껴진다.

이삿날 아침이다. 일찍부터 이삿짐센터 사람들이 짐을 싸고 옮기기 시작한다. 그들이 분주히 방을 오가며 큰 짐을 정리하고 운반하는 작업의 모습은 치열한 삶의 모습이다. 온몸을 땀으로 적시며 무거운 짐을 옮기는 사람들, 고된 일을 묵묵히 성실하게 해내는 이들의 모습이야말로 편한 일만을 찾는 세상에서 더 고맙고 거룩해 보이지 않는가.

그날, 짐을 싣고 서초동 옛집에 도착하니 정원 마당이 먼저 눈에 들어온다. 예전의 풍성한 정원 모습과는 달리 조금은 허전해 보인다. 하지만 우리를 맞아 주는 나무들이 있어 반가웠다. 소나무, 모과나무, 앵두나무가 우리를 보고 하나같이 "기다리고 있었어요!" 하고 외치는 것 같다. 옛집의 나무 친구들이 합창으로 우리를 맞아주는 것 같다. 장미 석탑 앞에 서 있는 작은 성모상은 우리를 어서 오라 손짓하며 보듬어 주시는 것 같다. 마당 한쪽 터에 아내가 오래전 심어 놓았던 모란은 꽃을 피워 우리를 환하게 맞아 준다.

이사 온 다음 날 아침이다. 새 소리에 일찍 일어나 창밖을 보니 참새 부부 한 쌍이 옛 주인이 돌아와 반갑다고 마당에서 지저귀고 있다. 새가 노래로 온 집을 품어주는 것 같다. 이른 아침, 새들이 마당 돌확에 내려와 고인 물을 마시며 물장구를 친다. 얼른 마당에 나가 수도꼭지를 틀어 돌확의 고인 물을 맑은 물로 갈아 주었다. 새가 노래하는 아침이 생기 넘친다.

이사 첫날부터 바쁘다. 짐 정리를 대충 마치고 아내는 먼저 정원 정리부터 시작했다. 단독주택에 돌아와서 하는 일이 많아졌지만, 정원 일을 다시 시작한 아내는 오히려 전보다 밝아진 표정이어서 다행이다. 옛집에 다시 돌아오니 정원 마당을 열심히 가꾸던 아내의 옛 모습들이 떠오른다. 15년 전에 구입한 집은 마당에 정원이 있는 단독주택이다. 마당에는 수종도 제법 다양하여 모란, 작약, 철쭉에 모과나무, 배롱나무, 앵두나무, 대추나무, 감나무가 어우러져 있고 특히 키 큰 홍송 소나무가 집 입구에서 마당 분위기를 운치 있게 살려 주고 있다. 또 봄날 눈부시게 피어 있는 하얀 앵두나무 꽃들이 마당을 환하게 하고 담장 밑 오죽들의 청량(淸凉)한 솔잎 소리가 마음을 맑게 해 준다.

아내는 평소 시간만 나면 마당에 나가 흙을 정리하고 꽃대를 세우는 등 정원 가꾸는 일에 열중한다. 아내의 이런 모습을 보면 "나는 정원을 가꾼다. 고로 존재한다(I garden, therefore I am)."라는 말

그대로 사는 사람 같다. 이른 봄이면 아내가 양재동 꽃시장에서 사다 심은 수선 구근이 노란 꽃으로 화사하게 피면 마당은 봄기운에 생기를 찾는다. 튤립 구근이 풍성한 색깔로 꽃을 피우면 마당은 온통 화려한 꽃 그림으로 수를 놓는다. 봄 햇살에 화사한 꽃의 빛깔이 눈부시게 아름답다. 겨울 추위를 이겨낸 꽃들이 환희의 합창을 부르는 것 같다. 아침저녁 햇살에 수시로 변하는 꽃 빛깔의 신성한 아름다움이 이른 봄, 하늘이 내린 선물 같다.

초봄이 지나면 마당에는 아내가 심은 야생화들로 정원은 작은 꽃들의 향연이 벌어진다. 청초롱, 깽깽이풀, 두루미천남성, 큰꽃으아리, 쑥부쟁이, 좀비비추, 대청붓꽃, 끈끈이 대나물, 숫잔대, 인동

이른 봄에 핀 깽깽이 풀꽃. 작디작은 꽃이 더 예쁘다

봄이 오면 아내가 가꾼 마당 꽃들이 동네를 환하게 한다

덩굴, 흰나비 바늘꽃, 부채꽃, 자주달개비, 맥문동, 섬초롱꽃, 은방
울꽃, 우단동자 등 60여 종의 작은 꽃들로 마당에 생기가 넘친다.
이들 가운데서도 아내가 많이 좋아하는 꽃은 이른 봄 일찍 피는
작은 깽깽이풀이다. 봄 화단에 숨어 있는 작은 보석 같은 꽃이다.
담장 밑에 수줍게 피어난 작은 깽깽이풀꽃들이 귀엽고 예쁘다. 미
풍에 흔들리는 연보랏빛 흰 꽃들이 마치 봄 춤을 추는 듯하다. 작

설렘

은 꽃들을 다가가 유심히 보고 있으면 정영복 시인의 시어처럼 "세상의 모든 꽃은 제각기 예쁘다/ 크기와 모양이 달라도 색다르게 예쁘다/ 빛깔과 향기는 달라도 하나같이 예쁘다/ 이름 없는 꽃이라고 해서 덜 예쁜 게 아니다/ 자세히 들여다보면 작디작은 꽃이 더 예쁘다."라는 말에 공감이 간다. 보이지 않던 작은 꽃들이 나이들어 이제야 보이니 나이 듦도 축복이 아닐까 싶다.

초여름이 되면 마당 한가운데 수국이 탐스럽게 피기 시작한다. 흰색과 분홍색으로 피어난 수국들은 시간이 지나면서 연보라와 푸른색의 화사한 빛으로 마당을 환하게 해 준다. 흐드러지게 핀 수국은 여름날 정원의 여왕이 된다. 이때 배롱나무가 수줍게 분홍빛 여름 꽃을 피운다. 원숙한 여름 정원은 색과 향으로 충만하다.

마당 꽃들 가운데서 아내가 특별히 좋아하는 꽃은 큰꽃으아리(Clematis)이다. 빛깔이 깊고 풍성하고 다양하며 꽃잎의 자태가 우아하다. 붉은 벽돌담에 오르는 큰꽃으아리의 멋스러움은 중년 부인의 자태처럼 고고하다. 꽃대를 따라 하늘로 오르는 큰꽃으아리의 모습은 마치 원숙한 여인의 춤추는 모습을 연상케 한다. 2층 창문 벽까지 무리 지어 오른 금은빛 인동초는 겨울을 이겨낸 꽃이어서 그런지 그 향기가 깊고 은은하다. 인동꽃의 향기는 온 동네로 번져 사람들을 행복하게 한다.

오래전의 일이다. 봄날 한낮에 혼자서 집을 지키며 책을 읽고 있는데 초인종 소리가 울렸다. 현관에 나가 보니 두 중년 여인이 집 마당에 들어와 있었다. "집 앞을 지나다 마당의 꽃들이 너무 예뻐 잠깐 보고 싶어서 들어왔어요!" 하며 양해를 구했다. 마침 아내가 출타 중이어서 "어서 구경하시라."는 말만 남겼는데, 그때 집을 찾은 그분들에게 차라도 한잔 대접하지 못한 점이 못내 아쉽다. 마당에 꽃은 풍성한데 집주인이 각박했던 것 같아 지금도 생각하면 부끄럽기만 하다.

며느리와 손주들은 서초동 집을 자주 찾는다. 이른 봄, 손녀는 노란 수선을 보면 좋아서 어쩔 줄을 몰라 한다. 여름날이면 손주들은 꽃보다 마당 수도꼭지로 물장난하기를 더 좋아한다. 손주들이 서로 어우러져 노는 소리가 마치 새들이 정원에서 노래하는 소리 같다.

마당에 나간 며느리는 꽃만 보면 "예뻐요!"를 연발하며 감탄한다. 예쁘다고 말하면 며느리가 더 예뻐 보인다. "예쁘다고/ 예쁘다고/ 내가 꽃들에게 말을 하는 동안/ 꽃들은 더 예뻐지고// 고맙다고/ 고맙다고/ 꽃들이 나에게 인사하는 동안/ 나는 더 착해지고// 꽃물이 든 마음으로/ 환히 웃어보는/ 우리는/ 고운 친구" 이해인 수녀님의 시이다.

작은 집 정원이지만 마당 꽃과 나무들이 가족들에게 기쁨과 행복을 선사하니 얼마나 고마운 일인가. 모든 것이 아내 덕분이다. 이제 며느리, 손주들이 꽃을 더 가까이하며 꽃의 소리도 들었으면 좋겠다. 여기 김용해 시인의 시가 있다. "당신은 별들의 소리를 들

설렘

었습니까?// 당신은 햇빛의 소리를 들었습니까?// 당신은 꽃이 피는 소리와 나뭇잎들의 속삭이는 소리를 들었습니까?// 보십시오. 자연의 소리를 듣는 사람은 하느님의 소리를 듣는 사람입니다.// 왜냐하면 하느님께서는 언제나 자연을 통해서 말씀하시기 때문입니다." 꽃의 소리를 듣는 사람들에게 꽃은 항상 사랑으로 다가가는 하느님의 선물이 아닌가 싶다.

지금도 아내는 정원 가꾸기를 계속하고 싶어 한다. 하지만 이제는 체력의 한계로 노후 생활을 위해 언젠가는 아파트로 옮겨야 할 것 같다. 좋아하는 일도 때가 되면 손에서 내려놓아야 하는 것이 누구나 피할 수 없는 삶의 여정이 아닌가 싶다. 되돌아보면 아내에게 있어 정원 일은 아내 마음에 사랑과 기쁨과 감사가 충만한 시간이었다. 손주들에게는 꽃과 나비가 친구가 되어 대화를 나눈 시간이었다. 우리 가족이 정원에서 흙을 만지고 꽃을 가꾸는 시간은 하늘이 내린 선물이 아닌가 싶다. 사람이 날마다 흙을 만지면 저절로 마음이 착해진다니 흙은 우리가 돌아가야 할 본향이 아닌가 싶다.

# 한은(韓銀) 갤러리, 평생 인연의 공간

르네상스 양식의 한국은행 구본관 야경
자료: 한국은행

설렘

중학교 시절, 시골에서 기차를 타고 처음 서울역에 내리니 눈앞에 보이는 세상이 모두 새로웠다. 확 트인 도로 위를 달리는 수많은 차들, 거리를 바쁘게 오가는 사람들, 높은 도시건물들 하나하나가 낯선 전경으로 다가왔다. 남대문을 지나 중앙우체국을 향해 한참 걷다 보니 길 오른편에 신세계백화점이 있고 바로 길 건너편에 육중한 건물이 하나 보였다. 한눈에 보아도 석조건물의 장중함이 보통 건물이 아니었다. 나중에 알고 보니 우리나라 중앙은행인 한국은행 본관 건물이었다. 건물 앞을 지날 때마다 건물 내부는 어떤 모습일까, 또 이곳에서 근무하는 직원들은 어떤 사람들일까 궁금했다. 이런 호기심이 꿈이 되었는지 필자는 대학 졸업을 바로 앞두고 이 건물에서 입행 시험을 치르게 되었다. 처음 들어가 본 건물은 높은 천장을 육중한 기둥이 받치고 있어서 그 장중함에 압도되는 분위기였다.

한국은행 건물은 원래 1907년 11월 일본 제일은행 경성지점으로 착공되었는데 1912년 1월에 조선은행 본점으로 준공되었다. 건물은 지하 1층, 지상 3층 규모로서 설계자는 동경역과 일본은행 본점 등을 설계했던 다쓰노 긴고(辰野金吾)였다. 1945년 광복 이후에도 조선은행이라는 이름으로 불렸지만, 1950년에 「한국은행법」이 제정되어 한국은행이 되었다.

건물은 화강암 석조건물로 전체적으로 유럽 성관풍(城館風)의 르네상스 양식이다. 한국전쟁 때 폭격 등으로 내부가 거의 파괴되었으나 1955년부터 1958년 동안에 복구되었고 1981년에는 국가중요

문화재(사적 제280호)로 지정되었다. 1987년 건물 후면에 한국은행 신관이 준공되어 옛 본관 건물은 2001년부터 화폐박물관으로 사용되고 있다. 화폐박물관 2층에는 '한은 갤러리'가 개관되어 해마다 기획전이 열리고 있다.

'한은 갤러리'가 있는 구본관 전경

한국은행은 1950년대에 문화예술계가 경제적으로 어려움을 겪고 있을 때 대한민국미술전시회 입선작 등 유명 작가들의 미술품을 중심으로 공공 컬렉터의 역할을 했다. 현재 소장 중인 작품은 심원 조중현의 〈우중구압(雨中驅鴨)〉, 청전 이상범 선생의 〈야산귀로(野山歸路)〉, 김인승 선생의 〈봄의 가락〉, 박항섭 선생의 〈포도원의 하루〉, 도천 도상봉 선생의 〈성균관 풍경〉 그리고 장우성 화백의 〈월매(月梅)〉 등 1,000여 점에 달한다. 돌이켜 보면 원로 화가들의 귀한 작품들을 소장하고 있는 직장에서 평생을 근무했다는 것은 큰 축복이었다. 자연스레 그림을 익히고 배울 수 있었기 때문이다.

한은 갤러리는 필자에게 남다른 인연의 공간이다. 갤러리 소장
품 가운데는 필자가 1991년 한국은행 브뤼셀 사무소장 재직 시에
구입한 벨기에 유명 작가 Taelmans Jean-Francois(1851~1931)의 작
품이 있다. 눈 내린 겨울철 브뤼셀 부두의 전경을 사실적으로 그
려낸 유화 풍경화로 당시 이 그림을 구입하기 위해 사블롱(Sablon)
광장의 여러 화상들을 방문하여 자문을 구했던 기억이 난다. 당
시 공들여 애써 구입한 작품이었다. 은퇴 후 20년이 지난 지난해
'한은갤러리 기획전'에서 이 그림을 우연히 마주했을 때 옛 고향
친구 만난 듯 그 감회는 남다른 것이었다. 나중 알고보니 브뤼셀
사무소가 2000년 철수하면서 그림을 한은갤러리로 가져와 지금까
지 소장하고 있었던 것이다. 갤러리가 고마웠다.

'겨울 브뤼셀' 틸레만스, 캔버스에 유채, 99x77cm, 1910년

2019년 봄 한은갤러리에서 소장미술품 기획전이 있었다. 당시 전시 작품들은 변종하 화백의 〈사슴〉 등 33개 작품이었는데 전시장에 가보니 뜻밖에 필자의 그림 〈봄의 찬가〉가 표지 그림으로 선정되어 건물 입구에 포스터로 부착되어 있었다. 부족한 그림을 포스터로 대하니 솔직히 당황스럽고 부끄러운 마음이 앞섰다. 과분한 일이었다. 전시회에는 어린 손주들이 할아버지 그림을 보고 싶다며 갤러리를 찾아와 주어 고마웠다. 그날 손주들은 화폐박물관에도 들러 화폐의 제조과정과 역사에 대해 학예사의 설명을 들었다. 옛 한국은행 총재실과 금융통화위원회 회의실도 견학할 수 있어서 모처럼 살아있는 경제교육의 기회가 되었다.

2017년 봄에는 한국은행 입행 동기 회원들이 입행 50주년을 기념하여 은행 본관에 방문한 적이 있다. 은퇴 후 오랜만에 평생 일 터였던 본관 건물에 들어서니 그 감회는 남다른 것이었다. 지난날의 기억들이 주마등처럼 스쳐 지나갔다.

필자는 대학 졸업을 앞두고 1965년 한국은행 입행 시험에 응시하였다. 하지만 그만 낙방의 고배를 마시고 말았다. 이듬해 봄 바로 군에 입대하였다. 다행히 복무기간 중에 시간이 나면 틈틈이 책을 가까이할 수 있었다. 1967년 제대를 앞둔 시기에 어렵사리 응시원서를 입수하여 한국은행 입행 시험에 다시 도전할 수 있었다. 지금 생각해도 제대로 준비도 하지 못한 무모한 도전이었다. 큰 기대는 물론 하지 않았다. 그러나 뜻밖에 합격통지를 받고 보니 하늘이 도운 일이었다. 그해 전역하고 9월에 부산지점 근무 발

할아버지 그림 〈봄의 찬가〉 포스터 앞에 선 손주

령을 받고 보니 동기들보다 몇 개월 늦은 인사발령이었다.

처음 직장 부임을 위해 어머님이 챙겨주신 이불 보따리 하나만 들고 낯선 부산에 내려가 대청동 합숙소에서 첫 직장생활을 시작하였다. 혼자서 모든 것이 생소했으나 선배들의 따뜻한 배려로 업무에 익숙해지며 은행 생활도 재미를 더해갔다. 그러던 중 이듬해 봄, 본점 근무 발령을 받아 처음으로 서울에서 동기들 모임에 참석할 수 있었다. 그때 나를 따뜻하게 맞아준 동기회원들이 고마웠다. 이후 동기들과의 만남은 나에게 소중한 배움이었고 업무적으로 어려움이 있을 때는 조언과 격려로 나를 도와주었다. 그뿐만이 아니었다. 조사역 시절 처음 해외 출장 때 당시 프랑크푸르트 사무소에서 근무하던 김영대 형의 자상한 배려는 지금도 고맙게 느껴진다. 또 불광동 단독주택에 살던 윤덕순 형은 먼 거리에 있는 우리 집에 하얀 강아지 한 마리를 선물로 가져왔다. 필자의 서초동 집에서 재롱부리며 오랫동안 가족들 옆에 있었으니 지금도 잊히지 않는다.

조사부에서 경기예고지표를 처음 개발하여 큰 업적을 이룬 정웅진 형의 겸손과 후박함은 나에게 늘 배움이었다. 몇 해 전에 용인 수지로 이사한 우리 집에 축의를 담은 큰 화분을 보내준 허중송 형의 후의와 정성 또한 잊을 수 없다. 언젠가 일본 여행을 다녀온 강희문 형은 여행 중에 전했던 시(詩) 칼럼집을 읽고 〈和〉라는 단자 서예 작품을 직접 만들어 '求同存異 和而不同' 글귀와 함께 보내주었다. 형의 작품은 우리 집에 '평화의 선물'이 되었다. 입행 동기 정미 회원들이 베풀어준 후의와 배려들이 어제 일처럼 지금도 하나하나 고맙게 다가온다.

설렘

그날 동기회원들은 모처럼 한은 갤러리를 들렀다. 입행 동기 회원들이 함께 갤러리를 방문한 것은 그날이 처음이었다. 갤러리 입구 맞은편에 걸려있는 김인승 화백(1911~2001)의 작품 〈봄의 가락〉이 첼로연주로 우리 일행을 반기는 듯했다. 한국은행 소장품 중에서도 백미(白眉)로 여겨지는 작품이다. 그날따라 그림에서 들려오는 듯한 첼로 연주의 선율이 갤러리를 채우는 느낌이었다.

정미 회원들이 김인승 선생의 작품 〈봄의 가락〉 앞에 섰다. 작품이 가리지 않도록 그림 앞에서 허리를 굽힌 모습이 마치 어린이들 모습 같다. 뒷줄 맨 왼쪽이 필자

갤러리 관람을 마치고 기념사진 촬영을 위해 모두 함께 본관 서편 입구 계단에 섰다. 정미회원들이 20대 중반의 나이로 입행사진을 찍었던 바로 그 자리다. 이제는 모두가 반백의 머리, 희수(喜壽)를 바라보는 나이에 두 발을 딛고 함께 그 자리에 서니, '지금 여기 우리 함께 있음'이 얼마나 복되고 감사한 일인가. 필자에게는 50년

전 동기 행우들과 함께 찍지 못했던 입행 기념사진을 촬영하는 날이었다. 정미회 사람들이 중앙은행에서 선한 인연으로 만나 지난 반세기를 도반(道件)으로 함께했으니, 정녕 축복이 아닐 수 없다.

그날 은행에서 정성으로 준비한 오찬을 마치고 본관을 나오니 봄 햇살에 남산의 신록이 눈부시다. 문득 이런 생각이 머리를 스친다. 10년 후, 그러니까 입행 60주년에도 우리들이 한국은행을 다시 찾아, 처음 섰던 이 자리에 함께 설 수 있을까. 노년의 부질없는 생각이요, 바람이 아닌가 싶었다. 하지만 희망으로 기다리면 언젠가는 이루어지는 것, "노년의 기다림이야말로 아름다움의 시작이다."라는 피에트로의 말을 마음에 새기고 싶다. 정녕 기다림의 삶이야말로 노년의 축복이며 풋풋한 삶의 향기가 아니겠는가.

# 제2부

# 삶은 신성한 선물

# 세상은 언제 어디서나
# 나를 초대하고 있다

    세상을 본다는 것은 기도하는 것이 아닌가 싶다. 이문재 시인은 "노을이 질 때 걸음을 멈추기만 해도, 섬과 섬 사이를 두 눈으로 이어주기만 해도 기도하는 것"이라고 한다. 언제부터인지 나는 사람의 뒷모습 보는 것을 좋아한다. 사람의 뒷모습에는 그의 기도가 있고 삶이 있다.

    봄날 논에서 모내기에 열중하는 농부의 뒷모습에 기도가 있고 시골 장터에 앉아 있는 아낙네의 뒷모습에, 성당에서 홀로 기도하는 노인의 뒷모습에도 기도가 있다. 또 일터에서 하루 일을 마치고 집으로 돌아가는 사람들의 뒷모습에는 경건한 삶의 이야기가 있다. 가을 해 질 녘, 순천만 갈대 숲길에서 만난 노부부의 뒷모습이, 강진 백련사 배롱나무 아래 멀리 구강포를 내려다보고 있는 한 여인의 뒷모습이 사랑을 이야기한다. 화순 백아산 가을 들판에서 수확을 마치고 수레를 밀며 귀가하는 시골 아낙네의 뒷모습이 옹골찬 삶을 보여 주니 이 또한 거룩한 기도다. 정호승의 시 〈뒷모습〉은 어머니를 이야기한다.

    사람의 뒷모습 중에서

가장 아름다운 모습은
저녁놀이 온 마을을 물들일 때
아궁이 앞에 쭈그리고 앉아
마른 솔가지를 꺾어 넣거나
가끔 솔방울을 던져 넣으며
군불을 때는
엄마의 뒷모습이다

— 〈뒷모습〉, 정호승

나는 봄날 마당에 피는 노란 수선과 연보랏빛 깽깽이풀이 가져
다주는 봄빛을, 여름날 동네 어귀 청보라 도라지꽃과 분홍 꽃딸기
를 매달은 배롱나무를 좋아한다. 미루나무 너머로 푸른 하늘에
뭉게뭉게 피어오르는 흰 구름의 율동하는 춤을, 고향 집 처마 끝
에서 떨어지는 낙숫물 소리가 그리움이 되고 시가 되는 여름날을
좋아한다. 창문을 열면 앞마당 파초 잎에 떨어지는 경쾌한 빗소
리와 들판에서 울어대는 개구리의 합창 소리가 고향 땅의 찬가로
들려오는 비 오는 날을 좋아한다.

남도 강진의 풍광을 좋아한다. 해 질 녘 백련사 앞마당에서 멀
리 내려다본 구강포 전경이 한 폭의 그림이 되고, 배롱나무 줄기들
의 곡선 흐름이 무도회에서 춤추는 사람들의 율동으로 다가오니
이 또한 좋아한다. 남도 조계산, 승주 선암사 대웅전 앞마당, 홍매
화가 문향(聞香)으로 다가오는 남도의 이른 봄을 좋아하고, 돌확
수로의 청정한 물소리와 시어가 흐르는 돌담길을 좋아한다.

제주 서편 해안 언덕에 세워진 이타미 준의 '바람미술관'의 빈 공간을 좋아한다. 해 질 녘의 빛과 그림자 그리고 부드러운 바람결이 만나는 빈 공간이다. 실내 공간의 빛과 그림자 그리고 고요가 마음을 쉬어 가게 한다. 빈 공간의 침묵을 만나면 '내 영혼아, 고요로 돌아가라'고 내 안에서 소리가 들려온다.

빛과 바람이 쉬어가는 공간. 제주 '바람미술관'

흑백 사진의 거장 마이클 케나(Michael Kenna, 1953년~)의 여백 사진과 그의 단순한 언어를 좋아한다. '고요한 아침'을 사진에 담으며 "침묵이 세상의 모든 것을 담고 있고, 세상의 모든 소리를 이기고 있다."라고 한 그의 말이 여운을 남긴다. 침묵이 참 언어라고 한다. 어느 겨울날 산길에서 만난 눈 덮인 무덤의 침묵은 무엇인가. 신을 만나고 자신을 만나는 시간이 아닌지 모르겠다.

설렘

봄날이 오면 해 질 녘 강변 풍경과 역광에 담은 할미꽃 사진을 좋아한다. 그리고 흐르는 섬진강 물 위에 아롱진 벚꽃 그림자와 산 그림자를 좋아한다. 광교산 솔숲길의 바람결과 숲의 향기를, 서산마루 석양의 감빛 노을을 좋아한다.

나는 우리 집 마당의 겨울 정취를 좋아한다. 첫눈이 내리는 날이다. 사뿐사뿐 내리는 눈 소리가 들린다. 눈이 쌓이는 마당의 고즈넉함도 좋다. 내리는 눈을 보고 있으면 마음은 어린 시절 고향 마당으로 달려간다. 부드럽고 고운 눈발에 마음도 순해진다. 창밖을 보면 마당 석탑 위에 눈이 곱게 내린다. 누군가 찾아오면 차 한 잔이라도 대접하고 싶다. 눈 내리는 날이면 사람이 기다려진다.

집 마당에 첫눈이 내린다.
눈 내리는 날이면 사람이 기다려진다

자연의 아름다움이 침묵으로 숨 쉬고 있는 땅, 장대한 캐나다 로키산맥의 석양 풍광을 좋아한다. 석양빛에 물든 정상의 만년설을 보며 연보랏빛 어둠이 내린 밸마운트(Valemount)의 숲길을 홀로 걸으며 고요한 침묵에 잠겨 버린 나, 그리고 레이크 루이스 호반 길, 우산도 없이 빗속을 걸으며 가는 빗소리에 안기고 얼굴에 와 닿는 신선한 비의 촉감에 취해 버린 나를 좋아한다.

  그림 그리기를 좋아한다. 내가 그린 그림보다 손녀가 그린 그림을 더 좋아한다. 손녀의 그림은 동요이자 동시다. 어린이의 그림을 대하는 시간은 '옛날의 나', 바로 순수한 나로 돌아가는 시간이다. 삶이 가장 훌륭한 순간은 당신이 순수할 때, 당신 자신이 참모습으로 있을 때다. 순수한 어린이의 모습으로 돌아간 노인의 모습을 좋아한다. 그림처럼 자유롭게 살다간 백영수 화백(1922~2018년)이 있다. 선생님이 자택 마당 담벼락에 그린 천진난만한 하동(夏童)의 모습에서 어린이로 살다간 노화백의 삶을 보는 것 같다.

  호스피스 병실 봉사자의 선한 눈빛을 만나면 내가 그만 작아진다. 얼굴에 선량함을 가득 담고 침묵하는 노인의 모습을 좋아한다. 세상의 모든 언어를 담고 있는 침묵을 좋아한다. "행복에 대한 최고의 표현은 침묵이다."라는 안톤 체호프(Anton Chekhov, 1860~1904년)의 말과 "봉사의 열매는 침묵이다."라는 마더 테레사 (Mother Teresa, 1910~1997년)의 말을 좋아한다. 이해인 수녀님의 시 어같이 맑은 글도 좋아한다. "사람들로부터 사랑도 많이 받았지만 미움도 더러 받았습니다. 이해도 많이 받았지만, 오해도 더러 받았

하동(夏童)의 천진난만

습니다. 기쁜 일도 많았지만, 슬픈 일도 많았습니다. '결국 모든 것이 다 소중하고 필요했습니다.' 선뜻 이렇게 고백하기 위해서 왜 그리도 오랜 시간이 걸렸는지요." 이런 글을 만나면 삶이 새로운 의미로 다가온다.

시골 시장 사람들의 꾸밈없는 표정과 후박한 인정을, 그리고 새벽 생선 시장의 생동하는 아침의 기운을 좋아한다. 어촌 사람들의 무의식중에 나오는 순수한 말을 좋아한다. 언젠가 남도 강진회관에서 우연히 만난 식당 주인 할머니가 내뱉은 한마디 말이 기도로 다가왔다. 반평생 바닷가 갯벌에 나가 짱뚱어를 잡아 생계를 유지해왔다는 할머니에게 손님이 위로의 말을 건넸다.

"할머니, 갯벌 일이 좀 힘드시지요?"

"아이고, 모르는 소리여. 갯벌에 나가 일헐 때가 제일 좋아부러! 그땐 아무것도 생각 안 헌게." 시어가 된 할머니의 말이다. 갯벌에 나가 짱뚱어잡이에 몰입하는 시간, 그녀에게는 지나온 삶의 시름과 애환을 잊을 수 있는 시간이 아닌가. 고된 삶의 현장에서 날마다 지금을 살아온 할머니의 삶은 기도를 살아온 삶이요, 영원을 살아온 거룩한 삶이 아닌가 싶다. 이가림 시인의 시 〈바지락 줍는 사람들〉이 할머니의 거룩한 삶을 노래한다.

바르비종 마을의 만종 같은/ 저녁 종소리가/ 천도복숭아 빛깔로/ 포구를 물들일 때/ 하루치의 이삭을 주신/ 모르는 분을 위해/ 무릎 꿇어 개펄에 입 맞추는/ 간절함이여//
거룩하여라/ 호미 든 아낙네들의 옆모습
— 〈바지락 줍는 사람들〉, 이가림

아침 창문을 여니 새벽빛을 머금은 거미줄에 영롱한 이슬방울
이 맺혀있다. 작은 설렘이다. 세상은 그 아름다움과 경이로움으
로 언제 어디서나 나를 초대하고 있다. 이문재 시인은 "고개 들어
하늘을 우러르며 숨을 천천히 들이마시기만 해도 기도하는 것"이
라고 했다. 삶은 매 순간 신성한 선물이며 기도가 아닌가 싶다.
오늘도 기도로 세상을 만나고, 당신을 만나고, 그리고 나를 만나
고 싶다.

새벽빛을 머금은 거미줄의 영롱한 아침 이슬

# 남도 여행에서 만난 사람들, 모두 아름다웠다

지난 초여름, 남도 여행길에서 광주를 찾았다. 버스가 터미널에 도착하니 문길섭 선생님과 김민하 시인이 우리 부부를 기다리고 있었다. 반가운 만남이었다. 문 선생님은 10여 년 전 우리 부부가 부산 베네딕도 수도원을 찾았을 때 이해인 수녀님의 소개로 알게 된 분인데 내게 처음 시를 공부하도록 길을 열어 주신 분이다. 터미널에서 문 선생님 차에 동승하여 남도 식당을 찾아가는데 무등산 오름길의 여름 신록이 밝은 햇살에 눈부시게 다가왔다. 담양 소쇄원 부근의 소박한 식당이었다. 창밖으로 멀리 보이는 들판과 밭길이 정겨웠다. 한적한 시골 식당에서 시를 사는 사람들과 점심 자리를 같이하다 보니 성찬은 아니어도 풍요롭기만 했다. 시간 가는 줄도 모르고 느긋하게 즐긴 점심이었다. 추월산 아래 담양호의 수려한 경관이 눈 앞에 펼쳐진다. 천천히 걷는 수변공간의 둘레길이 끝없이 이어진다. 한참을 걷다 보니 해거름이다.

그날 저녁 우리 일행은 무등산 자락에 자리 잡은 우제길 미술관을 찾았다. 승효상 건축가의 설계로 3년의 공사 기간을 거쳐 완성된 이 미술관은 광주를 찾는 사람이면 누구나 한번은 방문하고 싶어 하는 공간이다. 미술관은 건물 자체가 우 화백의 빛 설치 작품이 된 건물이다. 밤 조명에 드러난 우 화백의 빛 작품에는 생명의 에너지가 살아 숨 쉬고 있다.

〈Light, 판넬 위에 색한지〉, 우제길

미술관 카페에서 우 화백과 담소를 나누는 시간, 무등산 계곡의 청정한 밤공기가 우리를 부드럽게 감싸준다. 그날 저녁 문 선생님은 피천득 선생님의 시 한 수를 암송해 주셨다. "이 순간 내가/ 별들을 쳐다본다는 것은/ 그 얼마나 화려한 사실인가/ 오래지 않아/ 내 귀가 흙이 된다 하더라도/ 이 순간 내가/ 제9 교향곡을 듣는다는 것은/ 그 얼마나 찬란한 사실인가…" 암송 시 한 수에 밤하늘 카페 공간에 푸른 별빛 하나 내리는 느낌이다.

문 선생님과 함께하는 시간은 언제나 시가 있어 행복하다. 언젠가 차 안에서 황금찬 시인의 시 〈행복〉을 암송해 주셨다. "밤이 깊도록 벗할 책이 있고/ 한 잔의 차를 마실 수 있으면 됐지/ 그 외에 또 무엇을 바라겠는가/ 하지만 친구여 시를 이야기할 수 있는 연인은 있어야겠네/ 마음이 꽃으로 피는 맑은 물소리". 여행 중에 만나는 시는 그야말로 마음이 꽃으로 피는 선물 같다.

다음 날은 진도를 방문하는 날이었다. 아침 일찍 드맹의 '게스트 하우스'에서 광주 근교 양산동 가톨릭 묘지를 찾았다. 조부모님 산소에 먼저 인사를 드리기 위해서였다. 이른 시간 택시를 타고 묘지 입구에 내리니 그만 빈손이었다. 여행길이라지만 산소에서 술 한 잔 올려드리고 싶었다. 묘지 입구에 허름한 작은 식당이 보였다. 문에 들어서니 마침 50대 후반의 주인아주머니가 아침밥상을 준비하고 있었다. "아주머니, 약주 한 병 주세요." 하자 "슈퍼보다 비싼디요." 하며 정직하게 응대한다. 얼른 약주 한 병을 사 들고 식당 문을 나서는데 마침 문 앞마당에 탐스럽게 핀 분홍빛 수국 화분들이 보였다. "아주머니, 수국이 참 예뻐요. 어떻게 이렇게 곱게 기르셨어요?" 무심결에 한 말이다. 이때다. 주인아주머니가 뜻밖의 말을 했다. "한 가지 꺾어 줄랑께, 산소 가져가요." 하며 얼른 집 안으로 들어가 가위를 가지고 나왔다. 수국 가지 하나를 자르며 "꽃가지 아픈것지만 그냥 가져가요." 하며 자른 수국을 나에게 건네주었다. 뜻밖의 꽃 선물이었다. 주인아주머니의 호의와 배려가 참 고마웠다. 산소 묘지 비석 앞에 고운 수국을 올려놓고 인사를 드리니 하늘에 계신 조부모님께서 '고맙다' 하시며, '수국을 선물한 사람의 선한 마음도 기억해 주고 싶다' 하시는 것 같았다. 성묫길 아침에 만난 그 아주머니의 고운 마음이 세상을 환하게 했다. 서둘러 드맹 카페로 돌아오니 따뜻한 아침 식사가 준비되어 있었다. 드맹 문광자 선생님이 정성으로 차리신 남도의 정갈한 음식이었다. 생전 어머님이 해 주신 따뜻한 음식 맛이었다. 여행 중에 이런 식사를 하고 나니 마치 고향 집에 돌아온 느낌이었다. 행복한 아침이다.

그날, 문 선생님과 남도길을 달려 진도에 도착했다. 진도는 2002년도에 내가 한국금융연수원에 재직할 때 1박 2일의 일정으로 부서장들과 함께 찾았던 섬이다. 지금도 생각하면 그때 섬에서 함께 했던 즐거운 시간이 잊혀지지 않는다. 특별히 반주(飯酒)를 곁들인 저녁 식사를 하며 진도 명창의 〈진도아리랑〉을 들었던 일이 아직도 기억에 생생하다. 15년 만에 다시 찾은 '신명과 원형의 땅' 진도. 예나 지금이나 붉은 땅 빛에 대파의 녹색 물결이 나를 설레게 한다. 진도의 밭은 내게 흙의 시처럼 다가온다.

진도의 최고봉인 첨찰산 자락에 자리한 '운림산방'을 다시 찾았다. 조선조 후기 남종화의 거봉이었던 소치 선생의 화실이었던 운림산방, 경내에 들어서니 소치 선생이 심어놓은 백일홍과 연지가 우리를 반갑게 맞는다. 숲 향기와 맑은 새소리가 몸에 스며드니 마음이 맑아진다. 첨찰산 계곡의 한줄기 청정한 바람이 얼굴을 스치니 몸도 마음도 맑아지는 기분이다. 산방에서 첨찰산 쌍계사로 이어지는 오솔길을 걷는다. 마침 범종 소리가 은은히 들려온다.

맑고 깊은 범종 소리에 몸을 맡기니 본향에 돌아온 편안한 느낌이다. 문득 오래전 운림산방 마을에서 하룻밤 민박을 하며 주인 할머니와 밤새 정담을 나누었던 기억이 난다. 처음 만난 길손에게 주인 할머니는 가족들 이야기를 허물없이 모두 털어놓는다. 그날 밤 할머니는 길손을 위해 병풍 친 방에 깨끗한 이부자리를 마련해 주셨다. 또 쌍계사 마을 길에서 우연히 만난 한 할머니는 나에게 꽃 한 송이를 건네며 미소로 인사를 하니 모두가 고향 사람을 만난 듯 따뜻하고 편하게 느껴졌다.

이번 진도 방문에서는 오랜만에 반가운 가족을 만났다. 사진작가로 홍보사업을 하는 이현승 시인의 가족이다. 15년 전 일이다. 내가 처음 진도를 방문했을 때 당시 군청에서 근무하던 이 시인의 안내를 받은 적이 있다. 이것이 인연이 되어 훗날 시인의 부모님 댁을 방문했던 날도 있다. 그날은 마침 부모님께서 하루 밭일을 마치고 집에 돌아오시는 저녁 시간이었다. 갑작스레 들이닥친 길손이었지만 우리 부부를 반갑게 맞아 주시며 따뜻한 차 대접에 선물까지 주셨다. 우리가 떠나올 때는 마당까지 따라 나오시며 명자나무 화분 하나를 선물로 주셨다. 이 화분은 훗날 서초동 집 마당으로 옮겨져 매년 봄이 오면 그 붉은빛으로 녹색정원을 살아 숨쉬게 하며 가족들에게 기쁨을 선사했다. 이번 진도 방문에서 모처럼 이 시인의 가족들과 함께하는 자리를 마련했다. 이 시인 부부와 세 자녀, 농협 지부장직을 역임하신 부친 그리고 우리 내외가 함께했다. 도회인에게 섬 가족들과 함께한 시간은 풋풋한 시간이었다. 건강하고 활기찬 삶을 살아가는 가족들의 밝은 모습, 특히 섬에서 태어나 순수하고 밝게 자라는 아이들의 모습이 참 해맑아보였다. 그날 초등학교 2학년에 다니는 유진이는 즉석에서 연필속필로 그림 하나를 그려 나에게 선물로 건네주었다. 꽃밭 그림이었다. 꽃들이 춤을 추는, 생동하는 꽃밭 그림이다. 티 없이 자란섬 아이들의 순순한 마음을 담은 그림이 환상적이었다. 나도 훗날이런 자유로운 어린이 그림을 그리고 싶다. 그날 유진이가 그려 준그림은 나에게 꿈을 심어준 선물이었다.

남도 여행 일정을 마치고 서울로 돌아오는 날이다. 목포역에서열차를 이용했다. 열차 안에서 문 선생님이 전해준 '시 자료집'을열어 보았다. "구슬이 서 말이라도 꿰어야 보배다."라는 말이 떠오른다. 그 많은 시어 가운데 이렇게 맑고 아름다운 시어들을 골라맵시 있게 엮었으니 세상에 귀한 시 자료집이 된 것이다. 열차 안에서 자료집을 읽다가 전숙 시인의 〈샘이 깊은 물〉을 만나니 그만웃음이 절로 나온다.

진한 남도 사투리로 나눈 시골 마을 할머니들의 대화가 감칠맛난다.

오늘 날씨 어쩌겠능가
아침 뉴스에 비 온다드만
하이고, 관상대도 거짓말 잘하드만
믿을 수가 있어야제
와따, 무슨 말을 그리하는감
우리도 아침에 묵은 맘이 저녁이면 달라지는디

아무리 관상을 잘 보는 관상대라고
오락가락하는 바람을 어찌 붙들고
뜬구름의 마음을 어찌 읽겠능가
그도 그라네잉.

— 〈샘이 깊은 물〉, 전숙

시 자료집 마지막 장에는 구상 시인의 짧은 글귀가 실려 있다. "일시적이 아니고 항구적이면서도 참다운 인간의 행복이란 어떤 것일까? 나는 사물이나 인간, 즉 타 존재와 깊이 만나는 것이라고 생각합니다." 행복이란 결국 깊은 만남에서 이루어진다는 시인의 가르침이다. 문득 오래전 금융연수원에서 한 만남이 생각난다. 그러니까 지난가을, 택배 상자 하나가 집으로 배달되었다. 금융연수원에서 보내온 온 것이었다. 상자를 열어보니 K원장의 저서와 함께 웬 비닐봉지가 하나 들어있었다. 봉지를 열어보니 뜻밖의 물건이 들어있었다. 아직 열기가 남아있는 단팥죽 두 그릇이 포장되어 있었다. 나중에 알아보니 필자가 금융연수원 재직 시에 비서로 나를 도왔던 L팀장이 책을 보내면서 삼청동 찻집에서 내가 즐겨 찾던 단팥죽을 일부러 주문하여 책과 함께 택배로 보내온 것이었다. 15년 전의 만남을 잊지 않고 이런 선물을 보내오다니, 그녀의 마음과 정성이 더없이 고마웠다. 정연복 시인의 시어가 새삼 나를 일깨운다.

전혀 비싼 게 아닌데/ 포장이 화려하지 않은데도// 받고 나면 기분이 참 좋아지는/ 선물이 있다.// 겉모양이나/ 돈의

액수로 따질 수 없는// 보이지 않는 정성이/ 그냥 마음으로
느껴지는 선물이다.// 나는 세상에 자랑할 게 하나 없는/ 보
잘것없는 존재이지만// 누군가에게 이렇게 작고/ 아름다운
선물이 되고 싶다.

— 〈선물〉, 정연복

어느덧 열차가 서울에 도착한다. 남도 여행길에서 만난 사람들
이 사랑으로 다가온다. 연보랏빛 어둠이 내리는 저녁 시간, 수서역
광장에 내리니 오가는 사람들로 붐빈다. 그날따라 눈앞에 보이는
사람들이 왜 그리 따뜻하게 느껴지는지 모르겠다. 남도 여행이 가
져다준 하늘의 선물이다.

# 화가 친구의 그림 선물

해마다 오월이 오면 피천득 선생님의 시 〈오월〉이 나를 찾아온다. 오월이면 항상 내 마음 신록이 되고 또 '내가 살아있다는 것'이 참으로 즐겁다. 지난 5월 김제(金堤) 금산사(金山寺)를 찾았다. 고등학교를 졸업하고 소식을 잊고 지내던 친구들이 모처럼 금산사에서 자리를 함께했다. 이름을 잊은 친구도 있었지만, 옛 얼굴을 다시 만나니 그저 반갑고 살아있다는 것이 새삼 고맙게 느껴진다.

산사에 이르는 숲길은 눈 부신 햇살에 녹음이 싱그럽고 바람결이 청청하다. 옛 친구들과 함께 걷는 길, 마치 어린 시절의 소풍 나온 기분이다.

산사 입구에 다다르니 눈앞에 3층 사찰 미륵전이 보인다. 국보(제62호) 사찰인 미륵전 안에 모셔진 미륵보살상은 그 높이가 11.82㎜로 세계 최대의 옥내 입불이라고 하니 그 앞에서 숙연해진다. 미륵전 기둥에 손을 얹으니 천년 세월이 손바닥에 와 닿은 느낌이 순하다.

미륵전 앞마당을 채운 오방색 연등이 봄 햇살에 눈부시다. 푸른 하늘에 매달아 놓은 연등 대열이 마치 천상의 꽃밭이 되어 우리를 환하게 맞아주는 것 같다. 오층탑 앞에 한 줄로 길게 걸러있는 연등은 산바람에 춤을 추고 있다. 산사 숲길은 솔향기가 코끝을 스치고 나뭇잎 소리, 새소리 청정하다. 온몸이 솔숲 기운에 잠기는 기분이다. 마침 고요한 산사 마당을 가로질러 스님 한 분이 예불방으로 천천히 향하는 모습이 보인다. 한 구도자의 모습에 문득 중생들의 본향은 어디인지 묻고 싶어진다.

그날 산사를 내려오는 길이었다. 솔숲길 바람이 유난히 청정하다. 꽃도 없는데 숲에서 풍겨 오는, 아, 산의 향기여. 향긋한 바람결이 얼굴을 스치니 나도 모르게 "바람 좋아 모자 쓰기 미안하구나." 중얼거린다. 마침 옆에 있던 효산 형이 내 작은 목소리를 듣고 "거, 시 한 수로구만!" 하며 장단을 맞춰준다. 형은 젊은 날부터 서예를 즐기고 시를 가까이하는 친구다. 언젠가 대구에서 생전 수석(壽石)을 즐기다 세상을 떠난 한 동창 친구를 기리는 모임에 참석한 일이 있다. 그날 친구 사무실에서 '쇄석세심(灑石洗心)'이라는 형의 서예 작품을 보고 그 의미를 물었다. 물을 돌에 뿌리는데 씻기는 것은 내 마음일세.'라는 의미란다. 형의 살아온 삶을 담은 작품이다.

얼마 전에 효산 형이 책 『설렘』을 읽고서 축하의 마음을 담아 서예작품 한 점을 보내왔다. 뜻밖의 선물이다. 책자에 실려 있는 졸시 〈도라지꽃〉을 정성스레 쓰고 낙관까지 해 보내왔다. 산책길에 홀로 핀 꽃과의 대화를 노래한 졸시이지만 서재에 걸어 놓으면 사뭇 운치가 있을 것 같다. 날마다 서재에서 이 시를 마주하면 내가

오방색 연등이 봄 햇살에 눈부시다

설렘

산사의 고요

'나'를 만나는 시간이 될 것이다. 새삼 친구의 선물이 소중하게 느껴진다.

효산 형 이야기를 하다 보니 생각나는 또 다른 친구가 있다. 얼마 전에 미술 전시회를 가진 이정구 형이다. 형은 이공대학을 졸업하고 공기업에서 사회생활을 시작하여 장년에는 우리나라 대표 건설사의 하나인 D회사의 CEO를 역임하기도 하였다. 평소 그림을 좋아한 형은 은퇴 후 취미 삼아 그린 미술작품으로 최근 수채화 전시회를 가졌다. '산이 있다'는 주제의 전시회에는 풍경, 정물, 인물화 그림이 전시되었는데 뜻밖에도 인물화 가운데 한 작품이 필자를 모델로 한 그림이었다. 봄 햇살에 드러난 얼굴을 그린 인물화로 본인의 표정을 그대로 닮았다.

형은 전시회 도록에 이렇게 적고 있다. "서양인 한 사람과 동양인 한 사람을 그려 보았습니다. 유명한 여배우 Maggie Smith는 전형적인 백인의 모습이라 몇 번의 스케치만으로도 제법 윤곽이 닮아 흡족했습니다. 이번에는 친구 얼굴을 몰래 사진에 담아 옮겨 봅니다. 서양사람에 비해 동양인의 얼굴을 표현하기가 생각보다 참 어려웠습니다. 그래도 모델인 내 친구가 잘생겨서 이만한 작품이 나왔다고 자평해 봅니다. "친구여. 자네가 잘생겨서 내가 찜한 거야. 미흡하더라도 너그러이 용서해 주시게."

유머러스한 작품해설에 새삼 형의 멋진 풍모를 느낄 수 있었다. 그날 인물화 앞에서 그림을 유심히 보고 있는데 문득 헤르만 헤세의 소설 『데미안』의 한 장면이 연상되었다.

소설 『데미안』에서 주인공 싱클레어는 어느 날 소녀 베아트리체를 이상의 여성상으로 삼고 그녀의 얼굴 모습을 열심히 그리기 시작한다. 그런데 어찌 된 일인지 그가 며칠을 몰입하여 완성한 그림은 그녀의 모습이 아니라 바로 싱클레어 자신의 순수한 모습이었다. 이처럼 그림을 그리는 일은 결국 자신을 만나는 일이 아닌가 싶다. 정구 형이 그린 그림은 나를 모델로 형 자신을 그린 그림이라는 생각이 든다. 그날 전시장을 나오며 노년에 그림에 몰입하는 형의 삶이 축복으로 다가왔다.

친구 우제길 화백의 이야기도 있다. 중학교 같은 반 친구였던 그는 한평생 그림에만 정진하며 '빛의 작가'로 지금도 자기만의 작품 세계를 완성해 가고 있다. 언젠가 한 전시장에서 그가 관람객에게 들려준 작업 일화다.

"나는 한때 작업실에서 뛰쳐나가 이곳저곳을 기웃거렸습니다. 그러던 어느 날 실개천가에 집 없는 어려운 이들이 삶의 거처로 사용했던 대형박스들이 쌓여있는 게 눈에 들어왔습니다. 물건을 보내고, 받은 주소와 국제운송회사 이름 등이 적힌, 소중한 인연의 이야기를 담은 것들이었습니다. 오랫동안 눈비에 퇴색되고 먼지를 뒤집어쓴 채 방치된 그 박스들이 웬일인지 내게 깊은 울림과 느낌으로 와닿았습니다. 당장에 작업실로 옮겼습니다. 오랜 세월을 버틴 물건의 흔적들을 이용하여 세상에서 처음 만나는 새로운 작품을 만들고 싶었습니다. 순간 나만이 할 수 있다는 마음에 가슴이 설레었습니다. 탱화 기법의 호분 가루와 마포천이 입혀졌고 그 위에 나만의 '빛' 작업이 이루어졌습니다. 드디어 내가 바라던 빛 작품이 완성되었습니다. 새 작품을 탄생시킨 행복감을 무어라 표현할 수 있을까요?"

미술평론가들은 우 화백의 작품을 이렇게 평가한다. "그는 선 가운데서도 직선을 가장 사랑한다. 그러나 그의 직선은 언제나 곡선과 어우러져 은은하게 부드러움을 느끼게 한다. 그의 빛의 작품은 항상 새로운 생명의 태동을 알리는 에너지로 화면을 가득 메우고 있다. 그는 버릴 것은 버리는 것이 빛을 탄생하게 한다는 사실을 우리들에게 가르쳐주고 있다."

그는 한국 화단 발전에 공헌한 공로로 한국미술대상과 옥관 문화훈장(2004) 등을 수상하기도 했다.

우 화백은 해마다 신년 그림엽서를 보내온다. 우편 엽서 두 배 크기의 두꺼운 화지 위에 그가 그린 서기 넘친 그림을 보면 나도 모르게 새 기운을 받는 느낌이다. 화백은 오래전 우리집 아들의 혼사 때 결혼을 축하하며 작품 한 점을 보내왔다. 지금도 아들 집 거실 벽에 걸려있는 화백의 그림을 볼 때마다 친구의 정성이 고맙게 느껴진다.

지난주에는 집에 택배 하나가 배달되었다. 뜻밖에 우 화백이 보내온 것이다. 상자를 열어 보니 그림 한 점이 깔끔한 액자에 포장되어 있다. 색조와 선에 생명력이 넘치는 그림이다. 그림을 찬찬히 보니 그림 안에 웬 글자들이 쓰여있다. 화폭 상단에 내 이름과 주소가, 중앙에는 우 화백 이름과 주소가 적혀있으니 무슨 사연인지 궁금했다. 그림에 동봉한 우 화백 서신에 그림에 관한 설명이 담겨 있었다.

> "책 『설렘』을 담고 온 노란 봉투에 무엇인가 재미있는 것을 해 봐야겠는데 오늘에야 내 가슴을 열고 봉투 위에 그림을 그렸네. 그대 이름, 세 글자를 두드려지게 하려고 무진 애를 써 보았지만 마음에 와닿지를 않네. 내 정성을 담아 보내니 받아주시게."

내가 책 『설렘』을 담아 보낸 봉투 피봉에 우 화백이 당신 그림을 그려 보내온 것이다. 그의 예술가적 발상을 담은 작품이 고맙기만 하다.

"우 화백, 자네 정성 고마울 뿐이네. 자네 가슴을 열고 정성을 담아 『설렘』 봉투 피봉에 그려 보낸 그림, 나에게 귀하고 소중한 작품이네. 평소 빛이 충만한 우 화백 작품 앞에서 전율하고 부러워했지만, 오늘은 자네의 따뜻한 마음이 함박눈처럼 넉넉하게 느껴지네."

　친구 간에 고마운 정이 쌓이면 오가는 강변에서도 친구의 목소리가 들린다. 마종기 시인이 강물 같은 우리의 우정을 이렇게 노래한다. "사람이 사람을 만나 좋아하면 두 사람 사이에 물길이 튼다. 한 쪽이 슬퍼지면 친구도 가슴이 메이고 기뻐서 출렁거리면 그 물살은 밝게 빛나서 친구의 웃음소리가 강물의 끝에서도 들린다."

# "나는 참 늦복 터졌다."

　몇 해 전 아내와 함께 남도 여행길에 장흥 토요시장에 들른 적이 있다. 장흥시장은 맛좋은 한우고기에 키조개와 표고버섯이 유명하여 삼합 요리 같은 먹을거리가 일품이고 또 볼거리와 살거리도 많아 누구나 한 번쯤은 찾고 싶어 하는 전통시장이다. 시골 장터에 들어서니, 시장 입구에 설치된 무대에서는 한낮부터 방문객을 위한 흥겨운 노래자랑이 한창이었다. 장터 사람들의 순박한 언어와 활기찬 음성이 그대로 몸에 와닿으니, 살아있는 진솔한 삶의 소리에 사람 냄새가 묻어났다. 소박하고 있는 그대로를 정직하게 살아가는 장터 사람들의 모습에서 사람들의 넉넉한 정리(情理)가 느껴졌다. 장터를 이곳저곳 둘러보다 어물 시장 건물에 이르니 건물 벽 휘장에 큰 글씨로 시구 하나가 적혀 있었다. 시골 장터에서 시를 만나다니 뜻밖이었다. "사람이 온다는 건 실은 어마어마한 일이다. 그는 그의 과거와 현재와 그리고 그의 미래와 함께 오기 때문이다. 한 사람의 일생이 오기 때문이다." 정현종 시인의 시 〈방문객〉이다. 장터를 방문하는 사람들이 그 사람의 일생으로 오는 사람들이라니, 어마어마한 일이다. 잠시 지나가는 방문객 중 누구도 소홀히 할 수 없는 소중하고 귀한 만남들이라는 이야기였다. 장흥 사람들의 사람을 대하는 진솔한 마음과 정성을 담은 시어(詩

語)가 봄 햇살에 눈이 부셨다.

세상에는 작은 일도 의미를 가지면 어마어마한 일이 되는 모양이다. 얼마 전 청진동 해장국 가게에서 K선배님과 점심 식사를 마치고 나오는 길에 광화문 교보문고에 들렀다. 산문 서가에서 우연히 눈에 들어오는 책이 있었다. 『나는 참 늦복 터졌다』. 제목이 재미있다. 나이 들어 늦복이 터졌다니, 말년에 로또복권에 당첨된 대박인지, 아니면 처복에 자식 복이 터진 것인지 궁금하여 책장을 여니 다른 이야기였다. 김용택 시인의 노모와 며느리에 관한 이야기를 수록한 책이었다. 1928년에 순창에서 태어나 열여덟 살에 임실 진메 마을로 시집와 평생 땅에서 농사를 지어온 김용택 시인의 모친이 전주 노인병원에 입원하여 지내며 겪었던 이야기를 며느리 이은영 씨가 글로 쓴 것이다.

시인의 모친은 학업은 없었지만, 자연의 순리에서 삶의 지혜를 터득하고 스스로 풍성한 감성도 키워 온 분이다. 늦가을 시골집 방문에 창호지를 새로 할 때는 마당의 마른 풀잎을 붙여 방문 무늬를 아름답게 살리는 미적 감각을 가진 어머니이기도 하다. 젊은 날 자식 낳고 기르며 농사일과 바느질 일로 한평생을 열심히 밝게 살아온 시어머니였지만, 노환으로 답답한 병실에 입원하게 되면서 자주 짜증을 내고 며느리에게 불만과 불평을 쏟아내기 시작한다. 며느리의 말 못할 마음고생이 시작된다. 이렇게 지내던 어느 날이었다. 여기 김용택 시인의 아내가 쓴 글이 인상적이다. "봄이었다. 벚꽃이 한창이었다. 친구가 군산에 가서 맛있는 칼국수를 먹자고 한다. 칼국수를 먹고 나오는데 칼국수 집 앞에 바늘과 실을 파는 집이 있었다. 저거다 싶었다. 어머니가 병원에 앉아서 하실 일이 바느질이라는 생각이 들었다. 어머니가 바느질을 좋아하고 잘하신다는 생각이 났다. 무조건 들어가서 갖가지 색깔의 실을 샀다. 서둘러 전주로 돌아와서 남부시장 한복집에 갔다. 버려진 조각 천들을 샀다. 어머니께 달려가서 한복집에서 사 온 천과 실이 담긴 반짇고리를 내밀었다." 이렇게 시작한 시어머니의 조각보 만들기였다.

"며칠 뒤 병원에 가 뵈니 시어머니가 만든 조각보들을 침대 위에 펼쳐서 보여 주셨다. 예뻤다. 한복 천이라 색깔도 화려했다. 시어머니를 꼭 안아드렸다. 손도 꼭 잡아드렸다." 며느리는 그때부터 시장에 있는 포목상을 찾아다니면서 시어머니가 바느질할 수 있는 천을 떴다. 시어머니는 조각보 찻잔 받침, 홑이불 베갯잇 등을 계속 만들었다. 꽃무늬가 점점 자리를 잡아가고 어머니 특유의 문양이 나타나기 시작했다. 시어머니 스스로 기쁨을 찾으신 것이다.

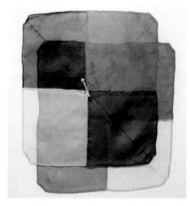

팔순의 시어머니가 병실에서 바느질 짜깁기로 만든 조각보. 가족 사랑의 선물이다

이해인 수녀의 시구가 생각난다. "평범하고 단조로운 일상생활 안에서/ 권태나 우울에 빠져들다가도…/ '기뻐할 거리'를 찾는다면/ 불평의 습성도 차츰 달아나고 말 테지/ 기쁨을 찾는 기쁨만으로도/ 나의 삶은/ 더욱 풍요로울 것이다/ 안에서 만드는 기쁨은/ 늘 힘이 있다"

이제 시어머니의 새 삶이 시작된 것이다. 온종일 병실 창밖만을 바라보며 무료하게 하루하루를 보내던 시어머니가 며느리가 준비해 온 천과 실로 밥보자기들을 만들어 자식, 며느리에게 전하면서 얼굴이 환해지며 삶에 생기와 기쁨을 되찾은 것이다. 그러면서 어느 날 시어머니의 선한 눈빛과 사랑이 다시 살아났다. 시어머니의 변모한 모습에 며느리도 스스로 자신을 이렇게 칭찬해 주고 싶었다. "나는 이런 생각을 해낸 내가 말할 수 없이 기특했다."

어느 날 병실에서 진한 남도 사투리로 주고받는 시어머니와 며느리의 대화는 곰삭은 젓갈 맛처럼 '징하게' 깊고 감칠맛 난다. 병실에서 바느질을 시작한 시어머니가 며느리에 대한 고마움과 당신 기쁨을 이렇게 전한다.

"누워 있는 사람들은 밥 먹으라고 해야 일어난다. 어찌 저렇게 하루 종일 누워 있기만 하는지 징허다. 바느질을 하니까 맘이 좋다. 한 가지 하면 또 한 가지 생각나고, 해 놓고 봉게 더 좋다. 어치게 니가 그렇게 생각을 잘해서 나를 풀어지게 해놨냐. 이것이 아니면 여름 진 놈의 해를 내가 어떻게 넘겼

을지 모르것다. 어디로 나갈래야 나갈 데도 없고 뿔떡 일어
나 도로 눕고 뿔떡 일어나 도로 눕고 하는디, 이것을 이렇게
해놓고 봉게 맘이 호복하다. 민세 애비(아들, 김용택)가 좋아
하니 더 좋다. 내가 삼베 이불 내 손으로 만들어서 민세 애
비 주고 잡다."

이에 며느리가 "저는요? 저는요. 어머니?" 하며 응석을 부려 본
다. "지랄헌다. 용택이 것이 니 것이지."라고 시어머니가 대꾸한다.
며느리의 응석에 "지랄헌다. 그거 만드느라 죽지도 못하것다."며
퉁명스럽게 응답하는 시어머니의 말 속에 며느리에 대한 속 깊은
사랑이 숨어있지 않은가. 며느리 덕에 삶의 마지막 날만 기다리던
시어머니가 병실에서 작은 바느질로 삶의 기쁨과 생기 그리고 가
족 사랑을 되찾은 이야기가 이른 봄 고목에 다시 핀 매화처럼 세
상을 환하게 해 준다.

여기 잠시 20세기 현대 미술의 거장 앙리 마티스(Henri Matisse)
의 말년의 삶이 생각난다. 평생 그림 작업에 몰두했던 팔순의 마
티스는 말년에 그 유명한 생폴드방스의 로사리오 성당을 4년에 걸
쳐 완공한 후 쇠잔한 체력으로 인해 거동이 어렵게 되자 날마다
침상에서 가위로 색종이를 오려 붙이는 콜라주 작업에 열중했다.
생의 마지막 날까지 자신이 좋아하는 일에 몰두했던 노화가의 모
습이 시골 병실에서 손바느질로 조각보 만들기에 열중했던 한 할
머니의 소박한 모습과 맞닿아 보이는 이유는 무엇일까. 아마 그것
은 두 사람이 삶의 길이 끝나가는 곳에서도 자신이 좋아하는 일

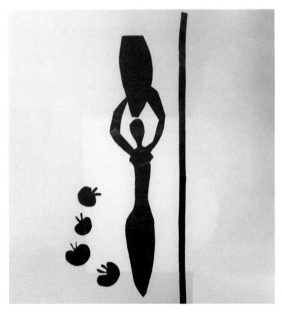

〈석류(石榴) 나무 아래 항아리를 이고 있는 여인〉, 앙리 마티스, 1953

에 몰입할 수 있다는 것, 그것이 매 순간 자기 자신을 사랑하고 또 자신을 새로 만나는 축복의 시간이었기 때문이리라.

삶의 마지막 시간은 누구에게나 소중한 시간이다. 세상 사랑이, 가족 사랑이 함께해야 할 시간이다. 무엇보다 스스로 자기 자신을 사랑해야 할 시간이 아닌가 싶다. 노년의 삶이 나날이 쇠잔해가도 이 순간, 소소한 일에서 스스로 좋아하는 일을 찾아 즐기며 나날을 보낼 수 있다는 것, 그것이야말로 진정 축복이라고 말하고 싶다. 이는 길이 끝나는 곳에서도 눈부시게 자기 자신을 사랑하는 삶이며 가족들에게는 축복이 되는 삶이기 때문이다. 참 늦복 터진 노년의 삶이다.

설렘

# 전철에서 만난 사람들

신분당선이 개통되기 전이다. 용인 수지로 이사를 온 터라 서울로 나들이를 할 때는 분당선 죽전역을 이용했다. 한 번은 지상 역인 죽전역에서 지상 플랫폼으로 천천히 들어오는 객차를 보고 있는데 문득 인상파 화가 모네가 생전 연작으로 그린 파리의 〈생 나자르역〉이 연상되었다. 당시 모네는 생 나자르역의 모습을 그릴 때 역장의 협조를 받아 플랫폼에서 기관차가 증기를 뿜어내는 전경을 화폭에 담아 그 유명한 〈생 나자르역〉을 완성했다고 한다. 생 나자르역은 언젠가 필자가 아내와 함께 파리에서 모네의 정원이 있는 지베르니를 방문하기 위해서 이용했던 역이다. 사람들로 혼잡한 기차역에서 그림 소재를 찾은 노화가의 안목을 생각하면 세상은 머물러 보는 사람에게 그 아름다움을 언제 어디서나 무한히 선사하는 모양이다.

아침 전철을 타면 사람들의 얼굴이 만 가지 표정으로 다가온다. 사람의 얼굴이 각자 살아온 삶인 듯, 그 표정은 참으로 다양하다. 어느 날 경로석에 앉아 있는 노인의 무표정한 얼굴을 보면 외롭고 쓸쓸하게 느껴질 때가 있다. 그러면서 내 표정도 세상 사람들에게 어떤 모습으로 보일까 두렵기도 하다. 다양한 사람들의 표정을 보면서, 삶이란 서로 만나 '조금씩 웃거나 슬퍼하고 절망하는 만큼 꿈도 꾸고 사랑하며 그러면서 각자의 얼굴을 찾아가는 여정'이 아닌가 싶다.

전철 안에서 환한 사람의 모습을 만나면 내 마음도 환해진다. 지난봄의 일이다. 꽃시장에서 분갈이 화초들을 종이 상자에 넣어 집으로 가져가는 할아버지를 만났다. 전철 안에 꽃이 있어 주위가 환하다. "꽃이 참 예뻐요." 한마디에 할아버지는 그만 기분이 좋았는지 선뜻 꽃 한 송이를 건네주셨다. 꽃보다 할아버지의 마음이 더 향기롭다.

한 번은 이런 일도 있었다. 지하철 돈암역에서 경로석에 앉았는데 옆 좌석에는 배낭 보따리를 가진 70대 초반의 할머니 한 분이 앉아 있었다. 전철이 동대문역에 도착하자 할머니는 자리에서 일어나 내릴 준비를 하며 나에게 당신 배낭 메는 일을 도와달라고 했다. 두 손으로 배낭을 들어 올리는데 의외로 무거웠다. 연로한 할머니가 메기에는 무거운 배낭이었다.

"할머니. 배낭이 너무 무거워요. 무엇이 이렇게 무거워요?"
"수박이여. 우리 영감 줄라고 가져가는 것이여."
"아니, 수박을? 이렇게 무거운 걸 어떻게 메고 가세요?"
"우리 영감 줄라고. 좋아서 가져가는 것이어! 나한테 잘한 사람이어! 좋아서 가져가는 것이어!"

남도 사투리의 할머니 음성은 아직도 낭랑하고 생기가 넘친다. 할머니는 할아버지 사랑에 수박이 도무지 무겁지 않은 모양이다. 전철을 내리는 할머니의 뒷모습은 황혼까지 아름다운 사랑으로 살아온 모습이었다. 용혜원 시인은 '황혼까지 아름다운 사랑'을 이렇게 노래한다.

젊은 날의 사랑도 아름답지만/ 황혼까지 아름다운 사랑이라면/ 얼마나 멋이 있습니까.// 아침에 동녘 하늘을 붉게 물들이며/ 떠오르는 태양의 빛깔도/ 소리치고 싶도록 멋이 있지만/ 저녁에 서녘 하늘을 붉게 물들이는/ 노을 지는 태양의 빛깔도/ 가슴에 품고만 싶습니다.// 인생의 황혼도 더 붉게,/ 붉게 타올라야 합니다./ 마지막 숨을 몰아쉬기까지/ 오랜 세월 하나가 되어/ 황혼까지 동행하는 사랑이/ 얼마나 아름다운 사랑입니까.

— 〈황혼까지 아름다운 사랑〉, 용혜원

그런가 하면 전철 안에서 이런 난감한 일도 있었다. 그날도 서울에서 점심 모임을 하고 전철로 집에 돌아오는 길이었다. 승객이 없는 경로석에 혼자 앉았다. 달리는 전철 안에 혼자 앉아 있자니 점심 후라 그만 잠시 선잠이 들었던 모양이다. 죽전역에서 내리려고 보니 옆에 놓아두었던 작은 가방이 보이지 않았다. 잠깐 잠든 사이에 사라져버린 것이다. 난감했다. 가방 안의 책은 다시 구입할 수 있으나, 문제는 사진 자료들이 저장되어 있는 휴대폰이었다. 역에 내려 우선 역무실 분실물 센터에 신고하고 곧바로 이동

통신기 판매점에 들러 방법을 물었다. 바로 본인 전화번호로 지금 전화해 보라는 답변을 들었다. 전화를 걸었더니 신호가 얼마 가지 않아 곧바로 받는 사람의 목소리가 들렸다. 남학생의 목소리였다. 먼저 스마트폰을 분실한 사람이라고 말하자 대뜸 하는 말이 "얼마를 주실 거예요?"라는 말이었다. 거침없이 돈부터 이야기하니 당황스러웠다. 우선 만나서 이야기하자고 한 뒤, 인근 버스정류장을 만남 장소로 알려 주었다. 한참 기다리며 서 있는데 고등학생으로 보이는 두 젊은이가 천천히 접근해 왔다. 내가 먼저 그들에게 다가가 누굴 찾느냐고 물었다. 바로 주머니에서 휴대폰을 꺼내 보이며 "이걸 찾으시지요?"라고 했다. "그 휴대폰 어디서 습득한 것이지요?"라고 물었다. 그들은 역에 떨어져 있어 그냥 주워 왔다고 이야기했다. 긴말이 필요 없었다. 지갑을 꺼내 사례를 하니 학생들은 얼른 휴대폰을 건네주고 총총걸음으로 사라져버렸다. 두 학생은 외모나 눈빛으로 보아 정상적인 학생들은 아닌 듯싶었다. 그날은 잃어버렸던 휴대폰을 찾을 수 있어 다행이었으나, 그늘진 학생들의 모습에 집에 돌아오는 길에서도 마음이 왠지 무거워진 날이었다.

　여기 다른 이야기가 있다. 지난해 가을의 일이다. 그림 액자 하나를 사려고 용산 삼각지 전철역에 내려 화방가를 찾았다. 처음 들른 M화방은 인사동의 화방 분위기와는 사뭇 달랐다. 고객이 그림 액자를 주문하면 현장에서 바로 액자를 제작하여 파는 액자 제작 화방이었다. 화방에 들어서니 50대 중반의 주인아주머니가 별 인사도 없이 무표정한 얼굴로 포장작업에만 열중하고 있었다.

설렘

작업소 한구석에서는 중년 남자 두 사람이 전기 톱질과 공기 분사 작업을 하며 액자 제작에 여념이 없었다. 화방 실내는 소음으로 소란하고 톱질 먼지로 공기도 혼탁했다. 주인아주머니에게 가지고 간 그림을 보이니 액자 샘플들을 보여 주며 그림에 맞는 액자를 추천해 주었다. 주문한 액자를 제작하는 동안 잠시 화방 공간을 둘러보았다. 직공들은 말 한마디도 없이 바쁘게 액자 제작에만 열중하고 있었다. 좁은 삶의 공간에서 묵묵히 세상 삶을 살아가는 사람들의 모습이었다. 문득 화가들의 그림이 사람들 앞에 눈부신 작품으로 완성되는 것은 이런 보이지 않는 곳에서 일하는 이들의 노고 때문이 아닌가 싶었다. 화방 아주머니가 주문 액자가 되었다며 포장하여 건네주었다. 고마운 마음에 "아주머니, 액자 참 잘 고르시네요!" 하며 화방을 나왔다.

몇 주가 지났다. 다른 액자 구입을 위해 M화방을 다시 찾았다. 그날도 표정 없이 작업에만 열중하던 주인아주머니는 내가 가지고 간 그림을 보자 샘플 액자들 가운데에서 하나를 골라 권유했다. 좋아 보인다고 하자 그것을 제작하여 포장해 주었다. 내가 액자를 한 손에 구부정하게 들고 화방 문을 나오려는데 그녀가 내 모습을 보더니 "이렇게 제대로 잡으세요. 그래야 편하지요!" 하며 잡는 방법을 고쳐 주었다. 고마운 마음에 "오늘도 아주머니 액자 참 잘 고르셨어요!" 하고 무심결에 말했다. 그때 그녀가 잠시 나를 쳐다보았다. "선생님은 항상 긍정적이시네요! 선생님 같은 말씀은 드물어요." 하며 미소를 지었다. 그녀의 표정이 밝아지며 무표정했던 얼굴에 엷은 미소가 살아나는 것이 아닌가. 한 고객의 작은 칭찬 한마디가 그녀의 고달픈 삶에 작은 위로가 되었는지 모르겠다. 그날 집에 돌아오는 전철 안에서 그녀의 밝은 표정이 떠올랐다. 손에 든 액자는 무거웠지만, 발걸음은 가볍기만 했다. 시인 메리 R. 하트만(Mary R. Hartman)의 시를 실어 본다. "삶은 작은 것들로 이루어졌네./ 위대한 희생이나 의무가 아니라 미소와 위로의 한 마디가/ 우리 삶을 아름다움으로 채우네."

지하철역에서는 시를 만나는 여유도 있다. 지하철의 짧은 시어가 작은 위로와 희망이 되고 어느 때는 삶의 지혜가 되기도 한다. 한번은 충무로역에서 박두순 시인의 시 〈마음 읽기-지하철에서〉를 만났다. "지하철 안에서/ 시를 읽고 있었다/ 노인이 허리를 구부리고 들어섰다/ 모른 체하려다가 일어섰다/ 시 한 줄 읽기보다/ 마음 한 줄/ 더 읽기로 했다" 이 시를 보며, 생각나는 일이 있다. 그날도 성복역에서 전철 경로석에 앉았다. 다음 구청역에서 5~60대로 보이는 아주머니 한 분이 여행용 가방을 가지고 승차했다. 수수한 옷차림에 머리 파마도 하지 않고 단정히 가르마를 탄 것으로 보아 시골 분이었다. 경로석은 이미 만석이었다. 자리를 어떻게 할지 망설이다가 조금 가면 자리가 나겠지 하며 그대로 앉아 있었다. 전철이 몇 구간을 지나는데도 자리가 나지 않았다. 전철이 양재역에 도착하자 그녀는 에스컬레이터를 이용하지 않고 가방을 들고 층계를 그냥 걸어 올라갔다. 이때 그녀를 뒤따르던 60대 한 남성이 얼른 그녀의 가방을 들어 주었다. 그녀는 고맙다는 표시로 그에게 합장하며 고개를 숙였다. 무거운 짐을 얼른 옮겨 준 한 승객의 모습을 보니 전철에서 시 한 줄 읽는 마음보다 주위 사람들의 마음

한 줄 읽는 마음이 더 소중하게 느껴졌다.

　서울 지하철 이야기를 하다 보니 오래전 경험한 뉴욕의 지하철이 생각난다. 그러니까 사십여 년 전 뉴욕에서 근무할 때의 일이다. 당시 뉴욕 지하철은 노후화되어 객차의 외관은 어지러울 정도로 무질서한 낙서와 그림들로 어지러웠다. 처음 뉴욕을 찾은 사람들에게는 누구나 거부감이 느껴질 정도였다. 객차 외관의 그림 낙서들을 처음 보았을 때는 왜 이대로 방치해 놓았는지 의아했다. 하지만 시간이 지나면서 이들 낙서가 하나둘 내게로 다가왔다. 마음대로 휘저어 놓은 낙서들은 틀에 갇힌 도회인들의 스트레스와 억압된 정서를 분출하는 한 형태로 보였다. 어느 날 객차 낙서 그림 앞에 서 있는데 갑자기 나도 한번 객차 옆면에 마음대로 휘저어 손끝 가는 대로 자유로운 낙서 그림을 그리고 싶다는 마음이 일었다. 낙서 그림들이 분출하는 에너지가 내 안에 억압된 나를 자극한 것이 아닌가 싶었다. 세상, 내 안에 없는 것은 보이지 않는다고 한다. 내가 본 지하철 낙서 그림들, 바로 내 안의 내 모습이 아닌가 싶었다.

# 선물이란 아이처럼
# 소리 내 웃게 하는 것이다

## 1.

지난해 봄에 있었던 일이다. 20년 전 한 직장에서 비서직으로 근무하며 나를 도왔던 B과장으로부터 전화가 왔다. 오랜만에 점심 식사를 모시고 싶다는 이야기였다. 그날 약속장소에 나가 보니 10살 난 딸 세민이와 함께 나와 있었다. 오랜만의 만남이 참 반가웠다. 그동안 바쁜 직장 생활 속에서 딸을 키우고 가정을 꾸려온 B과장의 얼굴 모습에서 세월을 실감할 수 있었다. 식사를 즐기며 서로의 이야기를 나누는데, 앞자리에 앉아 있던 세민이가 음식을 먹다 말고 작은 종이 위에 무엇인가를 그리기 시작했다. 식사를 마칠 무렵 세민이가 얼른 나에게 종이 한 장을 건네주었다. 받아 보니 뜻밖이었다. 식사하는 내 얼굴 모습을 하얀 종이 위에 그린 것이었다. 벗겨진 이마에 눈이 큰 얼굴 모습을 그린 그림이었다. 내 얼굴 특징을 있는 그대로 그려낸 그림이라 그림을 보는 순간 나도 모르게 웃음이 나왔다. 세민이의 그림이 나에게 웃음 선물이 된 것이다. 안경애 시인의 시어가 생각났다. "선물이란/ 아이처럼 소리 내 웃게 하는 것입니다.// 이 행복한 마음/ 선물은/ 물건이 아니라 마음"이라는 내용의 시다. 내 얼굴을 그린 세민이의 순수한 마음이 더없이 소중하게 느껴졌다. 어린아이의 그림은 거짓이 없다. 그날 세민이가 그린 내 얼굴 그림은 어쩌면 내 안의 나를 그려 낸 그림이 아닐까 싶었다.

그날 만남이 있고 나서 며칠이 지났다. 인천에서 인편으로 택배 하나가 배달되었다. 발송인을 보니 B과장이었다. 뜻밖의 선물이다. 잘 포장된 상자 안에는 찰흙에 구운 오리고기 요리가 들어 있었는데 아직 열기가 남아 있었다. 알아보니 B과장이 인천의 한 유명 식당에 주문하여 요리한 오리고기를 바로 속달로 보내온 것이었다. B과장의 따뜻한 마음과 정성이 고맙기 이를 데 없었다. 오래전 만남의 인연을 잊지 않고 정을 나누며 산다는 것은 결코 쉬운 일이 아니다. 각박한 삶을 살아온 나 자신이 이런 따뜻한 사람을 만나니 스스로 부끄러워진다. 어느 시인의 말이 떠오른다. "세상, 당신 같은 사람 있어 오늘 나 여기 있지 않은가." 세상이 새삼 감사로 다가온다.

## 2.

지난가을, 아내와 함께 곤지암의 화담숲길을 찾았다. 주차장에 먼저 주차하고 숲길 입구로 가기 위해 리프트를 타러 갔다. 오랜만에 타 보는 리프트여서 긴장이 되던 터라 손잡이를 단단히 잡고 한참 올라가고 있었다. 중간쯤 이르렀을 때, 돌연 한줄기 산바람이 얼굴을 스치자 순간 내 머리 위의 모자가 날아가더니 깊은 계곡으로 사라져 버렸다. 그 모자는 오래전 해외 출장 중에 직장 후배가 홍콩에서 사 준 기념선물로, 그동안 아껴 썼던 모자였는데 못내 아쉬웠다. 그래도 이제 인연이 다 된 거라 생각하며 잊어버리기로 했다. 두어 시간 숲길 산책을 마치고 돌아 나오는데 갑자기 아내가 옆에서 한 마디 해 주었다. "혹시 모르니 분실물 신고센터에 한번 알아보세요." 아내의 말에 다시 리프트 탑승장을 찾아 한 젊은 직원을 만났다. 분실된 모자에 관한 이야기를 하며 혹시 발견 신고가 있었는지 물었다. 그 직원은 "그런 것 없어요."라고 대답했다. 끝난 일이었다. 뒤돌아 나오는데 그 젊은 직원이 나에게 갑자기 "잠깐!" 하며 물었다. "분실 위치가 어디쯤 되지요?"라는 질문이었다. 위치를 설명해 주자 그는 선뜻 "제가 한번 올라가 보지요." 하며 계곡을 따라 올라갔다. 뜻밖의 친절이었다. 초여름 따가운 햇볕에 계곡을 올라가는 그의 뒷모습을 보고 있자니 고마우면서도 미안한 마음이었다. 한참을 올라가 깊은 계곡 길에 이르러 잠시 멈추더니 그가 손을 흔들어 보였다. 모자를 발견했다는 손짓이었다. 곧 그가 계곡을 내려와 웃으며 모자를 건네주었다. 처음 새 모자를 선물로 받을 때보다 더 큰 선물이 되었다. 젊은이의 친절이 고맙기 이를 데 없었다. "친절을 알려면 내가 가진 것을 잃어 보아야 한다."는 어느 작가의 말이 떠올랐다. 모자를 잃어버렸던 아쉬움이 컸기에 그 청년의 친절이 큰 고마움으로 다가왔다.

그날 밤 집에 돌아와 잠자리에 들자니 문득 곤지암 리조트의 그 젊은이의 얼굴이 떠올랐다. 자리에서 일어나 책상 앞에 앉았다.

젊은 직원의 신원을 알 수 없어 그냥 곤지암 리조트 사장 앞으로 종이 편지 한 장을 쓰고 싶었다. 화담숲길에서 만난 한 직원의 친절에 감사와 격려의 마음을 전하는 편지를 쓰고 나니 빚진 마음이 조금은 가벼워졌다. 다음 날 아침, 지난밤에 써두었던 편지를 우체국에서 우편으로 부쳤다. 며칠이 지나 곤지암 리조트에서 뜻밖의 우편물이 하나 배달되었다. 보내주신 글이 직원들에게 큰 격려가 되었다는 감사의 편지와 함께 봉투 안에는 화담숲 입장권 여러 장이 동봉되어 있었다. 올가을에는 다시 화담숲을 찾아야겠다. 그날이 지금부터 기다려진다. 찾은 모자를 쓰고 숲길에서 내 멋진 모습을 다시 사진에 담고 싶다.

### 3.

몇 해 전, 아내와 함께 아들이 유학하는 영국의 중부도시 버밍햄(Birmingham)을 찾았다. 공항에 마중 나온 아들 차를 타고 집 앞에 도착하니 5살 난 손자 동현이가 현관문 앞에서 기다리다가 할아버지, 할머니를 보고 뛰어나오며 반가워 어쩔 줄을 몰라 했다. 두 손을 들고 온몸을 빙글빙글 돌며 마치 춤을 추듯 우리를 맞아 주었다. 우리를 반기는 손자의 모습이 얼마나 귀여운지, 내 마음도 금방 어린이 마음처럼 하늘을 나는 기분이었다. 8살 난 손녀 지영이는 할아버지가 반가우면서도 그 마음을 수줍게 표현했다. 내 옆에 오더니 종이쪽지 하나를 슬쩍 건네주었다. 할아버지를 만난 기쁨이 이렇게 적혀 있었다. 아직 한글이 미숙하여 서투른 글이지만 놀랍게도 시가 된 글이다.

하늘에서 빛이 떨어지네.
정말 행복하다!
우리한테 올수록 빛이 밝아지네
정말 따뜻하네!
하느님이 내려주신 해 같네.

— 〈우리 할아버지〉

할아버지를 '하느님이 내려주신 해 같다'고 표현한 손녀의 쪽지 글은 나에게는 어마어마한 선물이었다. 안경애 시인의 시어처럼 "새하얀 종이 위에/ 곱게 써 내려간 손녀의 마음은// 세상 그 어떤 보석보다 값비싼 선물"이다.

지난 주말에는 손자, 손녀가 할아버지를 찾아왔다. 손주들이 집에 오는 날이면 마음이 들뜬다. 그날은 아이들이 그림을 그리고 싶다며 할아버지에게 크레용과 백지 용지를 달라고 했다. 집에는 손주들을 위한 미술 재료가 항상 준비되어 있다. 손주들이 식탁에 둘러앉아 그림들을 열심히 그렸다. 큰 손자 정우는 하늘에 구름이 떠 있는 우리 집을 그렸다. 구름 안에는 하느님이 계신다는 설명까지 덧붙였다. 색 감각이 풍부한 손녀 서현이는 화사한 색면으로 콜라주 같은 그림을 그렸다. 손주들은 그린 그림을 큰 봉투에 넣어 할아버지에게 선물로 전하는 '세리머니'까지 하겠단다. 손자, 손녀가 "할아버지!" 하며 전하는 그림을 손에 받아들고 그만 기뻐 두 손을 번쩍 들고 말았다. 아내가 얼른 내 모습을 사진에 담는다. 가족들이 박수를 친다. 손주들 그림은 언제나 나에게 기쁨이고 설렘이다. 손주들 선물은 그림뿐만이 아니다. 초등학교 2학년이 된 동현이는 나에게 시를 써서 선물한다. "낙엽이 떨어지는구나/ 내 머리 위에서 떨어지는구나/ 살랑바람이 불어서/ 낙엽도 춤추는 거구나/ 나도 신이 나구나/ 우리 같이 춤추자꾸나" 손자의 '가을' 시에 나도 그만 함께 춤을 추고 싶어진다.

이제는 손주들의 해맑은 모습을 보는 것만으로도 그것은 나에게는 귀한 선물이 된다. 한 번은 아파트단지 놀이터에서 농구공 놀이를 즐기는 손주들의 밝고 생기 넘치는 모습을 보면 나도 그만 어린 날의 나로 돌아가 한없이 같이 뛰놀고 싶다. 손주들과 함께한 시간은 언제나 나에게 풋풋한 선물이 된다.

토끼 모자 쓴 손주들, 할머니와 함께 하다

# 일탈의 기쁨, 그 얼마나 신선한 선물인가

## 1.

얼마 전 남한산성 아트홀에서 모노드라마 한편을 관람할 기회가 있었다. 배우 김성녀가 단독으로 출연하는 〈벽 속의 요정 이야기〉라는 작품이다. 1950년대 말, 이념 대립으로 희생된 가정을 사랑으로 보듬어 안은 한 어머니의 감동적인 삶을 주제로 한 연극이다. 무대에서 긴 인생 여정의 다

〈벽 속의 요정 이야기〉 포스터

양한 역할을 그녀 특유의 재능과 끼로 유감없이 소화해 내는 배우 김성녀의 탁월한 연기력이 관객들을 눈물과 감동으로 압도한 연극이었다. 그러면서 삶이 아무리 고달파도 '살아있다는 건 아름다운 것'이라는 메시지를 그녀의 고운 노랫소리로 들려주었다. 산전수전을 다 겪은 달인의 경지가 아니고서는 도저히 감당해낼 수 없는 연기력이 아닌가 싶었다. 연극에 문외한인 한 사람에게 이 작품을 통해 모노드라마가 매력적인 장르로 다가왔다.

연극을 관람하다 보면, 삶이 연극이 아닌가 싶을 때가 있다. 그런데 기실 연극보다 더 연극적인 것이 세상 삶이 아닌가 싶다. 진부한 말이지만 "Life is short. Art is long(인생은 짧고 예술은 길다)."이라는 말에 익숙한 사람이, 올여름 런던 여행에서 희한한 글귀의 광고 하나를 보았다. "Life is short. Have an affair." 인생은 짧으니 바람을 피워 보라는 글귀였다. 바람피운 배우자는 이혼 청구도 할 수 없는 나라에서 온 사람이 공공장소에 이런 광고 문안이 그럴듯한 사진 포스터로 즐비하게 붙어있으니 별세상에 온 느낌이었다. 나중에 보니 이 광고는 웹사이트에서도 문제가 되어 물의를 일으킨 모양이었다. 그날 광고를 보면서 문득 저 광고 글귀를 이렇게 바꾸어 보면 어떨까 싶었다. "Life is short. Have a deviation." 인생은 짧으니 일탈의 기쁨을 가져 보라는 의미로 말이다. 여기서 말하는 일탈은 상도에서 탈선한다는 의미가 아니라 일상의 반복되는 틀에서 잠시 벗어나 세상을 새롭게 느끼고 경험하며 더욱 자유롭고 풍성한 삶을 살아보자는 의미다. 시인 로버트 프로스트(Robert Frost, 1874~1963년)는 그의 시 〈가보지 않는 길〉에서 이렇게 노래하고 있다. "먼, 먼 훗날 어디선가 한숨지으며 나는 이렇게 말하려나/ 어느 숲에서 두 갈래 길을 만나 덜 다닌 길을 갔었노라고/ 그래서 내 인생은 온통 달라졌노라…" 자신의 고정관념이나 편견을 내려놓고 평소와 다른 시도를 해 보면 세상이 새로움과 경이로움으로 다가올 수 있다는 말이다. 또 어느 바둑 애호가는 "바둑판 밖으로 일탈해 보라. 바둑이 더 잘 보인다."고 말한다. 일에 몰두하다 잠시 여백의 마음을 가지면 인식과 사고의 틀이 확장되어 세상을 새롭게 보고 느끼고 사유할 수 있다는 말이다.

일탈의 기쁨은 누구나 잠시 자유인이 되어 마음의 경계와 문턱을 조금만 낮추면 언제나 경험할 수 있는 일이 아닌가 싶다. 몇 해 전 캐나다 로키산맥 지역을 여행하면서 밴프국립공원의 루이스호수(Lake Louise)를 방문한 적이 있다. 옥빛이 내려앉은 호수의 호반 길을 천천히 걷는데 갑자기 하늘이 낮아지며 빗방울이 떨어졌다. 원형의 빗방울 파문들이 수면에 번지기 시작했다. 가랑비에도 온몸이 젖는다고, 비만 오면 본능적으로 이를 피하는 것이 평생 살아온 내 삶의 방식이었다. 그런데 그날은 평소의 내가 아니었다. 호수의 신비한 정취에 취했는지 그대로 호반 길을 걷고 싶었다. 우산도 없이 빗속을 계속 천천히 걸었다. 서두름 없이 유유히 걷는데 얼굴을 스치는 빗방울 촉감이 순하고 감미로웠다. 빗속에 잠시 눈을 감고 얼굴을 하늘로 향하니 안면에 와닿는 빗방울의 촉감이 온몸에 번졌다. 얼마나 신선한 느낌인가. 작은 일탈의 기쁨이 아닌가 싶었다. 누구에게도 방해받지 않고 내가 잠시 자연과 하나 되는 시간이니 얼마나 신선한 순간인가.

2.

여기 또 다른 일탈의 이야기가 있다. 몇 해 전 여름, 런던 방문에서 첫날부터 문제가 생겼다. 장거리 비행이 무리가 되었는지 런던에 도착하자마자 양팔에 피부병이 발생한 것이다. 서둘러 일반 의사에게 두 번이나 진료를 받았으나 차도가 없었다. 불가피하게 피부과 전문의를 찾아가게 되었다. 어렵게 예약을 하고 진료실을 찾왔더니 의사가 진료를 시작하며 먼저 내가 여행자임을 확인했다. 그러면서 진료비용이 200파운드인데 진료를 받겠느냐고 물었다. 다른 방도가 없었다. 비싼 진료에 처방 약을 복용하고 나니 증세 가 개선되기 시작했다. 늦게나마 다행이었다. 이렇게 병원 방문으 로 시작한 런던 여행이었지만 예정이 없던 정원 방문에서 뜻밖의 기쁨을 경험하였다.

나무나 화초 가꾸기에 문외한인 내가 여행 중에 한 정원을 연이 틀이나 방문하여 정원의 아름다움에 빠진 것은 평소의 내가 할 만한 일이 아니다. 이는 우연히 읽은 런던 안내 책자에서 한 유명 정원사가 영국에서 가장 아름다운 정원의 하나로 런던의 왕립 큐 가든(Royal Botanic Gardens, Kew)을 추천하며 한 번은 방문해 보라 는 권유의 글을 읽었기 때문이다. 언젠가 캐나다 여행 중 기념품 가게에서 구입한 마그네틱 자석 판에 쓰인 글귀가 생각난다. "One is nearer to God's heart in a garden than anywhere else on earth." 사람이 정원에 머무를 때 그 어디에서보다 신에게 더 가까 이 있다니, 정원이 어떤 공간인지 더욱 궁금했다. 이런 연유로 평 소 좋아하는 미술관 방문 일정을 접고 큐가든을 찾기로 하였다.

큐가든을 처음 찾은 날, 아침 날씨가 흐렸다. 정원 입구에는 이 미 사람들이 줄을 서 개관을 기다리고 있었다. 2003년 유네스코 세계문화유산으로 등록된 큐가든은 1759년에 탄생하여 올해로 259년의 역사를 가진 영국 최고의 정원으로, 한 해 방문객이 100 만 명에 이르고 있다. 런던 남서부 템스 강변의 121헥타르의 광대

1848년에 완공된 팜 하우스(Palm House)

한 면적에 아름다운 호수와 숲 그리고 환상적인 정원과 온실의 꽃들이 방문객을 맞이한다. 큐가든 정원 방문에서 우선 볼거리 중 하나는 온실 관람이다. 큐가든에는 1848년 빅토리아 여왕 시절 완공된 팜 하우스(Palm House)를 비롯하여 수련 온실(water-lily house), 난 온실(orchid house) 등이 있다. 온실의 식물들은 지난 250여 년 동안 세계오지에 파견된 식물 수집가들이 생사를 넘나들며 헌신적으로 수집한 것이라고 한다. 온실 꽃들은 대부분 사막지대나 고산지대 꽃들로 색채가 화사하고 향기가 진하다. 황량한 대지에서 벌과 나비를 유혹하기 위한 꽃들의 생존 노력이라고 한다.

1852년에 지어진 수련 온실에는 남미 아마존 난을 옮겨 키우고 있다. 직경 1~1.5m 크기의 원형 수련잎들이 수면에 떠 있는 모습이 마치 방석들을 수면에 깔아 놓은 느낌이었다. 이들 수련 사이로

큐가든 온실의 아마존 난

연보랏빛 재래종 연꽃이 수려하게 꽃을 피웠다. 온실 천장 무늬와 하늘빛이 수면에 내려와 작은 파동으로 춤을 추고 은은한 연꽃향이 번지니 온실은 그만 동양적인 명상 공간이 된다. 잠시 머무르니 마음이 정화되는 느낌이다.

온실을 나오니 눈 앞에 펼쳐지는 아름드리 나무숲 전경이 여행자의 마음을 확 트이게 했다. 숲길에 들어서니 300년의 세월 동안 사람이 공들여 키워온 건강하고 아름다운 숲임을 알 수 있었다. 청신한 기운이 온몸에 번진다. 이내 마음이 차분해지며 숲길의 향기가 싱그럽게 다가온다. 숲속의 새 소리도 경쾌하다. 걸어도 또 한없이 걷고 싶어지는 길이다. 얼굴을 스치는 바람결에 나뭇가지들의 율동이 참으로 신선하다. 서걱이는 숲의 소리가 모든 것을 보듬어 준다. 숲은 아늑한 품으로 바람을 편히 쉬게 한다.

큐가든 숲길에 들어서면 몸과 마음이 청정해진다

숲길이 갑자기 환해진다. 함지박처럼 환하게 핀 수국 꽃들이 무리 지어 나타난다. 뜻밖의 만남이다. 연분홍, 연보라, 흰빛 수국들이 미풍에 어우러지니 숲속에 수국 향이 번진다. 은은한 수국 향이 코끝에 닿으니, 문득 지난 초여름 방문한 강릉 허균 생가 마당의 수국 향이 생각난다. 분홍빛 작약과 어우러져 호젓한 정취를 자아낸 한옥 마당의 수국이 우리네 옛 여인의 절제된 아름다움이라면, 큐가든 숲길의 수국꽃은 환하게 만개한 원숙한 여인의 아름다움이다. 한 줄기 청량한 바람결이 얼굴을 스친다.

숲길 끝자락에 이르니 하늘 숲길이 이어진다. 인공으로 만든 나무 높이(18~19m)의 하늘 숲길(Treetop Walkway)을 천천히 걸으며 장엄한 수목원을 내려다보니 나무숲이 새롭게 다가온다. 오랜 세월 비바람, 눈보라를 견딘 정원의 나무들, 인간이 얼마나 큰 사랑으로 가꾸었으면 이렇게 건강하고 장엄한 숲이 되었을까? 사람의 나무 사랑이 숭고하게 느껴진다. 정원 숲은 앞으로도 청정한 기운과 아름다움으로 인간에게 휴식과 치유와 영감을 무한히 선사할 것이다. 영국의 철학자 프랜시스 베이컨(Francis Bacon, 1561~1626년)이 남긴 말이 있다. "전능하신 신이 맨 처음 이 땅에 만든 것은 정원이다. 그리고 그것은 가장 순수한 인간의 즐거움이 되었다. 이는 인간의 영혼에 가장 큰 상쾌함이 아닐 수 없다. 정원을 가꾸고 만드는 일은 인간이 할 수 있는 위대한 마지막 완성이 될 것이다." 정원 사랑이 위대한 인간 사랑임을 배운다. 큐가든은 사람이 얼마나 정원을 사랑하며, 정원이 사람을 얼마나 사랑하는지를 보여 주는 생명의 공간이다. 문득 이런 생각을 하게 된다. 사람은 누구나 자기 안에 마음의 정원을 간직하고 있지 않은가. 나는 얼마나 내 마음의 정원을 가꾸고 사랑했는지 묻고 싶다. 큐가든이 조용히 나에게 이렇게 일러준다. "당신의 마음 정원을 가꾸고 사랑하십시오. 당신의 존재가 놀랍게도 세상에 위로와 치유의 정원이 될 수 있습니다." 숲을 산책하고 나오니 '소로(Henry David Thoreau, 1817~1862년)'의 말처럼 '내 키가 나무보다 더 커진' 느낌이다.

# 그해 여름과 가을 사이

올여름 더위는 유난했다. 섭씨 37~40도를 오르내리는 불볕더위가 8월 한 달 내내 지속되었기 때문이다. 우리나라 기상대 관측사상 올여름의 더위가 최고였다고 한다. 아침에 일어나면 오늘 하루 이 더위 속에서 어떻게 지내나 고민이었고 저녁에 잠을 청하면 열대야로 잠을 설치기 마련이었다. 낮에는 더위를 피하고자 집 가까운 우면산을 찾지만, 산바람마저 열기였다. 그럴 때면 땀으로 멱을 감기 마련이다. 집에 돌아오면 에어컨을 켜지만, 잠시 시원해지다가도 몸이 금방 차지며 감기 기운에 기침이 나온다. 이열치열이라고 동네 삼계탕집을 찾지만, 몇 번 들고나면 더는 할 수 없게 된다. 그래서 해 질 녘에 우면산을 다시 찾곤 한다. 저녁 계곡 바람이 시원하기 때문이다.

어느 토요일 오후 이른 시간이었다. 혼자서 우면산을 오르는데 눈앞에 중절모를 쓴 50대 남성이 등에 짐을 지고 산에서 내려오고 있었다. 빙과 통을 등에 지고 내려오는 빙과장수였다. 소망 탑 정상 쉼터에서 등산객들에게 시원한 빙과를 팔고 내려오는 길이라고 했다. 무심결에 "오늘 다 파셨어요?"라고 말을 건네니 "아니요! 집일로 그냥 일찍 내려가요." 하며 지나쳤다. 몇 걸음 발길을 떼어

놓는데, 뒤에서 "선생님! 이거 하나 들고 가세요!" 하는 소리가 들렸다. 뒤돌아보니 빙과장수가 빙과 통에서 빙과 하나를 꺼내 들고 나에게 다가오며 들고 가라고 권유했다. "아니, 괜찮아요. 지갑도 안 가져 왔어요."라고 사양하니, "아니, 그냥 들고 가세요. 날씨가 더워요!" 하며 빙과를 내 입 가까이 들이대었다. 얼떨결에 받고 보니 지갑도 없는 처지라 당황스러워하자 그는 "그냥 드세요!" 하고 웃으며 산길을 내려가 버렸다. 한여름 더위에 산길을 혼자 오르는 노인의 지친 모습이 안 되었다 싶었는지 알 수 없지만 고마운 사람이었다. 다시 되돌아보니 그 사람은 이미 산길을 저만치 내려가 버렸다. 평소 빙과를 그다지 좋아하지 않지만, 그날 빙과 맛은 그만이었다. 멜론 향에 시원하고 달콤했다. 빙과 하나를 즐기며 천천히 정상에 오르니 산바람에 더위가 가셨다. 멀리 눈에 들어오는 푸른 하늘에 흰 구름이 시원하게 다가왔다. 한여름 우연히 만난 빙과장수 생각에 잠시 더위를 잊는다.

산에서 집에 돌아오면 바로 시작하는 일이 있다. 집 마당의 꽃나무에 물을 주는 일이다. 여름날 해 질 녘의 시간은 물 뿌리기에는 그만이다. 마당 입구의 수도관 호수에 분사기를 달아 시원한 물을 뿌리기 시작하면 더위에 지친 나뭇잎들이 춤을 추기 시작한다. 잎에서 잎으로 떨어지는 물방울 소리에 나뭇잎들이 환희의 춤을 추는 모습이다. 이 시간은 나무들이 생기를 되찾는 시간이며 주인도 더위를 씻는 시간이다. 마당 한가운데에는 키 큰 모과나무가 한 그루 서 있다. 더위에 지친 나무줄기에 물살을 올려 주면 잎들이 고맙다고 노래를 하는 듯하다. 그 옆에는 키 큰 배롱나무가 서 있

여름날 마당의 탐스런 수국이 더위를 식혀 준다

설렘

다. 한여름 내내 분홍 꽃을 피우니, 그 고운 빛깔은 수줍은 여인의 입술 빛깔이었다. 배롱나무 가지에도 물줄기를 올려서 뿌려 주면 그 물방울이 수국잎으로 떨어진다. 이때 들리는 물방울 소리가 신선하다. 수국과 배롱나무 꽃잎이 함께하는 환희의 합창 소리 같다. 수국 꽃잎 물방울 소리에 여름이 지나가고 있다.

　더위가 누그러진 지난주, 아우와 함께 여주의 부모님 산소를 찾았다. 절기상으로는 이미 처서가 지났지만, 대지는 여전히 뜨거운 열기를 내뿜는다. 그날 성묘를 마치고 공원을 나오는데 눈에 들어오는 하늘빛이 유난히 푸르다. 새털구름 사이로 보이는 하늘이 가을빛으로 물들고 있다. 대지는 아직 뜨거워도 하늘은 가을빛을 숨기지 못하는 모양이다.

　그날 귀로에 강원도 오크밸리의 뮤지엄 산(Museum San-Space Art Nature)을 찾았다. 뮤지엄 건물은 건축계의 노벨상인 프리츠커 상(1995)을 수상한 세계적인 건축가 '안도 다다오(1941년~)'의 설계로 2013년 5월에 완공되었다고 한다. 노출된 콘크리트 구조물이 돋보이는 형태의 미니멀한 건축물로, 자연과 공간과 예술이 조화를 이룬 명상적 공간이다. 입구에서 뮤지엄 홀로 가는 길은 패랭이꽃이 피어 있는 드넓은 초원길이다. 초원길과 자작나무 숲길을 지나면 시원한 물 정원(Water Garden)이 나온다. 눈에 들어오는 뮤지엄 건물이 마치 물 위에 떠 있는 모습처럼 보인다. 뮤지엄 입구에 설치된 유명건축가 알렉산더 리버만(Alexander Liberman, 1912~1999년)의 대형 조각물 〈Archway〉가 인상적이다. 물과 건물과 〈Archway〉가 서로 어우러져 자연과 예술의 융합 공간을 연출한다.

물 정원에 설치된 SAN 미술관의 조형 작품 〈Archway〉

설렘

본관 홀에서 보이는 창밖 경관이 인상적이다. 건물에 접한 경사진 물 계단이 곡선으로 이어지며, 마지막 물 계단의 수면은 하늘에 맞닿아 여름날의 흰 구름을 담고 있다. 실내 공간도 빛의 연출 공간이다. 창밖의 물그림자가 반사되어 실내 천장에서 춤을 추는데, 창살 그림자들은 바닥과 계단 공간에 기하학적인 아름다움을 선사한다. 빛과 물과 건물이 빚어낸 순간의 아름다움이다. 지금 눈앞에 보이는 이 아름다움도 해가 지면 흔적도 없이 사라져 버릴 것이 아닌가. 아름다움은 사라지기에 아름다운 것이 아닌가 싶다.

해거름에 뮤지엄 홀을 나오니 확 트인 '플라워가든'에 새 모양의 조각 조형물이 눈에 들어온다. 건축가 마크 디 수베로(Mark di Suvero)의 작품으로, 황조롱이가 고난과 시련을 이겨내고 창공으로 비상하는 모습을 형상화한 것이라고 한다. 패랭이꽃 초원의 황조롱이 조형물 날개에 흰 구름이 걸쳐 있다. 여름을 떠나보내는 마지막 구름이다. 흰 구름 너머의 푸른 하늘이 눈부시게 푸르다. 가을빛이다.

오늘 아침 서늘한 기운에 이른 잠을 깼다. 주섬주섬 옷을 걸치고 집 마당에 나가니 환하게 핀 구절초가 나를 반갑게 맞이한다. 이제 조석으로 가을 기운이 완연하다. 여름 꽃들이 지고 난 빈 마당 한구석에 철 지난 장미꽃 한 송이가 하늘을 향해 피어 있다. 홀로 누구를 기다리며 저렇게 목을 길게 뽑고 피어 있을까. 장미꽃 한 송이가 사람 키를 훌쩍 넘겼다. 붉게 핀 장미꽃이다. 코끝에 와닿는 새벽 꽃향기가 순하고 맑다. 계절이 지나간 하늘을 보니,

장미꽃이 머리맡에 새벽달을 이고 있다. 새벽달이 장미꽃을 내려다보며 환한 미소를 짓고 있지 않은가. 장미꽃을 밤새 환한 빛으로 감싸준 새벽달의 사랑에 홍조를 띤 장미꽃 향기가 빈 마당에 순하게 번진다. 하늘은 가을빛이다. 멀리서 풀벌레 소리가 들린다. 가을이 오는 소리다. 가을에는 누군가 그리운 사람에게 편지를 쓰고 싶다.

설렘

# 북해도 단상
## - 나 한번 여름이 되어보고 싶다

"사람들 사이에 꽃이 필 때 무슨 꽃인들 어떠리 그 꽃이 뿜
어내는 빛깔과 향내에 취해 절로 웃음 짓거나 저절로 노래
하게 된다면"

최두석 시인의 시어다. 여행길에서 들꽃 한 송이 만나 그 향기에
취해 노래할 수 있다면 어린이 마음이 되어 하늘을 날 것 같다.

몇 해 전 가족들과 함께 런던 남서부에 위치한 라벤더 농장인
메이필드 라벤더 팜(Mayfield Lavender Farm)을 방문한 적이 있다.
농장 입구에 들어서니 눈에 들어오는 광활한 언덕에 펼쳐진 라벤
더 꽃밭이 마음을 확 트이게 했다. 제철이 지난 시기였지만 은은
한 라벤더 향기가 온몸을 감싸니 몸과 마음이 편안해지는 것 같
다. 라벤더는 그 신비한 보랏빛과 향기에 고귀함과 은은함이 숨어
있어 정화되는 기분이다. 도라지꽃 보랏빛이 시어처럼 맑다면 라
벤더의 보랏빛에는 예술가의 열정을 닮아 때론 황홀하다. 라벤더
향기가 넘실대는 바람결에 꽃밭을 거니는 사람들이 사랑으로 다가
오니 서로를 사진에 담는 연인들의 모습이 정겹기만 하다. 서산 넘
어 지는 햇살에 가족들과 함께 걷는 라벤더 향기길, 한없이 거닐

고 싶다. 멀리 서산 넘어 노을에 취한 불그레한 구름이 나지막한
음성으로 라벤더 찬가를 부르는 것 같다.

지난여름, 아내와 함께 모처럼 북해도를 방문할 기회가 있었다.
그곳 라벤더 농원이 있어 오래전부터 한번 방문하고 싶었다. 이른
아침부터 인천공항에서 두어 시간을 비행하여 삿포로 공항에 도
착했다. 공항 건물에 들어서니 비좁은 입국대가 관광객으로 혼잡
하다. 건물 밖으로 나오니 맑은 하늘에 청정한 공기가 온몸을 감
싸니 상쾌하다. 달리는 버스 차창 밖의 전경이 이국적이다. 멀리
광활한 밭풍경은 붉은색 지붕의 사일로가 있어 서구의 농촌 모습
을 닮았다. 끝없이 이어지는 녹색의 밭들이 대지에 한 폭의 그림
을 그려 놓은 것 같다. 감자밭, 콩밭, 유채밭 밀밭의 여러 녹색들이
진홍빛 땅 빛과 어우러져 환상적 아름다움을 선사한다. 땅 빛이
하도 아름다워 꽃 빛깔보다 고운 것이 땅 빛깔이 아닌가 묻고 싶
었다.

농부 한 사람이 광활하게 펼쳐진 밭에서 혼자 김을 매고 있다.
서둘지 않고 묵묵히 밭일에 몰두하는 모습이 인상적이다. 시간의
흐름을 느끼지 못하는 농부의 모습 같지만, 사실은 시간을 온전히
누리는 모습이 아닌가 싶다. 뙤약볕 아래서 홀로 일하는 농부의
모습이 신성하게 느껴졌다.

칠월 중순 후라노의 여름은 라벤더의 꽃향기와 보랏빛으로 물
들어 있었다. 농장 입구에 들어서니 눈에 들어오는 꽃밭 풍광이

마치 한 폭의 화사한 그림 같다. 만개한 라벤더 꽃길에 들어서니 마치 보랏빛 호수 위를 천천히 걷는 기분이다. 온몸이 보랏빛 향기에 물들어가는 느낌이다. 마침 눈앞에 노란색 원피스를 입은 한 젊은 여인이 허리 굽혀 어린아이를 보듬고 서 있는 남편을 사진에 담는 모습이 정겹다. 보랏빛 꽃밭에 노란색 원피스를 차려입은 부인의 가족사랑 모습이 영화의 한 장면 같다. 문득 "꽃구경보다 사람 구경이 더 재미있다."라는 시어가 떠오른다.

그날 라벤더 꽃길에 머물러 보니 그때야 꽃이 보인다. 기다란 꽃대 위에 보라색의 작고 기다란 타원형의 꽃망울들이 옹기종기 매달려져 마치 이삭과 같은 꼴을 이루고 있다. 여름 햇살에 꽃 빛깔이 수시로 변하고 있다. 색의 오묘한 변화가 신비롭다. 색은 무엇인가. 빛이 없으면 색도 없지 않은가. 색에도 빛의 아픔이 있지 않은지 묻고 싶었다.

멀리 농원 끝자락, 나뭇가지 사이로 붉은빛, 분홍빛, 노란빛 꽃들이 보랏빛 라벤더와 어우러져 한 폭의 화사한 그림이 된다. 녹색 밭 넘어 흐르는 라벤더 보랏빛이 마치 강물처럼 아름답다. 꽃밭 카페 창문으로 보이는 사람들 모습도 정겹다. 사람들의 표정이 하나같이 환해 보인다. 마음의 짐을 내려놓고 잠시 꽃이 된 표정들이다. 농원 끝자락, 정자 너머 멀리 산등선에 걸쳐있는 흰 구름이 눈부시다. 풍성하고 아름다운 여름이다.

설렘

농원 사진 전시관에 들렀다. 후라노 꽃밭의 사계를 담은 작가들의 사진 작품이 전시되어 있다. 계절 따라 변하는 꽃밭 전경의 아름다움이 풍성하다. 흰 눈 덮인 고요한 겨울 농장의 풍경이 인상적이다. 여름날 화사함은 모두 사라지고 차가운 겨울의 정적뿐이다. 북해도의 겨울은 길고 매섭다. 엄동설한을 이겨낸 라벤더들이기에 철이 되면 이렇게 아름다운 꽃들을 피워 은은한 향기로 사람들을 취하게 하는가 보다.

귀로에 들린 이웃 마을 비에이의 꽃밭은 비탈진 언덕에 조성되어 있다. 넓은 벨트 모양으로 누워있는 색색의 꽃밭이 땅 위에 화사한 그림을 그려놓았다. 마치 땅 위에 만들어진 거대한 퀼트 작품 같기도 하다. 비탈 능선의 꽃밭을 천천히 걷다 보면 멀리, 가까이 누워있는 꽃밭 전경이 수시로 변한다. 동영상처럼 이어지는 색의 향연이 음악 선율로 다가온다. 마침 농원에서 꽃밭을 가꾸는 두 여인의 모습이 밀레의 농촌 그림을 연상케 한다. 여행자에게는 목가적 전경으로 다가오지만 날마다 뙤약볕에 꽃밭을 가꾸는 여인들의 땀과 노고를 생각하니 꽃밭의 아름다움에는 아픔도 함께 숨어있었다.

화훼농원을 떠나며 한 사진작가를 기억하고 싶었다. 북해도의 화훼농원이 오늘의 관광지로 각광을 받게 된 데에는 사진작가 마에다 신조(1922~1998)의 역할이 있었다. 동경에서 태어난 그는 공업고등학교를 거쳐 척식대학을 졸업한 후 직장생활을 하다가 1955년부터 사진 촬영을 시작했다. 그는 여행 중에 비에이 가미후라노

북해도 비에이(美瑛), 여름날 대지의 꽃향기와 색채가 천상의 향연을 펼친다.

설렘

풍경을 자주 사진에 담았는데 이들 작품이 달력 사진으로 세상에 알려지면서 북해도가 오늘의 관광지로 주목받는 계기가 되었다고 한다. 한 작가의 순순한 작품에는 세상 사람들을 이끄는 놀라운 힘이 있나 보다. 남프랑스 생폴 드 방스에 있는 앙리 마티스의 로사리오 성당의 스테인드글라스 작품이나 뉴욕 웨스트체스터 유니온 처치의 샤갈의 스테인드글라스 작품도 작은 성당을 오늘의 유명한 순례 관광지로 만들었다.

　마지막 날, 옛 홋카이도청 본청사를 방문했다. 청사 2층 복도 벽에 걸려있는 대형 유화 그림이 인상적이다. 북해도 개척에 공헌한 미국인 월리엄 클라크(William Smith Clark) 박사가 임무를 마치고 북해도를 떠나는 장면이다. 그는 동식물학, 농학 교수로 미국 매사추세츠 농업대학 학장을 지내고 삿포로농학교(현 북해도대학) 초대 교수로 부임하여 북해도 개척에 공헌하고 홋카이도대학의 정신적 지주 역할을 했다. 클라크 박사가 키타히로시마시(北広島市) 시마마쓰(島松) 사람들 송별을 받으며 마지막 떠나는 장면을 담은 대형 유화 그림 하단에는 다음과 같이 클라크 박사의 "소년이여, 야망을 가져라!"라는 글이 적혀있다.

　　"Boys, be ambitious! Be ambitious, not for money or for selfish accomplishment, not for that evanescent thing which men call fame. Be ambitious for the attainment of all that a man ought to be(소년이여, 야망을 가져라! 돈이나 이기적인 성취를 위해서도 말고, 사람들이 명성

이라 부르는 덧없는 것을 위해서도 말고. 오직 인간이 갖추어야 할

모든 것을 추구하는 야망을).”

여행길에서 만난 ‘야망’이란 단어를 보며, 노년을 사는 사람은 그저 어린이 같은 작은 소망 하나 가졌으면 좋겠다는 생각이 든다. 아침에는 하늘과 물 향기를 느끼고 저녁에는 별을 노래할 수 있는 노년이면 좋겠다. 올여름, 나 한번 여름이 되어보고 싶다. 푸른 하늘 떠가는 흰 구름이, 산사 계곡의 솔바람이 되어보고 싶다. 파초 잎에 떨어지는 빗방울 소리, 논두렁의 개구리 울음소리 되어보고 싶다. 자연의 품에 안겨 나를 잊고 춤 한번 춰보고 싶다.

북해도를 떠나는 날 아침이다. 창밖으로 보이는 시골 전경이 평화롭다. 풀꽃 사이로 멀리 아련히 보이는 북해도 전경에 홀연 고향 산하가 다가오니 웬일인가. 봄날 미풍에 출렁이는 고창 청보리 밭길, 가을 저녁 노을빛에 물든 순천만 갈대숲길, 담양 소쇄원 대나무숲 바람결 소리. 봄날 유유히 흐르는 정선 동강의 속삭임…. 모두가 어머니 품처럼 그리워지는 고향 땅 전경이다. 여행길에서 만난 원형의 그리움이다.

# 미루나무, 그냥 좋다

오래전 고향을 떠나 서울에서 키 큰 미루나무를 처음 만난 것
은 10여 년 전 성북동 베네딕도 수도원에서다. 서울 베네딕도 수도
원을 찾게 된 계기는 매달 첫째 월요일마다 침묵 피정(retreat)이 있
기 때문이다. 용인 집에서 수도원까지는 전철로 두어 시간 걸리는
먼 길이지만 항상 기다려지는 시간이다. 수도원에 들어서면 대 침
묵이 시작된다. 일상에서 잠시 벗어나 온종일 침묵에 머무르는 침
잠(沈潛)의 시간이다. 침묵의 시간은 일상의 모든 '함(doing)'을 내려
놓고 그저 '존재(being)'로 머무르는 쉼의 시간이다. 마음에 떠오르
는 번잡한 잡념이나 생각들을 내려놓고 그저 그분의 현존에 머무
를 뿐이다. 침묵은 정화의 시간이며 내 안의 나를 찾아가는 여정
이기도 하다.

사계절 수도원 피정의 집을 수년간 찾다 보니 걷고 싶은 산책길
이 생겼다. 바로 수도원 미루나무 언덕길이다. 수도원 산책길에 일
렬로 서있는 키 큰 미루나무들은 계절마다 다른 정취로 나를 맞
아 준다. 이른 봄, 산책길을 오르면 수도원 유치원 교실의 어린이들
의 재잘거리는 소리와 미루나무 새순이 돋아나는 생명의 소리들
이 봄의 환희를 노래하는 듯하다. 여름날이면 햇빛에 반사되는 은

빛 미루나무 잎들의 떨림이 마치 바닷속 멸치 떼의 율동처럼 생동
감 있게 느껴지기도 한다. 가을 저녁 소슬바람에 진홍색 낙엽들의
서걱이는 해맑은 소리는 얼룩진 마음을 씻어 주고 귀를 맑게 해
주는 듯하다.

서울 성 베네딕도 수도원, 미루나무 길

그리고 눈 내린 초겨울 저녁, 석양빛이 내려앉은 미루나무 눈길
을 걷다 보면 지금 혼자 걷고 있는 길이 문득 함께 가는 길로 다가
온다. 산책길에서 두 여인의 만남이 보인다. 어느 시인의 시어처럼
"결국 우리들은 이 세상 어딘가에서 함께 만나고 함께 보듬고 가
는 것"이 아닌가 싶다.

설렘

수도원의 미루나무는 나에게 '견디는 것이 삶'이라고 말해 주는 것 같다. 수도원의 키 큰 미루나무는 수령은 알 수 없으나 줄기가 두 아름이 되는 키 큰 고목들이다. 거칠게 굳어진 두터운 목피가 오랜 세월 풍상을 견디어 온 미루나무의 삶을 말해 주고 있다.

어느 해 여름날이었다. 수도원 미루나무 산책길에 벤치에 앉으니 멀리 도봉산에 걸쳐 있는 흰 구름이 보였다. 문득 어린 시절 고향마을 미루나무가 생각났다. 한여름날 미루나무 개천에서 시간 가는 줄 모르고 친구들과 멱을 감고 물장난을 쳤던 일, 매미 소리 요란한 미루나무 아래에서 친구들과 씨름놀이 했던 일, 달 밝은 정월 대보름 저녁이면 아버지 손을 잡고 나이만큼 미루나무 개천

다리를 오가며 소원을 빌었던 일, 모두가 고향 미루나무와 얽힌 추억들이다. 지금도 어제 일처럼 떠오르는 장면이 있다. 매일 아침 이면 동네 미루나무에 날아드는 까치 떼의 모습은 장관이었다. 여명이 밝아오는 이른 시간이면 어디서 모여드는지, 수많은 까치 떼가 미루나무에 날아들었다. 이때 울어대는 까치 소리가 동네 사람들을 잠에서 깨웠다. 이렇게 요란하게 울어대다가도 삽시간에 어디론지 떼 지어 날아가 버린다. 까치들이 내는 소리는 사람들에게는 무질서하게 들리지만, 유심히 들어보면 일정하다는 사실을 알게 된다. 단순한 소리가 아니고 그들의 언어가 아닌가 싶다. 아침의 까치 소리는 한마디로 생명력이 넘치는 소리다. 까치 떼는 저녁이면 다시 장관을 이뤘다. 해거름에 해가 저물어 가면 아침의 까치들이 다시 떼 지어 동네 미루나무로 모여들었다. 저녁 까치 소리는 아침 소리보다는 순하고 부드럽게 들렸다. 까치들은 한참을 미루나무에서 울어대다가 저녁놀이 번지는 하늘길을 따라 어디론지 떼 지어 날아가 버린다. 동네가 다시 조용해진다. 미루나무 까치 소리에 아침을 시작하고 또 저녁에 하루 일을 마치는 고향 사람들의 삶은 마치 까치 소리에 실어 가는 강물 같은 삶이 아닌가 싶다. 고향을 떠난 지 50여 년의 세월이 흘렀지만, 고향 마을의 까치 소리는 지금도 내 안에 살아 숨 쉬는 듯하다. 오늘도 고향 마을 미루나무를 생각하면 '그냥 좋다.' 그냥 좋다는 것이 얼마나 좋은 일인지 모르겠다. 지난해 고향 친구가 "그냥 좋은 사람이 가장 좋은 사람입니다."라는 시어 하나를 보내 왔다. "좋아하는 데 이유가 없는 사람이 가장 좋은 사람입니다. 어디가 좋냐고 물었을 때 딱히 꼬집어 말 한마디 할 순 없어도 싫은 느낌이 전혀 없는 사람,

설렘

느낌이 좋은 사람이 그냥 좋은 사람입니다."

문득 '그냥 좋은' 사람이 생각난다. 바로 장욱진 화백(1919~1990년)이다. 나는 단순하고 소박하며 한국적인 정서를 담고 있는 장 화백의 그림이 그냥 좋다. 그의 그림에는 나무와 달, 새와 소 그리고 농촌이 자주 등장한다. 장 화백의 그림 〈가로수〉에 담긴 나무들은 마치 빗자루를 거꾸로 세워 놓은 모양이 미루나무를 닮았다. 길가의 미루나무 위에 집을 올려 그린 화백의 그림은 어린이들의 동화 같은 그림이다. 그래선지 누구나 장 화백의 그림을 만나면 잠시 어린이의 순수한 마음으로 돌아간다.

한 번은 용인 기흥구 마북리에 있는 장 화백의 고택을 찾은 적이 있다. 흔히들 그림과 화가는 닮았다고 하는데 장 화백의 그림과 집이 닮았다는 생각을 하게 되었다. 집에 들어서니 그의 단순함, 소박함 그리고 작은 것의 귀함이 온몸으로 느껴졌다. 한 칸의 작업실과 침실 그리고 한 평짜리 원두막인 관어당 등이 바로 그의 그림이 되었다. 그리고 안채 벽면의 소박한 아름다움, 운치 있는 창문의 배치 그리고 대들보의 자연스러운 흐름이 마치 장 화백의 삶을 만나는 듯했다. 장 화백의 일상성이 살아 숨 쉬는 그의 고택은 절제, 소박, 단순함의 아름다움을 즐겼던 장 화백의 내면세계를 그대로 보여 주고 있었다. 고택의 작은 전시실에 걸려있는 장 화백의 그림을 보니 그가 생전에 말했던 이야기가 귓전에 들리는 듯했다. "나는 심플하다. 나는 깨끗이 살려고 고집한다." 그는 있으면 환하고 없으면 빈자리가 큰 사람이었다. 고택을 나서는데 사진 한 장이 눈에 들어왔다. 둥근 테 안경 너머로 어린아이처럼 천진난만하게 웃고 있는 장 화백의 생전 그 얼굴 모습이 그냥 좋았다.

# 나의 '티라미수', 신문 사진 스크랩

가끔 카페에 들르면 커피와 함께 찾는 디저트가 있다. 부드러운 커피 향에 초콜릿과 치즈 맛이 어우러진 달콤한 '티라미수'다. 이탈리아 디저트의 하나인 '티라미수(Tiramisu)'는 '끌어올린다'는 '티라레(tirare)'와 '나'를 뜻하는 '미(mi)'와 '위로'라는 의미의 '수(su)'가 합성된 이탈리아어로, '나를 끌어올린다' 또는 '기분이 좋아져 고양된다'는 의미라고 한다. 티라미수를 먹고 나면 기분이 이렇다는 말이다. 그런데 얼마 전 〈행복을 찾는 심리치료〉 강의에서 '티라미수'라는 용어가 사용되고 있어 흥미로웠다. 예컨대 날마다 잠들기 전 그날 하루의 즐거웠던 일이나 고마운 사람을 생각하는 일에는 나를 행복으로 이끌어주는 '티라미수 효과'가 있다는 것이다. 또 좋은 글이나 아름다운 사진을 즐기고 스크랩하는 일에도 내 안의 기쁨과 긍정성을 확장해 주는 '티라미수 효과'가 있다는 것이다.

신문 스크랩은 나의 오랜 습관이다. 은퇴 후 지금도 신문 스크랩은 하루를 시작하는 작은 즐거움이다. 산뜻한 느낌의 글이나 정보 기사도 좋지만, 신문에 게재된 사진을 스크랩하는 즐거움은 언제나 신선하다. 신문 사진은 글에서 느끼지 못하는 감동이나 직관적인 느낌, 그리고 자유로운 상상과 의미를 가져다주기 때문이다.

거기에는 경이로운 삶의 이야기와 순수한 사람의 모습이 있고, 어느 때는 그것들이 길이 되고 시가 되기도 한다. 요즘은 동영상과 사진의 구분이 점차 없어지면서 사진이 전달하는 순간적인 표현이 더욱 극적이고 감동적이다. 특히 스포츠 사진에 담긴 선수들의 표정이나 몸짓은 형언할 수 없는 생동감을 가져다준다.

스포츠 사진의 매력은 뭐니 뭐니 해도 젊은 선수들의 힘이 넘치는 역동적 모습이 아닌가 싶다. 여기 2018년 세계유도선수권대회 남자 100kg급 결승전에서 우리나라 조구함 선수가 세계 랭킹 1위인 조지아 선수를 업어치기로 눕히고 극적으로 우승하는 장면이 있다. 혹독한 훈련과 땀과 눈물이 가져다준 우승의 순간, 그의 눈빛이 모든 것을 걸었다. 신성하고 거룩한 순간이다. 춘천이 고향인 그는 우승 후에 이렇게 말한다. "낚시가 취미인데 올해는 한 번도 못 갔어요. 고향 근처 낚시터에서 조촐하게 자축하고 싶습니다." 조촐한 자축의 자리를 하늘도 눈부시게 축복해 줄 것 같다.

스포츠 사진에서는 발랄하고 생동하는 젊은 여자 스케이트 선수의 모습도 매력적이다. 우윳빛 살결에 '볼륨감' 넘치는 탱탱한 가슴, 매혹적인 곡선의 허리에 온몸으로 싱싱함을 발산하는 선수들의 발랄한 모습, 그중에서도 눈부시게 아름다운 피겨스케이터, 애슐리의 매혹적인 눈빛과 환상적인 율동, 춤은 가히 젊음의 매력이다. 익을 대로 익은 젊은 여인의 싱싱하고 풍만한 아름다움은 언제 보아도 설렘이다.

여기 2019년 5월 인도네시아 발리, 세계 서핑 리그 챔피언십 투어에서 뉴질랜드의 페이지 하렙이 파도 타는 모습을 담은 사진이 있다. 푸른 바다에 파도의 율동과 하나 되어 서퍼를 즐기는 하렙의 자태가 눈부시게 싱그럽다. 파도의 흐름을 타고 흐름 속에 자신을 맡긴 물아일체의 순간이 아닌가 싶다. 파도의 흐름에 하나 되는 시간, 파도가 사라지면 그대로 몸에 긴장이 풀리며 바닷물에 편안히 안기게 된다. 사람의 감정도 마찬가지 아닐까 싶다. 감정도 파도와 같아서 그 흐름에 나를 맡긴 채 그대로 머무르다 보면 서서히 잔잔해지고 고요해질 것이다. 사람이 자연의 리듬과 하나 되는 시간은 바로 나를 정화하고 재충전하는 시간이 아닐까 싶다.

스포츠 사진에는 우승자의 감추어진 모습도 있다. 여자 테니스 최고의 스타 샤라포바가 2012년 프랑스에서 우승한 직후 라커룸에

서 말없이 천장만 바라보며 홀로 남아 있는 모습은 인상적이다. 관중의 열광적인 환호를 받았던 우승자의 모습은 사라지고 홀로 남은 그녀의 모습이 외롭고 쓸쓸해 보인다. 우승의 기쁨도 잠시, 그 뒤에 밀려오는 공허감이나 외로움은 무엇일까. '외로워서 사람'이라는 어느 시인의 말처럼 사람은 외로움으로 성숙해 가는 존재가 아닌가 싶다. 인간의 외로움, 그것은 어쩌면 신의 목소리인지도 모르겠다.

여기 무아(無我)의 순간을 포착한 스크랩 사진 또한 인상적이다. 한국 여자 펜싱의 역사를 새로 쓴 엄마 검객 남현희 선수가 2012년 베이징 올림픽에서 상대 선수를 공격하는 날렵한 자태가 물찬 제비처럼 시원하다. 무아의 몰입으로 순간순간 승부를 가르는 펜싱 선수의 순발력 넘치는 모습은 혼이 살아있는 신성한 아름다움이다. 그녀는 30대 중반으로 딸을 가진 엄마이지만, 그녀에게 일상은 '처음으로 하늘을 만나는 어린 새처럼/ 처음으로 땅을 밟고 일어서는 새싹처럼 하루하루가 처음처럼'이다.

요즘 신문 스포츠면에는 패션
도 넘친다. 프랑스 오픈 테니스
대회는 선수들의 의상을 뽐낼
드문 기회라고 한다. 프랑스 오
픈은 적색 클레이 코트로, 패션
디자이너들은 독특한 색깔의

클레이 색에 걸맞은 의상을 제작하여 치열한 패션 경쟁을 벌인다
고 한다. 2008년 프랑스 오픈에서 우승하며 세계 1위까지 올랐던
세르비아의 미녀 스타 아나 이바노비치의 얼룩말 무늬의 원피스가
화제가 되었다. 적색 코트에서 온 힘을 다해 샷을 하는 싱싱한 그
녀의 눈빛과 자태가 매력적이다. 젊음의 에너지와 패션이 어우러
진 약동하는 사진이다.

그런가 하면 2015년 광주 하계유니버시아드의 '젊음이 미래의 빛
이다'라는 주제 장면 사진 역시 환상적이다. 젊은이들의 동작과 춤
이 음악 선율에 맞추어 율동하는 무대로 다가오니 이때 사진은 소
리가 되고 춤이 되기도 한다.

아침 신문이 기다려진다. 신문 지면에 담긴 신선하고 발랄한 젊은이들의 모습이 기다려진다. 어찌 젊은이들의 아름다움뿐이겠는가. 지난해 7월 가톨릭 평화신문에 게재된 산티아고 순례길을 걷는 덴마크 노부부의 모습도 인상적이다. 먼 길을 걸어 옛 마을에 들어선 노부부의 모습이 거룩해 보인다. 건강하고 행복한 모습이다. 순례길은 자신을 찾아가는 길이며, 발자국마다 노년의 삶이 아름다움으로 피어나는 길이 아닌가 싶다. 순례길 노부부의 모습이 시가 되어 오래된 것이 아름다운 것이라고 말해 준다. 박노해 시인의 시어다. "시간은 아름다움을 빚어내는 거장의 손길/ 시대의 풍상을 온몸에 새겨가며/ 옳은 길을 오래오래 걸어 나가는 사람/ 시간을 견뎌낸 것들은 빛나는 얼굴이 살아난다./ 오래된 것들은 다 아름답다."

환한 아침이었다. 밤사이 한여름의 더위를 식혀줄 기쁜 소식이 날아들었기 때문이다. 바로 2016년 리우 하계올림픽에 참가한 박상영 선수가 펜싱 에페 경기에서 우리나라 사상 최초로 올림픽 금

메달을 획득한 것이다. 패배 직전, 벼랑 끝에서도 포기하지 않고 '나는 할 수 있다'는 다짐으로 헝가리의 노장 '임레' 선수를 극적으로 꺾고 기적 같은 역전승을 거둔 것이다. 경기 후 우승 비결을 묻자 그는 "비결은 없다. 즐겁게 즐겼을 뿐이다."라고 말했다. 경기를 즐기는 일이 자기 자신을 온전히 발현하는 일이라는 말이다. 생활인의 삶도 이와 크게 다르지 않을 것이다. 일상의 단순한 삶에서 작은 일을 즐기는 일, 이것이 삶의 기쁨이고 행복이 아닐까 싶다. 오늘도 소소한 일에서 즐거움을 찾을 때 삶이 녹슬지 않고, 생기를 잃지 않고, 늘 풋풋하게 살아갈 수 있기 때문이리라. 이런 삶을 두고 "하늘은 스스로 즐기는 자를 돕는다."고 말하는 것 같다. 날마다 조간신문이 기다려진다. 오늘도 신문 사진 스크랩을 즐길 수 있으니 이 또한 노년의 작은 축복이 아닌가 싶다.

# 보고 싶은 그림이 나를 찾아왔다

나이 들수록 오래됨은 나에게 편안함으로 다가온다. 친구가 그렇고, 집이 그렇고, 마을이 그렇다. 여행 중 세월에 빛바랜 마을을 만나면 고향에 온 듯 마음이 편안하다. 십여 일간의 긴 스코틀랜드 여행 끝에 들른 고도 케임브리지의 느낌도 그러했다. 대학로에서 케임브리지 대학으로 들어서는 오월의 공원 숲길은 바람결이 싱그러웠다. 오솔길을 따라 캠퍼스 방향으로 걷다 보니 케임 강의 다리 아래로 한가로이 카누를 젓는 사람들이 보였다. 북유럽의 베니스'라는 벨기에의 브뤼헤의 전경을 연상케 하는 평화로운 전경이었다. 팔백여 년의 역사를 지닌 대학 캠퍼스. 중세 수도원 느낌의 골목길을 걷다 보니 나도 모르게 시간을 거슬러 잠시 그 시대로 돌아간 느낌이었다. 케임브리지 대학교수들이 매일 다녔다는 킹스 칼리지의 채플 건물에 들렀을 때는 더욱 그런 느낌이었다.

채플 건물은 1515년 헨리 8세 때 완공되어 세계에서 가장 상징적인 건물 중 하나이자 수직적 고딕 건물의 걸작으로 평가받고 있다. 공간은 거대한 스테인드글라스 창문과 놀랄 만큼 섬세한 부채꼴 볼트를 올린 정방형 건물이다. 천장의 볼트로 인해 기둥과 문설주가 수직으로 올라가면서, 이곳을 방문하는 사람들에게 통유리로 만든 거대한 공간 위에 아무 지탱도 받지 않고 떠 있는 듯한 환상적인 느낌을 준다. 채플 스테인드글라스는 제2차 세계대전 중 피해에 대비하여 별도로 보관하였던 장치물로, 지금도 원래의 우아한 아름다움을 그대로 간직하고 있었다.

오월의 석양빛에 투사된 스테인드글라스의 신비한 빛이 장중한 공간으로 스며들고 있다. 이 빛은 지난 오백 년 동안 케임브리지를 비추며 '만유인력의 법칙'의 아이작 뉴턴과 '진화론'의 찰스 다윈, '계몽철학'의 존 로크와 경제학자 앨프레드 마셜과 케인스 같은 세계적인 석학들을 배출한 진리의 빛으로, 앞으로도 이 세상을 밝힐 것이다. 인류 문명사에 위대한 족적을 남긴 사람들은 시간을 초월하여 그들의 지성과 지혜로 이 세상을 밝히고 있으니 그들의 위업에 잠시 숙연해진다. 채플 건물의 뒷문을 나서니 얼굴을 부드럽게 스치는 케임 강변의 미풍이 싱그러웠다.

케임브리지 대학 방문은 어쩌면 나에게 오랜 기다림이었다. 케임브리지 대학은 세계 최고의 명문 대학으로 구십일 명의 노벨상 수상자를 배출한 세계 석학의 본향이기도 하지만, 케임브리지에 오면 한 번은 꼭 방문하고 싶은 곳이 있었기 때문이다. 바로 피츠윌리엄 미술관(Fitzwilliam Museum)이었다. 이곳은 1816년 비스카운트 피츠 윌리엄이 케임브리지 대학에 유증한 수집품을 보관하기 위해 건립된 미술관으로 1875년에 완공되었다. 이곳에는 이집트, 그리스, 로마의 고대 유물과 함께 유럽 거장의 회화 작품들이 소장되어 있는데 이 가운데서도 내가 특별히 관람하고 싶었던 그림은 경제학자 케인스가 그의 모교인 킹스 칼리지에 기증했다는 세잔의 〈사과 정물화〉였다.

킹스 퍼레이드(King's Parade)의 트럼핑턴 거리(Trumpington St.)에 위치한 피츠윌리엄 미술관을 찾았다. 그리스풍의 백색 건물로 앞마당에 인체 조형의 현대 조각이 설치되어 있었다. 입구에 들어서며 안내 직원에게 세잔의 〈사과 정물화〉 전시장을 물었더니 2층 갤러리 전시장을 친절히 안내해 주었다. 모네, 르누아르 등 인상파 화가들의 그림이 전시된 갤러리에 들어서니 오른쪽 코너 벽의 작은 액자에 걸려 있는 세잔의 〈사과 정물화〉가 눈에 들어왔다. 오래전부터 보고 싶었던 그림이다. 천천히 그림 앞으로 다가가 작품을 마주하니 언젠가 읽었던 '케인스와 세잔의 〈사과 정물화〉 이야기'가 생생한 기억으로 되살아났다.

20세기 영국의 위대한 경제학자 케인스는 경제학자이면서도 실로 다방면에 걸쳐 활동한 천재이자 지성인이었다. 또한 예술 애호가였고 옛날 동전과 고서의 수집광이기도 한 그는 아이작 뉴턴의 육필 원고 수집에 힘을 쏟기도 하였다. 킹스 칼리지 교수, 영란은행 이사, 학사원 회원, 재무부 고위 관료, 보험 회사 사장, 『이코노믹 저널』의 편집장 그리고 예술가협회 회장 등 다양한 분야에서 활약하였던 세기적 인물이다. 케인스는 런던 예술가협회 활동에 남다른 애정을 갖고 예술가들을 재정적으로 지원하는 데 적극적이었다. 특별히 그는 평생 그림을 사랑했고 미술품 수집에 누구보다도 관심이 많았다.

제1차 세계대전이 막바지에 접어들던 1918년 3월, 케인스의 절친한 친구이자 화가인 덩컨 그랜트(Duncan Grant)는 미술평론가 로저 프라이(Roger Fry)로부터 파리에서 있을 '드가 컬렉션'의 경매 카탈로그를 입수한다. 경매 미술품을 검토하던 그는 세계적인 걸작품들이 경매에 나오는 것에 놀라고 흥분했다. 그날 그는 당시 재무성에 근무하던 케인스를 불러 저녁을 같이하면서 영국 국립미술관(Nation Gallery)이 이번 컬렉션 경매에 참여할 수 있도록 재무부가 예산을 배정해 줄 것을 부탁한다. 그날 케인스는 덩컨 등 화가들과 함께 경매 미술품 도록을 보면서 영국이 모처럼 귀한 미술품을 구입할 수 있는 기회라는 생각을 하게 된다. 그는 특히 세잔의 작품에 주목했다. 케인스와의 회동 후 며칠이 지난 3월 21일, 덩컨은 케인스로부터 예산이 확보되었다는 반가운 전화를 받게 된다. 당시 예산을 확보하는 데 결정적 역할을 했던 케인스는 그의 친구에게 보낸 편지에서 당시의 정황을 이렇게 적고 있다.

> "이번 그림 구입 결정은 하루 반 만에 전격적으로 이루어졌네. 어렵사리 56만 프랑의 예산을 확보하게 되었네. 나도 마침 경매일 전후로 국제금융회의에 참석차 파리에 머물 계획이어서 그날 국립미술관 관장인 찰스 홈스(Charles Homes)와 같이 경매장에 나갈 예정이네."

　경매는 3월 26일과 27일, 이틀에 걸쳐 '갤러리 조지 프티'에서 이루어졌는데, 당시 파리 근교는 독일군의 포격으로 포성이 그치지 않아 분위기가 어수선했다. 경매 초반에는 참가자들이 별다른 열

〈사과가 있는 정물〉, 세잔, 1878

의를 보이지 않아 낙찰가도 낮게 형성되었으나 영국 국립박물관이 파리 루브르 박물관을 제치고 들라크루아 등 여러 작품을 낙찰받으면서 점차 활기를 띠기 시작했다. 케인스는 이날 경매에서 1878년 세잔이 완성한 〈사과가 있는 정물〉 등 수 점의 작품을 개인적으로 구입하였다. 그는 그날 구입한 작품들 가운데 세잔의 그림에 남다른 애착을 갖고 이를 소장하게 된 것을 매우 자랑스럽게 생각했다. 케인스는 경매 작품 구입을 계기로 그 후 마티스, 피카소, 드가, 브라크 등 유명 화가들의 작품들을 수집했다. 그는 그림 감상하기를 좋아해 해외 출장에서 집에 돌아오면 침실 벽에 걸린 세잔 그림을 즐겨 보며 휴식을 취하곤 했다. 그림과 함께한 시간은 그에게 쉼이자 에너지를 새롭게 충전하는 시간이었다.

케인스가 이렇게 아껴 소장했던 세잔의 〈사과가 있는 정물〉 작품은 훗날 그의 유언에 따라 모교인 킹스 칼리지(King's College Cambridge)에 기증되어 바로 이곳 피츠윌리엄 미술관(Fitzwilliam Museum, Cambridge)에 소장되었다.

케인스의 세잔 그림 이야기를 내가 처음 알게 된 것은 10여 년 전의 일이다. 당시 영국에서 출간된 케인스의 에세이집에서 세잔 그림 이야기를 읽으며 이 작품이 어떤 그림일까 몹시 궁금했었다. 한국은행 런던사무소에 근무하고 있던 김윤철 박사에게 케인스의 그림 이야기를 전했더니 그는 일부러 케임브리지 미술관을 찾아가 세잔의 〈사과 정물화〉 그림엽서를 어렵게 입수하여 보내 왔다. 그의 정성이 고마웠다. 세잔의 〈사과 정물화〉 그림엽서를 보면서 언젠가는 이 그림을 한 번 보리라 하는 마음을 지녀왔다. 그날 미술관에서 바로 그 세잔의 〈사과 정물화〉 그림을 마주하니, 긴 세월 동안 마음속에 그리던 옛 고향 친구를 만난 듯 그 감회와 기쁨이 남달랐다. 오랜 기다림이 가져다준 선물이었다. 그림과의 만남이 시공을 초월하여 작가의 영혼과의 만남으로 다가오니 신비한 일이다.

미술관에서 관람한 〈사과 정물화〉 그림은 단순한 구도의 그림으로 세잔의 리듬화한 필촉으로 사과의 풍부한 색감과 양감을 잘 나타내고 있었다. 세잔은 단순화된 면과 색으로 가장 효과적이고 입체적인 그림을 그린 화가였다. 그림 옆에는 작은 설명서가 붙어 있었다.

이 그림은 세잔이 인상파 화가들과 마지막 전시회를 가진 1878년경에 그린 그림으로, 세잔의 작품들 가운데 걸작 중 하나로 평가되고 있다. 세잔은 1878년 남부 프랑스의 프로 방스에 돌아와 "나는 사과 하나로 파리를 정복할 것이다."라 고 말하면서 인상파와는 달리 빛의 변화에 따른 표면의 색 채나 형태보다는 대상 본래의 모습을 표현하는 걸작품들을 남겼다.

경제학자로서 냉철한 머리와 따뜻한 마음(cool head, but warm heart)을 가져야 했던 케인스가 왜 세잔의 그림을 좋아했는지는 알 수 없다. 아마 그의 지성과 따뜻한 감성 그리고 예술에 대한 사랑 때문이 아닐까 싶다.

사람과 그림과의 만남은 신비하여, 사람들은 자기가 좋아하는 그림을 구입하여 소장한다고 생각하지만, 그림의 입장에서 보면 세상에 태어난 자기를 진정으로 좋아해 주는 영혼을 찾아가는 것 이라고 한다. 케인스가 세잔의 그림을 소장할 수 있었던 것은 케인 스가 좋아했던 그림이 그를 찾아간 것이 아닐까 싶다. 내가 케임브 리지에서 세잔의 그림을 만날 수 있었던 것도 내가 좋아하는 그림 이 나를 찾아와 준 것이 아닌가 싶다. 살면서 그리움과 꿈을 간직 하고 간절히 기다리면 언젠가는 반드시 그것이 나를 찾아온다고 말하고 싶다. 그리움과 기다림의 삶은 그 자체가 아름다움이고 축 복이다.

미술관 회랑을 걸어 나오는데 맞은편 갤러리에서 감미로운 바이올린 선율이 들려왔다. 미술관에서 'Music in the Fitzwilliam'이라는 이름으로 관람객을 위해 매달 개최되는 작은 음악회다. 케임브리지 대학 출신 음악가들이 초청된 유보연주회(promenade concert) 형식의 갤러리 음악회. 여행길에 음악과 만남은 머무름이었고 쉼이었다. 연주 공간은 그림 속에 음악이 녹아 있고 음악 속에 그림이 살아 있는 공간이었다. 이날 갤러리에 흐르는 모차르트와 바흐의 바이올린 소나타의 선율은 전시장의 그림들을 봄빛으로 물들이고 있었다. 감미로운 음악 선율은 여행자의 마음을 적시며 케임 강변의 봄날을 아름답게 수놓고 있었다. 손녀와 함께 미술관을 나오니 케임브리지의 봄날은 조용히 저물고 있었다.

제3부

# 아름다움이 세상을 구원한다

# 좁은 얼굴은 무한히 넓고 신비한 공간

이 문은 최가네 철물점 주인 최홍규 님이 만든 문이다. 이
문을 들어서면 옛사람이 만든 옛사람들, 그러니까 옛사람
들이 당신을 기다리고 있다. 시공을 넘어서 표정을 주고받
고 싶은 사람, 멋대로의 자유로운 대화를 즐기고 싶은 사람
은 문을 잡고 딴 세상으로 태어나듯 들어오시오.

경기도 광주시 남종면 분원리 남한 강변 양지바른 언덕에 들어선 '얼굴 박물관' 입구에 쓰인 글이다. 박물관은 연극 연출가이며 대한민국 예술원 회장인 김정옥 선생님이 지난 40여 년간 수집해 온 우리의 옛사람들이 만든 석인, 목각 인형, 도자기 등과 사람의 얼굴을 본뜬 와당 등을 한자리에 모아 만든 '사람의 공간'이다. 박물관에는 관석헌이라는 한옥이 남향받이 언덕 위에 들어서 있다. 백두산 소나무로 지은 이 한옥은 시인 김영랑의 고향이자 고려청자로 유명한 전라도 강진에서 누마루가 있고 시원한 대청이 있는 한옥을 그대로 이곳에 옮겨온 것이다.

얼굴 박물관에 도착하면 입구에서 녹회색 돌 철문이 방문객을 맞이한다. 무거운 문을 손으로 천천히 밀어내는 묵직한 느낌은 바쁘게 살아온 사람들에게 잠시 멈추어 차분한 마음을 갖게 한다. 천년 세월이 농축된 공간으로 들어가 옛 석인의 얼굴에서 자신의 원형을 만나는 시간이기에 문의 움직임이 천년 강물의 흐름처럼 유유하다. 문을 들어서면 마당의 석인들이 어린이의 표정으로, 자비로운 표정으로, 어떤 때는 근엄한 표정으로 방문객을 맞이한다.

오래전부터 이곳을 찾다 보니 이제는 계절 따라 석인의 표정이 다르게 느껴지고 하루에도 빛에 따라 돌의 색감이나 질감도 수시로 변하니 그 변화무쌍한 신비감에 놀라기도 한다. 석인은 보는 시각에 따라서도 그 느낌을 달리한다. 정면에서 본 석인의 응결된 표정은 무한의 이야기를 들려주고 반 역광으로 드러나는 보살상의 모습은 고요한 자비의 기운으로 나를 감싸는 듯하다. 그런가

흰 눈 내린 날, 석인들의 모습

설렘

하면 봄날 마당에 서 있는 석인들의 얼굴에는 배꽃 향기가 배어 있고, 눈 내리는 날이면 흰 눈을 머리에 인 석인들이 얼굴 마당에 하늘의 복을 내리는 것 같다.

박물관에서 만나는 옛 석인들의 표정엔 유머러스하고 해학적인 웃음이 감돌고 어떤 때는 모던한 아름다움도 숨어 있다. 문 흰 눈을 머리에 인 석인들관석, 무관석, 동자석, 장승, 벅수, 양마석 등 석인들이 보여 주는 표정은 얼마나 순박하고 익살스러운지, 글로 다 표현하기 어렵다. 고려, 조선 시대에 걸친 동자석 벅수와 장승의 얼굴은 꾸밈없는 투박한 표정이지만 단순하고 소박한 모습이 원래의 우리들의 모습을 보여 준다.

어떤 날은, 돌사람 앞에서 이를 조각했던 옛 석공들의 몸과 손동작, 그리고 돌의 소리를 상상해 보기도 한다. 석인 조각 작업에 몰입하고 있는 석공의 모습이 돌에 생명을 불어넣는 무아의 모습으로 다가올 때가 있다. 무아에서 탄생한 석인의 모습, 그것은 아마 석공 자신의 '원형의 모습'이 아닐까 싶다.

석인들의 얼굴에서 오늘을 사는 사람들의 얼굴을 보기도 한다. 사람의 얼굴은 각자가 살아온 삶을 담고 있다. 아니, 내가 태어나기 이전의 인연도 담고 있는 것이 바로 얼굴이 아닌가 싶다. 대대로 이어오는 조상들과의 인연은 물론이거니와 세상 희로애락을 겪어 온 '내 안의 나'를 무의식중에 드러내는 공간이 얼굴이 아닌가 싶다. "얼굴은 좁은 공간이면서 동시에 무한히 넓은 공간이다."라는 김정옥 선생님 말씀이 마음에 와닿는다. 사람 표정 가운데 자기 자신을 사랑하는 삶을 살아온 사람의 표정은 여유롭고 평화롭다. 세상을 향한 사랑이 살아 숨 쉬고 있다.

언젠가, 출판사 '샘터'의 김성구 사장이 두툼한 책 한 권을 선물로 보내 주셨다. 『위즈덤(Wisdom)』이라는 인물 사진의 지혜서 책자였다. 책은 영화감독 앤드루 저커먼(Andrew Zuckerman, 1977년~)이 세계 저명 작가, 디자이너, 배우, 음악가, 종교지도자들의 얼굴 사진과 그들이 말하는 삶의 지혜를 담고 있었다. 행복한 삶의 지혜는 '나는 나 자신이 되어야 한다'는 것 그리고 '지금 여기'의 삶을 온전히 살아야 한다는 단순한 가르침이었다. 자신을 사랑하는 삶을 살아온 사람들, 그들의 표정은 순수한 눈빛에 단순한 표정이었지만 열정이 살아 숨 쉬고 있었다. 그들이 남긴 짧은 한마디도 삶의 소중한 멘토로 들렸다.

> "예술에서든 인생에서든, 자기 느낌에 충분히 확신이 선다면 그걸로 된 겁니다. 증명할 건 하나도 없어요. 나는 그냥 '나'이면 그만입니다(If a person is confident enough in the way they feel, whether it's an art form or whether it's just in life, it comes off- you don't have anything to prove; you can just be what you are)."
>
> — 클린트 이스트우드(Clint Eastwood)

설렘

"지금 여기, 어디에 있든 내 자리를 지켜라(Be here. Be present. Wherever you are, be there)."

— 윌리 넬슨(Willie Nelson)

『위즈덤』의 대화록 가운데 "어린이들이 세상을 변화시킬 수 있지요."라고 말하는 제인 구달(Jane Goodall)의 표정은 맑고 순수하고 선해 보였다. 그녀의 말은 순수함에는 엄청난 힘이 있다는 말이다. "사람이 달성할 수 있는 가장 위대한 일은 순수한 마음에서 나옵니다."라는 독일의 영성가 에크하르트(Meister Eckhart)의 말이 우리를 깨우쳐 준다.

전후 영국 최고 배우 중의 한 사람으로 토니상과 골든 글로브상, 아카데미상 등을 수상했던 올해 78세인 원로 배우 주디 덴치(Judi Dench, 1934년~)의 표정은 맑고 온화하면서도 조용한 열정이 넘쳐 보인다. 한평생 자기실현을 위해 치열하게 살아온 노배우의 겸손과 지혜가 녹아 있는 말이 구도자의 말처럼 내 마음에 여운을 남긴다.

"나이가 들수록 멍청해져서, 지혜란 게 뭔지 모르겠어요 (I get sillier as I get older, so I don't know what wisdom means)."

"나는 지금도 끊임없이 배우는 느낌이에요. 지난 50년 동안 내가 해온 사소한 일 하나하나, 쉽게 한 연극은 한 편도, 정말이지 하나도 없어요(I feel that I am constantly learning, in even single thing I've ever done. I've never, ever, in fifty-one years, done play that has come easy to me)."

지난해 얼굴 박물관 마당에서 추석 보름달 부부 '달맞이' 행사가 있었다. 시와 노래를 좋아하는 부부들이 자리를 함께한 날, 박물관 뒷마당에 참나무 모닥불을 피웠다. 앞산에 떠오르는 보름달을 마중하며 남한 강변에서 모두가 함께 부른 동요는 어린 시절의 노래였다. 마침 앞산 하늘이 밝아지며 보름달이 산마루로 조심조심 얼굴을 내미니 동심으로 돌아간 어른들의 환한 표정은 모두 어린이가 되었다. 어린 날의 '나'로 돌아간 부부들의 얼굴을 보면서 이런 생각을 해 보았다.

삶을 같이해 온 부부의 얼굴은 신비하지 않은가. 아내 얼굴에서 남편을 보고, 남편 얼굴에서 아내를 보는 것이 아닌가. 관계 속의 사람은 자기 자신의 얼굴뿐만 아니라 같이 사는 사람의 얼굴에도 응분의 책임을 져야 하지 않을까 싶다. 그날 밤, 남한강을 따라 집으로 돌아오는 길, 아내의 얼굴에서 내 부족한 삶을 보게 된다. 환한 보름달이 '아름다운 아내의 얼굴은 남편 사랑의 선물'이니 잘하라고 내게 일러 준다.

설렘

# 아는 만큼 보이지 않는 것도 세상입니다

제목이 없는 그림이 좋다. 제목이 없는 그림 앞에 서 있으면 자유롭다. 제목이 없는 그림은 작가가 사람들에게 어떤 의미나 느낌을 강요하지 않고 자유롭게 그림을 볼 수 있도록 하기 때문이다. 나는 그림을 직관적으로 보는 편이다. 그림에서 어떤 느낌이나 의미를 찾으려 하기보다는 그저 그림 앞에 머물러 있을 뿐이다. 이렇게 그림 앞에 서 있다 보면 순간 느닷없이 그림이 어떤 느낌으로 다가올 때가 있다. 말로 표현할 수 없는 느낌, 조금은 황홀한 느낌이어도 좋고 지나간 아픔의 기억을 되살려 주는 느낌도 좋고 작가와 잠시 공명하는 느낌이어도 좋다. 제목 없는 그림이 홀연히 가져다주는 직관적 느낌이나 의미는 내 삶을 확장해 주는 힘이 된다.

2011년 가을 국립중앙박물관에서 인도의 시성 라빈드라나트 타고르(Rabindranath Tagore)의 회화전이 있었다. '동방의 등불'로 잘 알려진 타고르(Rabindranath Tagore, 1861~1941년)는 시집『기탄잘리』를 통해 동양인 처음으로 노벨문학상을 수상한 시인으로만 알고 있었기에 이날 'The Last Harvest'라는 회화전은 내게 특별한 호기심을 불러일으켰다. 회화전을 관람하며 알게 된 사실이지만 타고르는 시뿐만 아니라 소설, 연극, 음악, 무용, 회화 등 다양한 예술 분야에서 많은 업적을 남겼다. '언어의 제약에서 자유로운 회화'를 시작한 것은 그의 나이 60대 중반이었다.

전시된 작품은 그가 생전에 그린 2,500여 점의 작품 가운데 일부로 주로 풍경화와 인물화 작품들이었다. 정규 미술 교육을 받지 않고 그린 그림들이었지만 소재와 기법이 특이할 뿐만 아니라 내적 리듬을 자유롭게 형상화한 개성 있는 작품들이었다. 타고르 회화전의 특징 가운데 하나는 전시된 모든 작품에 제목을 붙이지 않았다는 점이었다. 이에 대해 타고르는 "관람객과 그림 사이에 방해가 될 수 있다는 생각에 작품 제목을 붙이지 않았다."고 한다. 관람객이 그림 제목을 보고 그 이미지에 얽매이지 않도록 유념한 것이 아닌가 싶다. 타고르의 그림들 앞에서 사람들은 생각을 잠시 내려놓고 단지 머무를 뿐이다. 그러면 그림이 나를 열고 형언할 수 없는 느낌과 언어로 다가온다. 그림과 하나 되는 순간이다.

인도의 시성(詩聖) 타고르의 그림

설렘

흔히 미술 감상에서는 "아는 것만큼 보이고 보이는 것만큼 즐길 수 있다."고 한다. 옳은 말이다. 하지만 아는 만큼 보이지 않는 것도 그림이다. 그림 앞에서 작품 제목이나 지식에 얽매일 경우 의식 너머에 무한히 잠재되어 있는 아름다운 감성의 세계를 놓쳐 버릴 수 있다. 그림 감상에서 그림을 아는 것, 즉 그림에 대한 지식도 필요하지만, 그림 앞에 서 있는 동안에는 '그림에 대한 앎'을 내려놓고 잠시 빈 마음으로 머무르는 것 또한 그림을 즐기는 방법이 아닌가 싶다.

그림에 대한 앎을 내려놓는 것이 그림을 즐기는 길이라면 사람에 대한 앎을 내려놓는 것도 사람과의 만남을 즐기는 길이 아닐까 싶다. 사람에 대한 앎이란 지극히 피상적이고 자기중심적이어서 "내가 그 사람을 알고 있다고 생각하는 순간 나는 그 사람을 오해하고 있다."는 어느 작가의 말이 생각난다. 사람에 대한 앎이란 기실 단편적인 선입견이나 편견일 경우가 많아서 이것이 사람을 보는 데 방해가 될 뿐만 아니라 자칫 관계 속에서 크고 작은 상처를 가져올 수도 있다.

이어령 님의 글 가운데 「알을 깨는 방법」이 있다. "사물들은 알처럼 모두 껍질을 가지고 있다. 외부와 내부의 경계선, 그것들은 얇은 피막 하나로 자신의 생명과 의미를 감추고 있는 것이다. 사람들은 이 사물의 의미를 자칫 선입견이나 고정관념을 갖고 자기방식으로 쉽게 말하고 평가한다. 그것은 구름이고, 이것은 꽃이고, 그것은 강이라고 단정해 버린다. 그것은 마치 알을 두드려 깨는 일과도 같다." 이 글에서 사람과의 만남에서 선입견으로 자주 알을 두드려 깨며 살아온 나 자신을 발견한다. 사람을 안다는 것, 나에게 무엇인가.

친구를 아는 만큼
친구가 보이지 않네

아내를 아는 만큼
아내가 보이지 않네

사람을 아는 만큼
사람이 보이지 않네

사람 앎을 내려놓으니
이제야 사람이 보이네

# 공산성(公山城)에서 만난 사람들

지난가을, 공주 공산성(公山城)을 찾았다. 동우회의 문화사적 답사행사 덕분이었다. 공산성은 백제의 대표적인 고대 성곽으로, 백제 시대에는 웅진성(熊津城)이라는 이름으로 불렸다. 문무왕 원년(475년)에 이곳으로 도읍을 옮긴 후 성왕 16년(538년)에 부여로 천도할 때까지 64년간 왕도를 지켰다. 비단결 같은 금강을 감아 휘도는 고풍스러운 성곽을 따라 걷다 보면 1500년 전 고대왕국 백제의 향취가 저절로 느껴진다. 공산성을 찾은 날, 가을 하늘이 눈부시게 푸르렀다.

청명한 가을날, 얼굴에 와닿는 싸늘한 바람결의 촉감이 상쾌했다. 성곽 입구에 이르니 성벽 언덕에 환하게 피어 있는 구절초가 일행을 맞이했다. 노란 깃발이 날리는 성벽 길을 따라 천천히 걷다 보니 짙은 음영이 배경에 드러난 성곽 입구의 사행(蛇行)길이 인상적이었다. 마치 강원도 정선 동강처럼 춤을 추고 있었다. 망루에 오르니 유유히 흐르는 금강이 한눈에 들어왔다. 멀리 시야에 들어오는 산세가 겹겹이 아련하고 정겨웠다. 1500년의 세월을 거슬러 잠시 누에 머무르니 그 유장한 세월이 영겁의 한순간으로 다가오는 듯했다.

문득 15년 전 처음으로 공산성을 찾았던 일이 생각났다. 그때는 성안에 소박한 마을 집들이 몇 채 남아있었다. 초여름으로 기억한다. 한적한 마을 길, 집 울타리에 나팔꽃이 피어 있고 마당의 장독대 앞에는 작은 꽃들이 환하게 피어 있었다. 동네 한 모퉁이를 돌아서니, 한 할머니가 홀로 마루턱에 걸터앉아 계시는 모습이 보였다. 외롭게 한곳을 조용히 응시하고 있는 모습이 멀리 떠난 자식들을 생각하는지, 아니면 저세상으로 먼저 가신 영감님을 그리는지 모를 일이었다. 세월의 무게가 느껴지는 할머니의 모습을 사진에 담고 싶었다. 조심스레 다가가 양해를 구하니 사진은 싫다고 손을 설레설레 흔들며 사양하셨다. 민망하고 죄송했다. 당신의 홀로 있는 시간을 방해한 무례한 여행자의 행동이 부끄럽기만 했다. 지금은 그때의 동네 집들은 흔적도 없이 사라졌지만, 문득 그 할머니 생각이 떠오른다. 지금은 어디 계실까. 저승에 가셨다면 외로움으로 삶을 살다간 할머니, 영감님과 함께 영원한 안식을 누리시리라 믿고 싶다.

동우회 답사는 백제 문화사적의 정수를 체험할 수 있는 기회였지만 평소 만나지 못한 회원들과 대화할 수 있는 기회이기도 했다. 서예에 정진해온 J형과 모처럼 이야기를 나눌 기회가 있었다. 형은 얼마나 서예에 정진하고 있는지 그날도 새벽 2시까지 글을 쓰고 아침 일찍 일어나 답사 행사에 참여했다는 이야기를 했다. 한문에 조예가 깊은 선친의 영향을 받아 서예를 시작한 형에게 서예는 마음의 정화와 신체 건강의 비결이라고 한다. 아침마다 서예에 몰입하여 하루를 시작하는 사람은 날마다 자신을 새롭게 만나

가을 햇살에 드러난 공산성 입구의 사행길이 인상적이다

공산성을 휘감아 도는 수려한 금강이 사람들을 포근히 감싸 준다

설렘

는 복된 사람이다. "모든 잎이 꽃이 되는 가을은 두 번째 봄이다." 프랑스 작가 알베르 카뮈(Albert Camus)의 말이다. 지금 형의 삶은 인생의 가을에서 두 번째의 봄을 누리는 복된 노년의 삶이 아닌가 싶었다.

그날 공산성 방문에서 반가운 사람을 만났다. 20년 만의 만남이다. 한국은행 충남본부 김한수 본부장이다. 조사부 시절, 동고동락했던 유능한 직원이었다. 얼마 전 북경사무소장직을 마치고 지역 본부장으로 부임하였다고 했다. 예나 지금이나 밝은 인상에 성실하고 따뜻한 성품이다. 동우회의 공산성 답사에 맞추어 인사차 대전에서 공산성을 찾은 것이다. 한옥마을 점심식사 자리에서 선물까지 준비해 전해주니 그 정성이 고마웠다. 그날 그가 전한 선물은 대전의 '튀김소보로' 빵이었다. 60년 전통의 '성심당' 제과 빵인데, 그가 들려주는 이야기가 인상적이었다.

성심당의 역사는 6·25 전쟁이 한창이었던 1950년 12월 함흥부두에서 시작되었다. 성심당의 창업자인 임길순 씨는 남한을 찾아 아내와 어린 자식들을 데리고 마지막 피난선인 메러디스 빅토리아호에 몸을 실었다. 임 씨 부부는 남한에 내려와 대전에서 살길을 찾았다. 임 씨 부부는 대전역에 도착해 가까운 대흥동 성당을 찾았다. 당시 오기선 신부님은 임 씨 가족의 탈출기를 듣고 미국에서 지원받은 밀가루 두 포대를 건넸다. 정착의 기회를 열어준 것이다. 부부는 1956년 대전역 앞에서 찐빵을 팔기 시작했다. 이것이 성심당의 시작이다. 빵집이 대전에서 자리를 잡아가면서 이런 소문이 퍼졌다. 성심당이 있어서 대전 시내에는 굶는 사람이 없다는 이야기였다. 하루 빵 생산량의 3분의 1을 어려운 이웃에게 건네고 지금은 매달 3,000만 원 상당의 빵을 기부하고 있다는 것이다. 하지만 시련도 있었다. 2005년 12월 불의의 화재로 성심당 1, 2층이 잿더미가 되어버린 것이다. 이때 직원들이 먼저 팔을 걷어붙이고 일어섰다. 잿더미 속에서 집기와 기계를 찾아 불타지 않은 4층에서 다시 빵을 구워 팔기 시작하여 오늘에 이르렀다. 가족들보다 직원들이 먼저 복구 현장에 뛰어들었으니 평소 임 씨의 직원들을 위한 한결같은 사랑을 보여 주는 일화다. 성심당은 단순한 빵집이 아니다. 사랑과 희망을 굽고 행복을 나누는 빵집이다. 가을 답사에서 돌아오는 길, '사랑빵' 선물이 있어 모두가 풍성하고 행복했다.

〈공산성의 풀꽃길〉, 캔버스에 유채, 2003

가을 답사를 다녀온 저녁 시간, 감빛 노을에 물든 가을 금강을 생각했다. 강물의 시작은 알 수 없지만, 유장히 흘러가는 금강은 오늘도, 내일도, 산과 들과 하늘과 사람을 만나며 바다로 흘러갈 것이다. 강물의 흐름은 한결같은 만남이다. 사람과 사람과의 만남도 그러했으면 좋겠다. 공산성에서 만난 사람들을 생각하면 유유히 흐르는 강물처럼 사는 사람들이 그리워진다.

# 삶에서 가장 소중한 선물, 기도

　사람은 스스로 기도하며 세상을 살아가는 존재다. 사람은 누구나 각자 소망을 갖고 삶을 살아간다. 소망은 그 자체가 기도다. 사람에게 희망과 소망이 없다면 삶을 지탱하기 어렵다. 구상 시인은 "시는 인간에게 생명을 유지시켜 주는 양식이요, 보금자리"라고 말했다. 기도도 인간의 삶을 지탱해 주는 양식이며 보금자리라고 말하고 싶다. 기도가 있는 곳에 삶이 더욱 풋풋한 생명력으로 살아 있기 때문이다.

　"고개 들어 하늘을 우러르며 숨을 천천히 들이마시기만 해도 기도하는 것이다."라고 이문재 시인은 말했다. 바로 삶이 기도인 것이다. 사람과 사람과의 만남은 소중한 기도다. 가족 간의 사랑은 물론 친구나 친지 간의 우정과 우의에도 기도의 마음이 살아 있다. 서로 주고받는 작은 선물과 감사 인사에도 기도의 마음이 담겨 있고, 또 길을 묻는 사람에게 길을 안내하는 사람의 마음에도 기도가 살아 있다. 어디 이뿐인가. 밥상의 밥알 하나에도 농부의 기도 마음이 살아 숨 쉬고 있지 않은가. 정호승 시인은 '쌀 한 톨'을 이렇게 노래한다.

쌀 한 톨 앞에 무릎을 꿇다

고마움을 통해 인생이 부유해진다는

아버님의 말씀을 잊지 않으려고

쌀 한 톨 안으로 난 길을 따라 걷다가

해 질 녘/ 어깨에 삽을 걸치고 돌아가는 사람들을 향해/

무릎을 꿇고 기도하다

— 〈쌀 한 톨〉, 정호승

삶이 기도라 생각하니 일상에서 기도가 좀 진지했으면 하고 바랄 때가 있다. 바로 애경사 인사의 경우가 그렇다. 한 번은 의례적인 인사에 익숙했던 나에게 남다른 조문 인사가 있었다. 오래전 아버님 장례에 상주로서 조문객을 맞이할 때였다. 그날 수녀님 한 분이 뜻밖의 조문을 해 주셨다. 살레시오 수도회 소속으로 지금은 아프리카 토고에서 봉사 활동을 하고 계시는 P수녀님이시다. 수녀님은 필자가 1992년 한국은행 브뤼셀 사무소에 근무하고 있을 당시 아프리카 선교 준비를 위해 그곳에 머무르고 계셨다. 주말이면 현지 교민들과 미사에도 함께 참석하게 되어 공동체 안에서 친교를 나눌 수 있었다.

1994년 브뤼셀 근무를 마치고 한국에 돌아와서는 수녀님의 근황을 듣지 못하였는데 그동안 수녀님은 아프리카에서 수년간 선교 활동을 하고 계셨다. 이런 수녀님의 조의 방문은 뜻밖이었다. 나중에 안 일이지만 당시 수녀님은 토고에서 한국으로 잠깐 들어오셨다가 우연히 소식을 듣고 바쁜 시간에 먼 길을 찾아 조문을

와 주신 것이다. 그날 영정 앞에서 고인을 위해 기도해 주시던 수녀님의 모습을 지금도 잊을 수 없다. 조문객 가운데 서 계시다 영정 앞에 이르자 그 앞에 온전히 기도하는 자세로 앉으시더니 한참 동안 깊은 기도를 해 주시는 수녀님의 모습이 경건하게 느껴졌다. 그날 수녀님의 정성 어린 기도가 참으로 감사했다.

지난해 연말이었다. 아프리카에서 20년 가까이 봉사 활동을 해 온 수녀님이 오랜만에 다시 한국을 방문하셨다. 추운 겨울날, 바쁜 일정을 내어 용인 집까지 방문해 주시니 감사했다. 그날 프란체스코 성인의 상본과 강시원 시인의 시어 하나를 건네주셨다.

> 살면서 가장 행복한 사람은/ 사랑을 다 주고도/
> 더 주지 못해서 늘 안타까운/ 마음을 가진 사람입니다.

수녀님이 주신 시의 서두는 당신의 살아오신 모습 그대로였다. 앞으로 세상 사람들을 위해 기도와 희생으로 살아가실 수녀님의 삶이 그 안에 담겨 있었다. 연초에 다시 아프리카로 떠나시는 수녀님은 그날 저녁 우리 가족과 헤어지면서 "기도해 드릴게요." 하며 작별 인사를 하셨다. 살면서 만나고 헤어지는 사람 사이에 기도가 있다는 것은 서로가 시공을 넘어 함께 있음이니 이 얼마나 소중한 선물인가.

삶을 되돌아보니 사람들의 기도에 감사해야 할 일이 한둘이 아니다. 생전에 가톨릭 신앙을 가지셨던 어머님께서는 평생 자식들을 위해 기도하셨다. 초등학교 2학년 때 어머님은 나에게 처음 신앙을 권유하셨다. 그때 나는 무슨 이유에서인지 어머님의 말씀을 따르지 않았다. 그 후에도 다시 권유하셨지만, 어머님의 말씀을 받아들이지 않았다. 어느 해, 어머님은 중학교 입학시험을 앞둔 나를 위해 거의 일 년 동안 매일 아침 미사에 다녀오셨다. 바라던 중학교에 합격하던 날 아침, 어머님은 나에게 성당에서 감사기도를 하자고 말씀하셨다. 그날은 어머님 말씀을 거역할 수가 없어 어머님과 함께 집을 나왔으나 마음이 내키지 않았다. 당시 비포장 길에서 발로 이리저리 돌을 굴리며 어머님의 뒤를 따라가다 보니 한참 후 어머님과 내가 꽤 멀어졌다. 어머님은 앞서가던 길을 잠시 멈추고 나를 기다리시다가 내가 가까이 다가가면 다시 성당 가는 길을 재촉하셨다. 이렇게 가고 서기를 반복하면서 어렵게 성당 입구에 도착했다. 어머님께서 마음이 편치 않으셨는지 "그렇게 마음이 내키지 않으면 집에 돌아가렴."이라고 말씀하셨다. 사춘기의 반항 심리였는지 지금도 그 이유를 알 수가 없다. 성당 입구에서 그냥 집으로 되돌아오고 말았다. 지금도 그때 일을 생각하면 마음이 아프다.

내가 대학 졸업 후 군 복무를 마칠 무렵의 일이다. 전역을 앞둔 어느 날 갑자기 신앙인의 삶을 찾고 싶어 교리 공부를 시작하였다. 1966년 군에서 제대하며 부활절에 남동성당에서 가톨릭 신앙을 갖게 되었다. 어머님께서 나에게 처음 성당을 권유하신 지 15년 만이었다. 그동안 어머님은 나를 위해 얼마나 많은 기도를 하셨을까. 부족한 신앙인이지만 오늘의 내가 있음은 어머님 기도의 힘이라 생각하니 한없이 감사하게 된다.

살아오며 기도가 된 부모님의 말씀이 있다. 30여 년 전, 선친께서 가족들에게 성탄 카드에 적어 보내신 말씀이다. "모든 일은 하느님의 일이라 깊이 생각하고 감사하며 평화 속에 화목하게 살아가도록 하여라." 기쁜 일이나 괴로운 일이나 모두 그분 사랑의 뜻으로 받아들이고 항상 감사하라는 말씀은 지금도 내 삶을 지탱해 주고 있다. 독실한 가톨릭 신자이신 장모님은 오래전 미국에서 내 정년 퇴임 소식을 듣고 이런 말씀을 적어서 보내주셨다. "긴 세월에 춘하추동 계절 같은 변화의 고비를 잘 이겨냈으니 고마움뿐이네. 하느님께서 자네 마음속에 심어준 선성(善性)으로 이겨내는 힘을 주신 것으로 생각하고 감사하네." 사람이 자기 안의 선성을 믿고 살아갈 때 세상을 견디어낼 수 있다는 말씀이다, 어려울 때마다 힘이 되어준 말씀이다.

신앙생활은 기도와의 만남이었다. 노년에 시작한 침묵 기도는 그분의 현존에 머무르는 기도다. 일상의 '함'을 내려놓고 고요에 머무르는 기도다. 고요는 나 자신을 만나는 시간이기도 하다. 평소 외면하고 싶었던 나의 나약함과 이중성, 거짓 겸손과 가면을 그대로 만나게 된다. 이런 나를 만나면 스스로 사람들 앞에 겸손해질 수 있고 또 다른 사람들을 좀 더 이해하고 받아들일 수 있었다. 나를 정직하게 만난다는 것은 겸손과 행복의 출발이 아닌가 싶다. 기도는 또 내가 소중한 존재임을 일깨워 주었다. 나는 나약한 존재지만, 내 마음 깊은 곳에 나만의 아름다움과 선함과 순수함이 있음을 믿게 되었다. 이런 자기 믿음이 삶을 지탱해 주고 확장해 주는 힘이 되었다. 또한 기도에는 삶의 아픔과 상처를 치유하는 은총의 힘이 있다는 것을 경험하기도 했다.

오래전 일이다. 내 선의를 저버린 한 동료로부터 큰 아픔과 상처를 받은 적이 있다. 처음에는 큰 충격으로 아무것도 할 수 없었다. 시간이 지나면서 기도를 시작했다. 분노와 아픔의 마음을 덮으려 하지 않았다. 있는 감정에 정직하게 그대로 머무르는 침묵의 시간을 가졌다. 그러면서 그분의 현존을 의식했다. 한참을 그대로 고요에 머무르니 굳은 마음이 풀려가는 느낌이었다. 신비한 일이었다. 분노의 어둠에서 서서히 벗어나는 나를 만난 것이다. 빛은 어둠 밖에 있는 것이 아니었다. 오히려 그 어둠에 정직하게 머무르는 일이었다. 빛은 어둠의 한 밑바닥까지 내려가 그곳에서 만나는 은총이었다. 소설『혼불』의 작가 최명희의 말처럼 "어둠은 결코 빛보다 어둡지 않았다."

삶은 누구에게나 흔들리며 방황하며 때론 서성거리며 살아가는 것이 아닌가 싶다. 흔들리는 마음에 어둠이 나를 덮칠 때 이를 외면하거나 벗어나려 하기보다는 그 어둠에 정직하게 머무르는 것이 이제 나의 기도가 되었다.

오늘도 작은 감사기도로 하루를 시작한다. 내 삶은 내가 살아온 것이 아니라 다른 사람들의 기도와 사랑의 덕분으로 살아온 것이다. 아침마다 부모님과 어르신들을 기억하며 감사로 기도한다. 이어서 아픔과 고통 중에 있는 사람들 그리고 성직자와 수도자를 위해서 기도한다. 우리나라의 평화를 기도하고 가족들을 위하여 기도한다. 우리 부부를 위한 작은 기도도 있다. 나는 아침이면 아내보다 일찍 잠에서 깬다. 잠자리에서 일어나면 옆 침대 위에서 아직 잠든 아내에게 천천히 다가가 성호를 그으며 아내 이마에 가만히 손을 얹는다. 아내의 따뜻한 체온이 그대로 느껴진다. 이때 그분의 현존 의식에 그대로 머무른다. 이렇게 머무르고 나면 마음이 환해진다. 아내의 얼굴도 환하고 사랑스러워 보인다. 창밖에서 아침 새 소리도 경쾌하게 들린다. 오늘도 이런 작은 기도로 우리 부부의 하루를 시작한다.

평생 우리 가정을 위해 기도해 주신 생전의 부모님 모습(1979년) 왼쪽부터 필자, 어머님, 큰 아들, 아내, 작은 아들, 누나, 아버님

# 드맹 패션쇼, 옷이 시가 되고 사랑이 되다

패션쇼 초대장을 받았다. 패션에 전혀 문외한인 사람이 이런 초청장을 받으니 뜻밖이다. 귀한 초대장이다. 드맹 50주년 기념, 디자이너 문광자의 무명옷 패션쇼 초대장이다. 우리 백의민족의 모태적 소재인 무명옷 패션쇼를 '오가헌' 한옥 마당에서 갖는다니 멋진 일이다. 모처럼 귀한 기회여서 설레는 마음으로 참석했다. 하지만 의상에 문외한인 나에게는 패션쇼를 알고 즐기기보다 오히려 호기심으로 참석했다는 말이 더 적절할 것 같다. 그날 패션쇼는 생각과는 달리 친근하게 다가왔고 또 아름다웠고 신선했다.

우선 한옥 마당에서 진행된 패션쇼는 공간 연출이 인상적이었다. '뷰티풀 드리머'의 음악 선율에 맞추어 무명옷을 입은 세련된 모델들의 입장이 시작되자 오가헌 한옥 마당이 환상적인 무대가 되었다. 가을 하늘, 한옥 정원을 걷는 무명옷 모델들의 가벼운 걸음걸이가 마치 '솜구름 널린 하늘'처럼 느껴진다. 무명의상들이 시가 되어 춤을 추는 듯하다. 패션 의상들이 "옷이 있어 사람이 행복하고, 사람이 있어 옷이 행복하다."고 노래하는 것 같았다. 때마침 마당에 미국 민요 〈켄터키 옛집〉의 음악 선율이 흐르니, 마치 고향 마당에 돌아온 느낌이었다. 그날 패션쇼는 모델들의 아름다운 의상에 음악과 영상 연출이 어우러져 한 편의 예술 무대 같았다. 아름다우면서도 화려하지 않은 절제된 분위기가 사람들을 편하게 해 주었다.

사람들은 디자이너 문광자의 무명옷은 넉넉하고 따뜻한 느낌을 준다고 한다. 그녀의 넉넉한 인품이 그대로 드러난 옷이다. 남편 되시는 이무석 교수의 말이다. "아내는 겸손하고 인심 좋고 넉넉한 사람이다. 위로를 주는 사람이다. 만나는 사람들을 살맛나게 해 준다. 아내의 옷은 그런 아내를 닮았다."

'오가헌' 한옥 마당의 패션쇼

그날 드맹의 50년 고객들이 들려준 옷 이야기가 신선했다.

"드맹 옷을 입고 나면 새로운 힘이 생겨요. 살아있다는 느낌이 듭니다. 자존감을 회복하고 있다는 생각을 했어요."

"드맹에서 맑고 깨끗한 컬러의 옷들을 볼 때면 영혼이 밝아지는 기분이 들어요."

"드맹 옷은 사람을 가둬두는 느낌이 아니라 자유롭게 만들어요. 영혼이 자유로워지는 느낌이 들어요."

"저에게는 영감이 되는 옷이며 치유가 되는 옷이에요."
"무명옷을 입으면 어릴 때가 생각나요. 편안하고, 행복하고,
따스하고, 기분이 좋죠."

"드맹은 저에게 있어서 자존심이자 자존감입니다."

"이 옷은 몇십 년이 지나도 편하고 아름다우면서 가치가 변
하지 않아요."

　사람에게 옷은 몸을 보호하고 외모를 아름답게 가꾸는 의상으
로만 생각했던 필자에게 이들의 이야기는 새로운 배움이었다. 이
들은 옷이 갖는 생명력을 말하고 있었다. 드맹 고객들이 말하는
드맹 옷은 한마디로 '내가 새롭게 태어나는 옷이다. 나를 일깨워주
고 나답게 존재할 수 있도록 자존감을 높여주는 옷이다. 또 영감
을 주고 나의 가치를 높여주는 옷이며 꿈을 키워주는 옷이다. 손
녀인 정혜인 대학생의 말이 인상적이다. "저 역시 할머니처럼 가치
를 높여주는 옷을 만들고 싶어요." 손녀에게는 디자이너의 꿈을
심어 준 할머니의 옷이다. 손녀는 훗날 "꿈을 가질 수 있어 사랑할
수 있었습니다."라고 세상 사람들에게 말할 것이다.

　드맹 옷을 한 번 만난 사람들은 30년, 50년을 한결같은 고객으
로 남는다고 한다. 어머니에게서 딸에게로 대물림되기도 한다. 한

드맹 고객의 말이다. "이 옷은 몇 십 년이 지나도 편하고 아름다우면서 가치가 변하지 않아요." 광주비엔날레 전시장에서 우연히 만난 글귀가 있다. "디자인은 본질적 가치다." 본질적 가치는 변하지 않는 가치, 바로 사랑이 아닌가 싶다. 문광자 패션디자이너의 고백이다. "음악회를 위해 드레스를 만들 때면 마치 내가 음악회를 열어서 연주하는 것처럼, 신부들에게 옷을 만들어줄 때면 신혼여행을 갈 때 가방 속에 옷을 잘 개어 마치 시집보내듯이 그렇게 옷을 만들었어요. 항상 그 옷을 입는 손님하고 같이 있다고 생각하고 디자인하고 만들었죠." 사랑으로 지은 그녀의 옷은 사람의 자존감과 가치를 살리는 하늘이 내린 자우(慈雨) 같은, 고마운 옷이다.

세상 디자이너는 사랑과 아름다움을 사는 사람일 것이다. 하지만 고통 없는 사랑이 없고, 아픔 없는 아름다움이 없으니 하나의 의상이 탄생하기까지 얼마나 많은 열정과 고뇌와 기도가 살아 숨쉬고 있을까. 디자이너 의상은 기도로 시작하여 기도로 완성된 것이 아닌가. 이해인 수녀님의 '선인장' 같은 기도가 살아 꽃을 피우는지 모르겠다.

사막에서도/ 나를/ 살게 하셨습니다

쓰디쓴 목마름도/ 필요한 양식으로/ 주셨습니다

내 푸른 살을/ 고통의 가시들로/ 축복하신 당신

피 묻은/ 인고(忍苦)의 세월/ 견딜 힘도 주셨습니다

그리하여/ 살아 있는/ 그 어느 날// 가장 긴 가시 끝에/

가장 화려한 꽃 한 송이/ 피워 물게 하셨습니다

— 〈선인장〉, 이해인

드맹 의상은 지금도, 아니 앞으로도 기도와 사랑으로 꽃을 피울 것이다. 드맹은 사람이 얼마나 옷을 사랑하고, 또 옷이 얼마나 사람을 사랑하는지를 보여 주는 정원 같은 공간이다. 드맹에서 문득 런던의 큐가든 정원을 생각한다. 큐가든 정원은 삼백 년 동안 영국인들이 정성으로 가꾼 생명의 공간이다. 사람이 얼마나 정원을 사랑하고, 정원이 얼마나 인간을 사랑하는지를 보여 주는 정화와 치유의 공간이다. 사랑이 아름다움의 근원임을 드맹에서 다시 생각한다.

# 세상을 넓혀 준 손자의 생일 케이크

　오늘은 손자의 생일이다. 이른 아침, 창문을 여니 신선한 공기에 단풍 향기가 배어 있다. 오늘따라 아침 햇살에 단풍이 유난히 곱다. 단풍나무들이 늦가을 농익은 진홍빛으로 계절의 끝자락을 장식하고 있다. 단풍색은 진홍에서 적갈색, 분홍색, 황갈색에 이르기까지 다양한데 나무의 높낮이에 따라서도 색채가 오묘하게 다르다. 단풍색의 선연한 아름다움은 이렇게 다양한 색채들이 서로 배경이 되고 어우러져 하나의 환상적인 색채 공간을 사람들에게 선사하고 있다.

　단풍은 색깔만 고운 것이 아니다. 가을을 타고 잎이 떨어져 내리는 동선의 흐름도 그지없이 아름답다. 바람결에 날리는 단풍잎들은 잎의 모양새에 따라서 그리는 동선의 형태가 각양각색이다. 흔들리는 바람을 타고 내려오는 단풍잎들이 하늘에 그리는 수많은 동선의 흐름은 마치 무희들이 무아의 경지에서 보여 주는 춤의 율동과도 같다. 단풍잎의 춤에는 해맑은 소리도 녹아 있다. 가을바람에 멀리 또는 귓전에 와닿는 단풍잎 소리에는 계절을 마감하는 아쉬움과 이별이 숨어 있다. 단풍잎의 서걱이는 맑은소리를 듣고 있으면 눈과 마음이 맑아진다. 자연의 청정한 소리에 정화가 있다.

설렘

또 단풍잎은 땅 위에 환상적인 모자이크 그림을 그려 준다. 단풍나무는 무거워진 단풍잎을 내려놓으면서 마지막으로 우리에게 무작위로 그려진 아름다운 그림을 선사하고 있다. 무작위의 아름다움이 참 아름다움이 아닌가.

내가 단풍에게 묻는다. '단풍아. 너는 어찌 이리도 고우냐?' 단풍잎은 '순명과 자유로움'이라고 조용히 말하는 듯하다. 사계의 고통과 아픔을 고스란히 견디어 낸 단풍나무의 순명이 이 가을에 새삼 고결하고 소중하게 다가온다.

오늘따라 단풍의 아름다움이 절정을 이루어 손자의 생일을 축하하는 것 같다. 생일 축하를 위한 모임에 며느리가 만든 생일 축하 케이크가 탁자 위에 놓였다. 정성으로 만든 케이크다. 케이크 촛불 주위에 일곱 개의 별을 만들어 예쁜 장식을 했는데 별 장식 하나하나에 며느리가 정성으로 쓴 글귀들이 담겨 있다.

* 꿈을 갖고 살자
* 긍정의 힘을 갖고 살자
* 자기 자신을 사랑하며 살자
* 작은 것에도 감사하며 살자
* 믿고 의탁하는 삶을 살자
* 건강한 몸과 마음으로 살자
* 가족, 주변 사회를 소중히 생각하며 살자

가을 단풍이 내게 말을 한다. '단풍을 놓치면 가을을 놓친다.
지금을 놓치면 영원을 놓친다'

자식이 바르게 커 주기를 바라는 부모의 진실한 마음을 담은 생일 케이크다. 글귀 하나하나가 나에게도 소중하게 다가왔다. 글귀 가운데 "가족, 주변 사회를 소중히 생각하며 살자."는 글귀를 보면서 이런 생각을 해 보았다. 한 어린이가 건강한 어린이로 성장하기 위해서는 주위에 건강한 친구들이 함께 있어야 하지 않을까. 어린이 세계는 하나의 공동체가 아닌가. 세상의 어린이가 건강해야 내 손자, 손녀들도 건강히 커 갈 수 있지 않겠는가.

모든 어린이가 선하고 건강하게 자랄 수 있는 세상이 되었으면 좋겠다. 이기철 시인의 〈아름답게 사는 길〉에서 꿈을 키워갔으면 좋겠다.

> 그 작은 향내를 맡고
> 배추밭까지 날아온 가난한 나비처럼
> 보리밭 뒤에 피어난
> 철 이른 패랭이꽃처럼
> 여름밤 화톳불 가에서 듣던
> 별 형제 이야기처럼
> 개나리 꽃잎에도 눈부셔
> 마을 앞길을 쫓아가는
> 병아리처럼
>
> ― 〈아름답게 사는 길〉, 이기철

엊그제 일간 신문 기사를 보니 우리 사회에 방치된 어린이 학생들이 약 28만 명이나 된다고 한다. 어른들의 무관심으로 인해 주위에 상처받고 있는 어린이들이 너무 많았다. 부끄러운 일이다. 이제라도 이들 어린이와 조금이라도 함께하는 것이 할아버지의 작은 도리가 아닌가 싶었다. 불우 어린이를 돌보는 한 어린이집에 미소하지만 작은 후원자가 되기로 하였다. 케이크에 담은 며느리의 글귀 하나가 내 안에서 세상을 넓혀 준 것 같아 고마웠다.

별들의 합창 – 손자 생일 케이크에 담은 며느리의 고운 마음

설렘

지난해 며느리는 내 희수를 축하하며 예쁜 카드에 이런 글을 담아 보내왔다.

아버님께
늘 저희 가족을 위해 기도해 주시고
아낌없는 사랑으로 격려해주시는 아버님!
희수를 진심으로 축하드립니다.

문득 아버님, 어머님께서 추천해 주셔서 보고 왔던 영화 〈인턴〉이 생각나네요. 초반 인터뷰 내레이션에서 무심한 듯 담백하게 흘러나오는 주인공의 지나온 인생을 들으며 인생 경험의 무게감을 느꼈습니다. 고작 5분도 채 되지 않는 시간으로 요약되는 칠십을 넘은 주인공 인생의 내레이션 속에서는, 하루하루 자잘한 걱정들로 고심하고, 지금 당장 닥친 일들이 전부인 양 허덕이는 저희 모습이 한낱 찰나의 순간조차 되지 않는구나 하는 깨달음에, 저절로 숙연해지고 경외감마저 느꼈던 듯합니다. 그때의 벅찼던 감정이 한동안 긴 여운으로 남았던 기억이 생각납니다.

아버님!
더 오래, 더 건강히 저희들 곁에서 사랑과 지혜,
인생을 가르쳐 주시고, 함께해 주세요.
부족함에도 늘 보듬어 주시고 지지해 주셔서
늘 감사하는 마음뿐입니다.

희수 축하드립니다. 아버님!

2018. 10. 14.

종은 올림

　　희수를 축하하는 착한 며느리의 마음이 고맙게 느껴진다. 영화 한 편에 삶의 지혜를 배우고 사랑의 삶을 다시 다짐하는 며느리의 진솔한 마음이 희수를 맞은 나에게 귀한 선물이 되었다. 며느리의 글을 읽으며 노년을 사는 나 자신도 사랑으로 좀 더 새로워지고 싶었다.

# 나, 하늘에 연을 날리고 싶다

지난해, 용인 수지 동네로 이사를 와 새로 얻은 즐거움 중 하나는 매일 뒷산 솔숲길을 걷는 일이다. 숲길 언덕을 오르다 보면 초입 오른편으로 성복중학교 운동장이 보이고 연이어 다시 고등학교 운동장이 훤히 내려다보인다.

아침마다 길을 오르다 보면 운동장에서 들려오는 학생들의 해맑은 웃음소리, 뛰노는 소리, 재잘거리는 소리가 멀리, 때로는 가까이 들리는데 이 소리들이 나의 마음을 풋풋하게 한다. 아침 운동장의 해맑은 목소리들은 숲의 새 소리와 어울려 어떤 날은 아침 햇살 속에서 삶의 찬미가로 들리기도 한다. 학교 언덕길은 등교하는 학생들로 부산하면서도 경쾌한 모습으로 생동감이 넘쳐난다. 가랑비가 내리는 아침에 색 우산을 받쳐 들고 걸어가는 학생들의 등굣길 모습을 산책길 언덕에서 내려다보면 마치 영화 〈쉘브르의 우산〉에 나오는 한 장면처럼 아름다운 그림이 되기도 한다.

아침 운동장은 어린이들의 경쾌한 소리들로 생동감이 넘치지만 산 그림자가 땅에 내리는 해 질 녘이면 텅 빈 운동장만 남는다. 텅 빈 운동장을 무심히 내려다보고 있으면 어린 시절, 사계절의 추억이 그리움으로 다가온다. 어느 초겨울, 고향 마을 학교 운동장에서 보이는 무등산 정상에 첫눈이 내렸다. 그날 마당에서 김장을 하시던 어머님이 학교에서 돌아온 나에게 김칫소 한 가닥에 깨를 묻혀 주셨다. 집 마당에 서서 입에 넣었던 어머님의 그 김치 맛은 오랜 세월이 지난 지금도 잊을 수 없다.

고향 집은 과수원 마을인 지산동에서 내려오는 길목에 자리 잡고 있어 초여름 아침이면 과일 파는 아주머니들이 과수원의 딸기나 토마토, 복숭아 등을 광주리에 이고 시내에 나가시면서 우리 집에 들르곤 했다. 이들은 대문을 들어서며 "이 집서 처음 팔면 그날은 재수가 있어!" 하며 과일 광주리의 싱싱한 과일을 내려놓고 "오늘 물건 좋다."고 이야기를 시작한다. 손이 크신 어머니가 날마다 사 주신 딸기와 토마토 등의 계절과일은 빛깔이 곱고 맛이 신선했다. 이런 분위기에서 자란 나는 우리 집이 정말 재수 있는 집이라고 믿었고 또 음식 맛도 동네에서 제일이라고 생각했다. 어머님께서 손수 요리하신 낙지볶음과 홍어찜, 매콤한 생선조림은 남도 특유의 맛으로 지금 생각해도 일품요리 맛이었다. 또 후식인 유과와 식혜 맛도 그만이었다. 초겨울 오후 학교에서 돌아와 작은 항아리에 담겨 있던 식혜 한 사발을 들면 입안에서 녹는 식혜 밥알의 그 시원한 단맛이 그렇게 좋을 수가 없었다. 또 여름날 대나무 평상 위에서 가족들과 함께 먹는 보리밥과 풋고추, 고추장에 마른 영광굴비 맛도 잊을 수가 없다. 냉장고가 없던 시절 이웃집 우물 속에 매달아 놓은 대나무 광주리의 수박과 참외 맛은 한여름 온 가족의 청량 과일로 그만이었다. 또 이른 봄날 하교 시간,

학교 앞에서 칡 장수가 얇게 썰어준 칡 맛과 솜사탕의 부드러운 맛도 작은 추억이 되었다.

지금 이 글을 쓰는 필자의 책상 위에는 한 장의 사진이 놓여 있다. 37년 전 사진이다. 내가 다녔던 초등학교를 방문하신 아버지와 어린 두 아들이 나와 함께 서 있는 옛 모습을 찍은 사진이다. 지나온 날들이 주마등처럼 머릿속을 스쳐 지나간다. 이른 봄날, 주말이면 동네 초등학교 운동장에서 아버지와 야구 공놀이를 하며 공 받기에 겁먹었던 나, 그리고 두발자전거 타기를 처음 가르쳐 주신 아버지의 모습이 지금도 눈앞에 선하다. 서재 책장에는 눈 내린 무등산 중턱에서 두 친구와 함께 찍은 60년 전의 사진도 있다. 그 시절에는 '아이젠'이 없어 등산화에 새끼줄을 감고 앉아있지만, 그 모습이 풋풋하기만 하다.

또 이런 기억도 남아있다. 고향 집 바로 앞에는 여자고등학교가 있어 창문 너머 미루나무 사이로 학교 운동장이 훤히 들여다보였다. 어느 해 여름 비 오는 날 오후로 기억된다. 학교 운동장 스피커에서 경쾌한 음악 소리가 들렸다. 호기심에 밖을 내다보니 빗속에 한 남자가 음악 선율에 맞추어 텅 빈 운동장에서 홀로 춤을 추고 있는 모습이 보이지 않는가. 당시 중학생이었던 나에게는 처음 보는 희한한 전경이었다. 나중에 알게 된 사실인데, 그날 빗속에 춤을 춘 사람은 당시 광주여자고등학교의 무용 교사 정병호 선생님으로, 그분은 후에 중앙대학교 무용학과 교수로 자리를 옮겨 한 국전통문화유산을 계승한 공로로 옥관문화훈장을 받는 등 무용계의 원로가 되셨다. 어린 시절 나에게는 비를 맞으며 혼자 운동

〈무등산 정상의 첫눈〉, 박상섭, 1995년

설렘

장에서 춤을 추는 사람의 모습은 생경한 것이었지만, 지금 와서 생각하면 자신의 삶을 온전히 사랑하며 살다 간 한 무용가의 아름다운 삶으로 다가온다. 빗속 텅 빈 운동장에서 혼자 춤을 추는 시간은 음악 선율에 몰입하여 온전히 자기 자신을 춤으로 드러낸 시간이었으리라. 바로 당신 원형의 아름다움을 몸의 율동으로 드러낸 환희와 지복의 시간이 아니었을까 싶다.

세월이 흘러도 어린 시절 고향의 기억들은 어제 일처럼 되살아난다. 초등학교 시절, 해 질 무렵 동네 골목에서 친구들과 함께하는 구슬치기와 자치기 놀이는 신나고 재미있어 시간 가는 줄을 몰랐다. 저녁이 되어 밥 먹으라고 부르는 가족들 소리가 들리면 그때야 집으로 달려가곤 했다. 또 여름날이면 작은 굴렁쇠 모양의 잠자리채에 처마 밑 거미줄을 말아 마당을 나는 고추잠자리를 잡았던 일, 부모님과 순천만에 내려가 소금꽃 핀 염전에서 나무 삽으로 소금을 긁어모았던 일, 나무 사과 상자로 토끼집을 만들어 콩잎을 먹이며 토끼를 길렀던 일, 닭장 안에서 따스한 달걀을 꺼내 들었을 때의 촉감, 그리고 겨울 준비를 위해 땔감 장작을 나르고 도끼로 패어 마당에 가지런히 올려놓았던 일, 모두가 잊혀지지 않는 추억들이다. 또 이런 일도 있었다.

어느 차가운 이른 봄날 저녁이었다. 집에서 기르는 흑염소를 학교 풀밭에 데리고 나가 풀을 먹이다가 잔설 속에 여린 풀잎들이 땅에서 파릇파릇 솟아나고 있는 것을 보았다. 저녁노을이 감빛으로 물들어 가는 시간, 대지의 작은 풀들이 여리지만 얼마나 신선하고 생기 있게 보였는지, 또 해가 진 서산마루에서 별빛 하나 얼마나 초롱초롱했는지, 그 설렘의 기억들이 지금도 내 안에 남아 내 삶을 녹슬지 않게 지켜주는 것 같다. 어린 시절의 추억이 되살아나는 시간은 내 어린 영혼이 춤을 추고 또 지나온 세상을 사랑으로 보듬는 감사의 시간이 아닌가 싶다.

오늘도 학교 운동장 옆, 산책길을 천천히 오른다. 아침 햇살에 드러난 등굣길, 운동장 스피커에서 들려오는 피아노곡의 맑은 선율이 유난히 경쾌하게 들린다. 학교 건물 옆벽에 시원한 바다 풍경 그림이 눈에 들어온다. 푸른 바다 위에 흰 돛단배가 파도를 타고, 하늘에는 갈매기들이 춤을 추며 나는 전경이다. 문득 오늘은 하늘을 닮고, 바다를 품고 싶다. 운동장에는 어린이들이 뛰놀고 있다. 그 옛날 아버님이 만들어 주신 연을 가지고 초등학교 운동장을 달리며 추위도 모르고 연을 날렸던 일이 떠오른다. 문득 오늘 저 하늘에 연을 날리고 싶다. '옛날은 가는 게 아니고 이렇게 자꾸만 오는가 보다.'

# 삶을 완성하는 날, 나의 마지막 기도

신명과 원형의 땅 진도를 찾았다. 보리와 파꽃이 물결치는 밭길을 걷다가 잊혀졌던 상여 행렬과 마주친 적이 있다. 어린 시절의 기억이 되살아나 한참을 지켜보았다. 상여 행렬에는 여인들의 애절한 만가가 있어 토속적이면서도 원형의 울림이 있었다. 선생님이 돌아가셨는지 학생들과 제자들로 보이는 행렬이 꽤 길게 이어졌는데, 진도 아낙네의 만가와 함께 시야에 멀리 사라지던 상여 행렬이 지금도 잊혀지지 않는다. 진도 만가는 망자가 한을 풀며 멀리 떠남을 노래한 것이라고 한다. 젊은 시절과는 달리 상여 행렬이 친근하게 느껴졌다. 죽음이 삶의 한 형태로 항상 가까이 있다는 것을 깨닫는 나이가 됐기 때문인지도 모르겠다.

그날 상여를 타고 떠나간 사람은 생전에 어떤 말을 세상에 남겼을까. 사람들은 가끔 죽음을 준비하는 유언에 관해 이야기한다. 언젠가 각계 인사들이 남긴 '미리 쓰는 나의 유언장'이라는 글을 읽은 적이 있다. 유언장에는 사람마다 다른 희망과 삶의 지혜를 담고 있었다.

"죽은 뒤에는 재를 부모님 묘가 있는 산에 훨훨 뿌려 주었으면, 그리고 잊혀졌으면 한다."는 유언을 비롯해 "얼마간의 돈이 남아 있으면 어린이들의 장학기금으로 남기고 싶다. 이것을 본 어린이들이 남을 위해 무엇을 도와주거나 나눠 줄 수 있는지 생각해 보는 기회가 됐으면 한다." "사후에 장기나 시신을 기증하고 싶다." "예술품과 재산을 사회 공익 단체에 기증하고 싶다."는 등의 내용이었다. 또 '모든 일에 감사하라'는 성서의 말을 남기는가 하면, 세상을 사는 지혜로 '보증을 서지 말 것과 주식 투자에 손대지 말 것'을 당부한 유언도 있었다. 한 여행자는 자식들에게 '죽기 전에 꼭 가 봐야 할 곳'을 남긴 유언도 있었다. 유언의 내용은 각자의 삶과 가치를 담고 있었다. 유언장을 미리 준비한다는 것은 삶을 돌이켜 보고 여생의 삶을 보다 의미 있게 살아가고자 하는 바람이기에 소중한 일이다.

죽음은 삶의 완성이라고 한다. 사랑으로 채워진 삶의 마무리가 아름답고 평화로운 것임을 보여 주는 사람이 있다. 헬렌 니어링은 『아름다운 삶, 사랑 그리고 마무리』라는 책에서 이를 보여 주고 있다. 이 책은 저자 헬렌이 평생 '땅에 뿌리박는 삶, 조화로운 삶'을 살아온 남편 스콧의 죽음에 관해 이야기하고 있다. 50여 권의 책을 쓴 저술가이면서도 땅에 묻혀 겸손하고 소박한 노동의 삶을 살아온 헬렌의 남편 스콧은 죽음에 대비해 '주위 여러분께 드리는 말씀'이라는 메모를 남긴다. 메모에는 "나는 조용히 자연스럽게 죽음을 맞기를 희망한다. 나의 죽음에 대해 슬픔에 잠길 필요는 없다. 오히려 마음과 행동에 조용함, 위엄, 이해 그리고 평화로움을 가지고 죽음의 경험을 나누었으면 한다."라고 적었다. 또 그는 "나는 힘이 닿는 한 열심히 충만하게 살았으므로 기쁘고 희망에

차서 간다."라고 하면서 "죽음은 옮겨감이나 깨어남이며, 또한 생명력이 더 높은 단계에 접어드는 시작"이라고 말하고 있다. 책의 끝부분인 '황혼과 저녁별'에서는 헬렌이 임종을 맞는 스콧을 침상에서 지켜보며 마지막으로 그에게 조용히 다가가 말하는 장면이 나온다.

> "여보. 당신은 훌륭한 삶을 살았어요. 당신 몫을 다했어요.
> 새로운 삶으로 들어가세요. 빛으로 나아가세요. 사랑이 당
> 신과 함께 가요."

헬렌이 말을 끝내자 남편 스콧은 가는 목소리로 "좋-아."라고 간신히 말한 뒤 숨을 거둔다. 이때 헬렌은 "보이는 것이 보이지 않는 곳으로 옮겨 갔음을 느낀다."라고 기술하고 있다. 그녀는 그 후 "우리의 사랑은 반세기 동안 지속됐고, 그이가 떠난 지 8년이 지난 지금도 여전히 계속되고 있다."고 말한다. 헬렌은 책에서 반세기 동안 같이한 '땅에 뿌리박는 삶'과 평온하고도 위엄을 간직한 남편의 죽음을 통해서 사랑과 삶과 죽음이 하나임을 보여 주고 있다. 평온하고 평화로운 죽음은 사랑의 삶에서 키워짐을 다시 배우게 된다.

어제는 서울성모병원을 찾았다. 중환자실에 입원 중이신 박 선배님을 뵈러 갔다. 독실한 가톨릭 신앙인으로 평생을 살아오신 선배님은 남을 위한 삶으로 주위의 존경을 받아 오신 분이다. 중환자실에 들어서니 청결하게 정리된 병실은 바쁘게 오가는 간호사들의 모습에도 조용하기만 했다. 병실의 환자들은 모두가 가는 숨

을 쉬고 있었다. 안내 간호사가 "어제는 박 선생님께서 혼수상태였는데 오늘 다행히 의식이 돌아왔습니다."라고 말했다. 침대에 다가가 보니 생전의 모습과는 달리 초췌한 모습에 눈을 감고 계셨다. 간호사의 목소리에 눈을 가만히 뜨셨다. 희미한 눈빛에 눈길이 마주쳤다. 처음에는 사람을 알아보지 못하다가 잠시 후 고개를 들며 입을 열어 말을 하려고 하셨다. 가만히 한쪽 팔로 어깨를 보듬어 드렸다. 나도 모르게 믿음의 말이 나오고 말았다.

"선배님. 참으로 열심히 사셨습니다. 좋은 일 많이 하셨습니다. 지금 여기 주님이 함께하고 계십니다."

선배님의 눈에 눈물이 고인다. 입을 조금 열어 가늘게 "고… 고…" 하시며 고맙다는 말을 하려고 하셨다. 떠나시는 분의 마지막 "고… 고…"라는 가는 음성이 긴 여운으로 남았다. 병실을 나왔다. 햇살 고운 봄날, 길거리를 오가는 사람들의 움직임이 분주하다. 세상은 여전하다.

10여 년 전 세상을 떠나신 어머님의 임종을 지키지 못한 불효에 지금도 가슴이 아프다. 그날 아침 일찍 병세가 위독하시다는 의사 선생님의 연락을 받고 병실로 달려갔으나 어머님은 산소 호흡기만 대고 계실 뿐 이미 생을 달리하셨다. 생의 마지막 순간, 어머님께서는 얼마나 외로우셨을까. 지금도 도리를 다하지 못한 자식으로서 죄스러운 마음을 금할 수 없다. 하늘에서 영원한 평화의 안식을 누리시기를 기도할 뿐이다.

설렘

죽음을 생각하면 삶이 끝나는 날, 나의 마지막 모습은 어떤 모습일까. 느닷없이 찾아온 물음이다. 삶의 마지막은 인간의 일이 아니기에 온전히 그분의 섭리와 자비에 맡겨드려야 할 시간이 아닌가. 모든 것을 그분께 의탁해야 할 임종의 시간, '당신의 현존의식'에 머무를 수 있다면 얼마나 큰 은총일까. 삶의 마지막 희망은 그분 자비에 대한 믿음이며 감사이고 싶다. 그분 자비에 허물 많은 삶의 발자국을 맡겨 드리고 싶다.

"멀리 바닷가를 바라본다. 백사장에 남긴 삶의 발자국들, 바닷가 파도가 그걸 곱게 보듬어 준다." 김명수 시인의 바닷가 파도가 그분의 자비로 다가온다.

> 바닷가 고요한 백사장 위에/ 발자국 흔적 하나 남아 있었네/ 파도가 밀려와 그걸 지우네/ 발자국 흔적 어디로 갔나?/ 바다가 아늑히 품어 주었네
>
> — 〈발자국〉, 김명수

오늘도 죽음은 삶과 함께 있다. 누구도 피할 수 없는 삶의 일부이다. 죽음을 준비해야 할 오늘 나의 기도는 무엇인가? 스스로 묻고 싶다. 어느 시인의 시어처럼 "하루하루를 이 세상 첫날처럼 맞이하고 이 세상 마지막 날처럼 깨어 지낼 수 있도록 기도하고 싶다. 하루의 일과를 끝내고 잠자리에 들 때는 '모든 것에 감사했습니다.'라고 고백할 수 있다면 이 얼마나 복된 삶일까."

흰 눈 덮인 겨울 무덤, 모든 허물을 덮어 주시는
그분의 자비를 생각하게 한다


설렘

# "이리 살다 보니, 마음의 응어리가 풀렸어요."

요즘 신문을 읽다가 고단한 삶을 살아가는 사람들의 기사를 만나면 마음이 무겁다. 쪽방 생활을 하는 서민들의 어려움이 그렇고 취업난을 겪고 있는 청년들의 고충을 만나면 더욱 그렇다. 또 가정폭력이나 사회 비리 기사를 보면 마음이 답답하고 때론 울분을 느끼기도 한다. 그런가 하면 불볕더위에도 공사장에서 땀 흘리며 묵묵히 일하는 사람들, 소외되고 아픈 사람들을 위해 봉사하는 사람들, 밤낮으로 위급한 상황에 달려가는 구급대원들의 헌신적인 모습을 만나면 이들이 우리 사회를 지탱해 주는 사람들이라 생각된다. 또 시장 바닥에서 생선을 팔거나 날마다 노점상이나 '뻥튀기'로 생계를 이어가는 사람들의 모습을 만나면 이들의 삶이 정직하고 생명력이 있는 삶으로 다가온다.

오늘 아침 신문이 배달되었다. 마음 환하게 해 주는 기사 하나가 실려 있다. 세상 바닥을 사랑으로 딛고 일어선 '부산 자갈치 아지매', 바로 희수(喜壽)의 한순자 할머니의 이야기다.

그녀의 고향은 제주도다. 그녀의 아버지는 일제 강점기에 일본 도쿄에 건너가 양복점을 하며 당시 그런대로 생활을 이어 갔다.

그러나 태평양전쟁 종전이 임박한 1945년 봄, 미군기의 도쿄 대공습으로 인해 그만 삶의 터전과 재산을 모두 날려버리게 되었다. 그녀의 가족은 그해 7월 귀국선을 타고 돌아와 외할머니가 계신 여수에 정착했다. 귀국 3년 만에 아버지는 화병으로 돌아가셨고 그녀는 여수 반란 사건과 6·25 전쟁으로 고충을 겪기도 했다. 어려운 가정 형편으로 그녀는 중학교를 그만두고 일을 해야만 했다. 그녀는 1962년 스물세 살 때, 부산으로 시집을 왔다. 중매로 남편감을 만났을 때 그는 그녀에게 '동생을 공부시켜주겠다'고 약속했다. 막상 시집와 보니 시어머니는 고무 대야에 널빤지를 얹어놓고 시장에서 생선을 팔고 있었다. 입에 풀칠하기도 어려운 생활이라 그녀가 나서야 했다. 선창가에 나가 고무대야를 들고 나앉아 생선 장사를 시작했다. 그녀는 그 당시의 어려운 나날을 장부 수첩에 이렇게 적어 놓았다.

> 지붕이 없는 허허벌판에서/ 머리에 수건만 걸친 채/ 비와 바람 속에서 손발이 터서 피가 나고/ 하루 또 하루가 지나고 오늘은 어떻게 지날까/ 다라이를 들고 이리 쫓기고 저리 쫓겨 가면서 살아가니….

그녀의 고단한 삶을 이야기하고 있다. 그녀는 시를 배우지 않았고, 시장에서 책 읽을 시간도 없었다. 하지만 괴로울 때마다 장부 귀퉁이에 하나씩 글을 끄적거리면 마음이 편해졌다. 그렇게 그녀가 끄적거린 글은 시어가 되어 그녀의 삶을 지탱해 주는 힘이 되었다.

설렘

잠이 깨어 허둥대며 나간다/ 기다리는 사람도 없는데…/ 세
찬 바람 속에 내 몸을 맡긴다/ 우수수 떨어진 낙엽을 누르
며/ 서글픈 마음이 가슴 깊은 곳으로 저며 든다/ 푸르름을
뿜내던 나뭇잎도 변하고/ 우리 인생도 다를 게 뭣인가/ 억
척같이 살아온 젊은 그 시절/ 허공 저편에 맴돌 뿐….


고달픈 생활에 아픔과 상처의 삶을 살아온 그녀의 글이 시어가
되니, 그녀의 마음 깊은 곳에 항상 푸른 별빛이 살아 숨 쉬고 있
는 것 같다.

결혼 생활 9년째, 그녀는 네 아이의 엄마가 되었다. 그런데 어찌
된 섭리인가. 선하게 살아온 그녀에게 엄청난 시련이 닥쳤다. 어느
날, 남편과 같이 택시를 타고 자갈치 시장으로 가던 길에 그만 버
스와 충돌하는 큰 사고가 벌어졌다. 사고로 남편은 숨졌고 그녀는
갈비뼈가 여러 개 부러지는 중상을 입었다. 그녀의 나이 서른두
살이었다. 그녀는 눈앞이 캄캄해졌지만, 눈물은 전혀 나오지 않았
다. 오직 어린 자녀를 잘 키워 보자는 생각뿐이었다. 그녀의 억척
스러운 삶은 멈추지 않았다. 그 후 자갈치 시장의 첫 여성 중매인
이 되어 새벽에 중매장에서 일을 마치고 나면 시장에서 꼬막, 전
복, 바지락 등 어패류를 팔며 지금까지 자녀들을 모두 대학까지 보
냈다. 그녀는 이렇게 말한다.

"못 살 것 같아도 살아보니 살아지더라고요. 일 끝나면 얼른

집에 가 밥하고 밀린 빨래를 해놓고는 그 자리에 쓰러져서 잤어요. 그러다가 자정에 눈뜨면 다시 시장으로 나오고 지금까지 그렇게 하루하루를 살았지요." 그러면서 "억척같이 살아도 욕심내지는 않았어요. 손님을 끌어오기 위해 이웃 가게와 싸워본 적이 없어요. 동료 상인들의 경조사가 있으면 나서서 도왔지요. 내가 어려울수록 남을 돕고 살아야 한다는 생각을 했어요. 이렇게 하지 않았다면 내 마음의 응어리가 어떻게 풀렸겠어요."

그녀는 자신의 고달픈 삶의 상처와 응어리를 스스로 사랑으로 순화하고 꽃피운 삶을 산 것이 아닌가 싶다. 그녀는 얼마 전까지 자갈치 시장 봉사모임 회장으로 일하며 군부대, 보육원, 장애인 집을 찾아다녔다. 세상 사랑이 그녀의 삶을 지탱해 준 힘이 되고 빛이 된 것이다. 그녀는 이렇게 말한다.

"세상살이가 어려운 거잖아요. 참고 견디며 살다 보니 희망이 비치는 것 같아요."

사랑으로 고달픈 삶을 이겨낸 할머니의 풋풋한 삶이 잔잔한 여운으로 남는다. 박현자 시인이 말한다. "주어진 현실의 삶에 충실하고, 삶을 사랑할 때, 비로소 그 무엇과도 바꿀 수 없는 아름답고 소중한 삶이 꽃피는 것이지요."

추운 겨울을 이겨낸 구근 아이리스가 봄날 청초한 꽃을 피워 세상을 환하게 한다

# 소중한 사람이야

　오래전 일본 영화 한 편을 관람하였다. 일본의 여류 감독 마츠이 히사코의 작품으로 한 가족의 아픔과 상처, 그리고 사랑과 치유의 삶을 여성 특유의 섬세한 감각으로 그려낸 영화 〈소중한 사람〉이다. 영화는 치매 증세를 보이는 시어머니를 모시는 한 가족의 실제 이야기를 감동적으로 전해주는 논픽션 영화다. 줄거리는 이렇다. 홀로 시골에서 노년을 보내던 마사코는 셋째 아들 내외의 제안을 받아들여 도시로 올라와 함께 살기 시작한다. 마사코는 남편과 일찍 사별하고 혼자서 3남 1녀를 바느질로 어렵게 키웠다. 하지만 자식들이 이런 어머니 모시는 것을 부담스러워 하자 셋째 며느리 토모에가 선뜻 남편에게 어머니를 모시자고 했던 것이다. 셋째 아들 집으로 온 시어머니는 어느 날 식사 중에 갑자기 밥그릇을 내던지는 등 낯선 행동을 시작한다. 어렵게 설득하여 시어머니를 병원에 모시고 가 진료를 받아 보니 치매 증세라는 결과를 받았다. 며느리 토모에는 치매에 관한 책을 사다가 읽어 보기도 하고 노인 요양보험에 가서 필요한 정보를 얻기 위해 상담도 한다. 손자들도 할머니에게 약을 챙겨 도와 드린다. 하지만 계속되는 시어머니의 이상 행동으로 가족들의 일상적인 삶은 깨져 버린다. 어느 날 시어머니는 며느리가 자기 돈을 훔쳤다고 의심하며 다그친다. 남의 집 앞에 쓰레기를 버리고, 또 며느리가 만들어 놓은 도시락을 집어 던지며 짜증을 부리기도 한다. 말 못 할 토모에의 고민이 깊어진다. 꽃 시장에서 일하랴, 사춘기 딸 보살피랴, 집안 살림하랴, 매일 반복되는 시어머니와의 씨름을 견디어 내다보니 며느리 토모에는 눈에 띄게 수척해진다.

토모에의 남편은 직장 일로 바쁘다 보니 어머니를 모시는 일은 온전히 토모에의 몫이 되고 만다. 다른 자식들은 전화 한 통 없다. 한 번은 시누이인 아이코가 어머니를 집에 모셔 가더니 며칠 지나지 않아 다시 셋째 며느리 집으로 모셔 온다. 시어머니의 증세는 나날이 악화된다. 어느 날 시어머니는 며느리 토모에의 머리채를 잡아끌어 그녀를 바닥에 내동댕이치고 나서 집을 나가더니 그날은 돌아오지도 않는다. 토모에는 쏟아지는 비를 맞으며 시어머니를 찾아 나선다. 이곳저곳을 수소문 끝에 시어머니가 당신의 고향에서 발견되었다는 연락을 받는다. 시어머니를 찾아간 며느리 토모에가 시어머니를 만나자 그녀는 며느리의 품에 안겨서 어린아이 같이 울며 집에 돌아온다. 그날 밤 심한 열병에 시달리는 토모에를 보고 남편은 어머니를 노인 요양 시설에 맡기기로 한다.

시어머니 마사코가 요양 시설로 떠나기 전날, 마지막 밤을 며느리는 시어머니와 한방에서 지낸다. 그날 시어머니는 며느리에게 누구에게도 이야기하지 않았던 그녀의 숨겨진 지난 삶을 털어놓는다. 어린 시절 당신 어머니가 자신을 버리고 떠나간 사연, 이후 양부모 집에서 학대받은 일, 그리고 도망가는 심정으로 서둘러 결혼을 했으나 남편은 셋째 아들이 초등학교 시절 일찍 저세상으로 떠나고 만 사실 등 감춰진 이야기를 한다. 누구의 도움도 없이 네 자식을 바느질로 키운 어머니는 아들에게도 말하지 않았던 그녀의 한 많은 삶을 며느리 토모에에게 털어놓는다. 토모에는 상처와 아픔의 삶을 살아온 시어머니의 이야기를 들으며 따뜻한 연민의 정으로 다시 시어머니에게 다가가게 된다.

토모에는 여러 요양 시설을 수소문한 끝에 불교 사찰에서 운영하는 노인 요양 시설에 시어머니를 맡기게 된다. 요양소에서는 첫날 각자 자기소개를 하게 된다. 시어머니는 이때 자신의 진심을 며느리에게 털어놓는다.

"나는 며느리가 없으면 죽을 수밖에 없어요. 그동안 억지 부려서 미안하다. 용서해라." 이때 며느리와 시어머니는 서로 눈물을 보인다.

그날 토모에는 요양 시설 선생님과 대화 중에 가족 사랑에 대한 이야기를 듣는다. 소중한 배움이다. 요양원 선생님이 며느리에게 묻는다.

"치매 증세를 보인 시어머니를 칭찬해 본 적이 있나요?"
"별로 없지요. …잘못을 지적하기만 했던 것 같네요."
"사람은 인정받지 못하면 살 수가 없어요. 어머니를 있는 그대로 받아들여 주어야 그분도 살아갈 이유가 있는 거죠. 우리들이 여기서 아무리 정성을 쏟아도 가족을 대신할 수는 없어요. 정말 샘이

날 정도로 가족의 사랑이 필요해요." 있는 그대로 시어머니를 받아주는 가족 사랑보다 더 소중한 것은 없다는 이야기였다.

봄날의 강변에서 시어머니가 며느리의 초상화를 그리고 있다

며칠 후 토모에가 요양원을 방문했을 때 선생님에게 뜻밖의 말을 듣는다. 시어머니 마사코의 그림 소질이 탁월하다는 것이었다. 그림 실습을 해 보고 숨어 있는 그림 소질을 발견한 것이다. 어느 날 토모에는 그림 그리는 시어머니를 옆에서 칭찬한다. "어머니, 어머니는 세잔보다 그림을 잘 그려요!" 한동안 요양원에서 생활하며 그림 그리기를 시작한 시어머니가 심리적으로 안정을 되찾자 토모에는 다시 그녀를 집으로 모셔온다. 그날 직장에서 돌아온 남편은 고마운 마음에 자기가 저녁밥을 짓겠다고 한다. 이제 집안 분위기가 조금씩 밝아진다. 시어머니가 집에서 그림을 그리는 시간이 되면 가족들이 옆에서 도와준다. 시어머니가 그린 그림이 입상하여 전시되기도 했다. 어느 화창한 봄날이다. 시어머니가 며느리 토모에와 강가에 나가고 싶다고 한다. 며느리의 초상화를 그리고 싶어

서다. 강변길을 거니는 두 사람의 모습이 정겹다. 며느리의 얼굴을
그리는 시간은 시어머니에게는 즐거움이며 또 정화와 감사의 시간
이기도 하다.

그날 학교에서 집으로 돌아온 손자가 할머니가 그려 놓은 초상
화를 보고 묻는다.

"할머니, 이분은 누구예요?"
"소중한 사람이야." 할머니의 대답이다.

오랜만에 들어 보는 시어머니의 따뜻한 목소리였다. 시어머니의
며느리에 대한 고마움과 사랑의 말이다. 놀라운 변화다. 그림 그
리기를 즐기면서 가족 사랑 안에서 시어머니 원래의 선성이 다시
살아난 것이다. 영화의 마지막 장면은 이른 봄, 강가에 활짝 핀 고
목 매화꽃이 눈부시게 밝게 빛나는 장면이다. 노년에 사랑으로 환
하게 꽃을 다시 피운 시어머니의 모습이다. 내 마음을 환하게 해
주는 영화의 마지막 장면이 긴 여운으로 남는다.

# 세상을 보듬는 침묵의 언어

사람이 집을 짓고 집은 사람을 짓는다는 말이 있다. 사람의 말도 마찬가지가 아닌가 싶다. 내가 한 말이 나를 짓기 때문이다. "말은 나름의 귀소 본능을 지니고 있다."라고 한다. 내가 한 말이 결국 나에게 돌아온다는 말이다. "나는 할 수 있다."라고 말하면 내가 희망이 되고 또 내가 "행복하다."라고 말하면 나도 행복해지니 말이다.

『혼불』의 작가 최명희는 "말에는 정령이 붙어 있어 말이 씨가 된다."라고 했다. 세상에 의미 없이 살아지는 말은 없다는 이야기다. 우리 격언에 이런 말도 있다. "관속에 들어가도 막말은 하지 말아라." 아무리 화가 나고 분노가 치밀어도 막말은 삼가라는 뜻이다. 거친 말을 하고나면 스스로 피폐해지고 또 상대방에게도 상처와 아픔을 주는 데다가 옆 사람에게는 실망을 주기 때문이다. 요즘은 세상이 각박해서인지 거리를 지나는 사람들의 언어도 사소한 일에도 때론 거칠고 난폭할 때가 있다.

얼마 전에 대학병원 진료를 받고 나오다가 구내 제과점에 잠시 들렀다. 마침 점심시간이어서 사람들이 붐비고 계산대 앞에는 손님들이 줄을 서서 차례를 기다리고 있었다. 앞에 서 있던 노부부가 계산대 앞에 이르러 빵을 비닐봉지에 넣어달라고 말한다. 여종업원이 "이제는 가게에서 그냥 비닐 봉투를 드릴 수 없게 되었습니다. 죄송합니다."라고 양해를 구하자 할아버지가 벌컥 언성을 높이며 "왜 안 돼?" 하며 종업원을 심하게 나무란다. 여러 사람 앞에서 종업원을 인격적으로 무시하고 마음에 상처를 주는 말이다. 옆에서 보기에도 민망했다. 그날 할아버지에게 무슨 아픈 사연이 있었는지는 알 수 없으나 노년을 사는 사람의 언어가 조금은 너그럽고 여유로울 수 없을까 스스로에게 묻게 된다.

오래전 고등학교 동창회를 맡고 있을 때의 일이다. 동창회 행사로 여주 나들이를 위하여 이것저것 준비에 여념이 없는데 총무직을 맡은 친구가 갑자기 가정행사가 있어 중국을 다녀오게 되었다고 했다. 불가피한 가정행사려니 하며 여행 잘 다녀오라는 말을 전했다. 하지만 나중에 알고 보니 그는 다른 친구들과 중국 여행을 다녀온 것이었다. 불가피한 사정이 있으면 사실대로 이야기를 할 일이지, 어떻게 그렇게 처신할 수 있을까 싶어서 섭섭함을 넘어 울분의 감정이 일었다. 며칠 후 중국을 다녀온 친구가 전화를 해왔다. 대화 중 친구의 변명에 그만 나도 모르게 격앙된 어조로 친구의 처신을 따져 물었다. 거친 언어로 섭섭한 마음을 토로해 버렸다. 말을 하고 나니 마음은 풀린 듯했으나 바로 후회의 마음이다. 좀 차분하고 여유로운 말로 할 수는 없었을까 스스로 묻고 싶었다.

노년의 아름다움은 여유와 아량이라고 한다. 노년의 언어가 여유롭고 순했으면 좋겠다. 밝은 말에 유머가 있으면 더욱 좋겠다. 하지만 생각만으로 되는 일이 아니었다. 영국의 성인 토머스 모어는 기도 중에 항상 밝은 생각으로 유머의 은총을 구했다고 한다. "제가 참된 것과 깨끗한 것을 눈여겨 간직하게 하소서. 저에게 지루함은 낯선 것임을 일러주시고 불편과 불만, 한숨, 그리고 탄식하지 않는 영혼을 주소서. 제가 너무 고민하지 않게 하시고 삶 속의 행복을 느끼며 나눌 수 있는 유머 감각을 내려 주소서." 간직하고 싶은 기도문이다.

지난주에는 성북동 시튼수도회 영성센터를 방문했다. 접견실에 성녀 엘리사벳 엔 씨튼(Elisabeth Ann Seton)의 글귀가 액자에 걸려 있다. "내 일상생활의 목표는 모든 사건을 온유하고 조용히 받아들이는 것이며 모든 알력을 부드러움과 쾌활로 대적하는 것이다." 귀한 글귀지만 감히 내 삶이 되기에는 멀게만 느껴졌다. 어떻게하면 온유의 말로 살 수 있을까 묻고 싶었다. 문득 "하나의 말을 잘 탄생시키기 위하여 먼저 침묵하는 지혜를 깨우쳐야 한다."라는 시어를 생각하니 언젠가 경험한 침묵 피정이 떠오른다.

어느 해 초여름, 여주 가톨릭 수도원에서 10일간의 침묵 피정에 참석한 일이 있다. 일상을 말로 살아온 사람이 갑자기 침묵으로 하루를 지내기가 쉽지 않았다. 날이 지날수록 침묵하는 시간이 지루하고 무료하게 느껴졌다. 지도 신부님에게 상담을 신청했다. 무료한 시간에 책을 읽고 싶다고 했더니 신부님의 답변은 단순했다. "무료함에 머무르세요." 순간 무료함이 무엇인지 묻고 싶었다. 시간이 지나면서 그 의미를 조금씩 알게 되었다. 무료함에 머문다는 것은 잠시 나를 내려놓는 일이 아닌가 싶다. 휴식 시간에 건물 바깥에 나와 아무 생각 없이 의자에 앉아있는데 자연의 소리가 홀연 귀에 와닿았다.

바람 소리, 개울물 소리, 새소리, 숲의 소리가 놀랍도록 신선하고 경이롭게 들렸다. 눈에 들어오는 하찮은 들꽃이나 하늘의 구름 한 점, 나뭇잎의 흔들림이 새삼 신비롭게 느껴졌다. 사물이 하나하나 새롭게 다가왔다. 또 나뭇잎 하나를 조용히 응시하고 있으면 마음이 평온해졌다. 침묵이 점차 쉼으로 다가오며 편안하게 느껴졌다. 또 침묵 중에 자신을 보게 되니 다른 사람을 받아들이는 마음의 여백이 생기는 것 같았다.

침묵 피정을 마치고 돌아오니 사람들의 거친 말에도 불쑥 반응하지 않고 잠시 머무르는 여유를 갖게 되었다. 그러면서 일상의 언어도 순해지고 긍정적 언어로 변함을 느낄 수 있었다.


수도원에서 침묵 기도를 하는 한 수녀님이 들려준 작은 경험담이다. 어느 날 전철역에서 에스컬레이터를 타고 출구로 나오는 데 등 뒤에서 누군가가 수녀님 배낭의 세월호 노란 리본을 보고 "왜 이걸 달고 다녀요!" 하며 시비조로 거친 말을 해 왔다. 당황하여 뒤돌아보니 중년 남자다. 순간 숨을 들이쉬며 그대로 침묵했다고 말한다. 수녀님은 그때의 침묵에 감사한다고 말한다. 수녀님의 침묵이 토머스 머튼의 〈침묵의 기도(발문)〉가 아닌가 싶다.

마음이 상했지만 답변하지 않을 때/ 내 마음 내 멍에에 대한 방어를 하느님께 온전히 맡길 때/ 침묵은 '양선함'입니다.

형제들의 탓을 드러내지 않을 때/ 지난 과거를 들추지 않고 용서할 때/판단하지 않고 마음속 깊이 용서해 줄 때/ 침묵은 '자비'입니다.

불평 없이 고통당할 때/ 인간의 위로를 찾지 않을 때/ 서두르지 않고 씨가 천천히 싹트는 것을 기다릴 때/ 침묵은 '인내'입니다.

나 자신이 감히 토머스 머튼의 침묵의 기도를 살 수는 없지만 잠시 나이 든 사람의 말을 생각해 보고 싶다. 스스로 말을 헤프게 하며 살아온 삶은 아닌지 묻고 싶다. 이제 서툴러도 침묵의 언어에 다가갈 수 있으면 좋겠다. 선한 눈빛에 침묵하는 노년이 되어 정연복 시인의 시어처럼 "남은 세월, 가슴속 깊이 푹 익은 얘기 말 없이 눈빛으로 말할 수 있으면" 얼마나 복된 일일까.

# 정화와 구원의 공간, 마티스의 로사리오 성당

　오월의 그날, 센 강변의 화창한 봄날을 기대했건만 아침부터 비가 내렸다. 파리에서의 마지막 일정이기에 서둘러 퐁피두 센터를 찾아 나섰다. 전철에서 내려 빗길 속에서 묻고 물어 전시장에 도착하였으나 이미 매표소 앞에는 앙리 마티스(Henri Matisse)의 작품전을 관람하려는 사람들로 장사진을 이루고 있었다. 입장하기까지는 너무 긴 시간이 소요될 것 같았다. 아쉽지만 발길을 돌려야 했다. 초행인 버밍엄행 비행기 탑승을 위해 이른 시간에 비행장에 나가야 했기 때문이다. 아트숍에서 마티스의 화집만을 사 들고 나오는데 못내 아쉬웠다. 그리운 친구가 보고 싶어 먼 고향 마을을 찾았건만 떠나 버린 친구 소식에 되돌아서는 그 허전한 마음과도 같은 것이었다.

　마티스의 삶과 작품 세계에 대해 별로 아는 바가 없는 사람이 그날따라 그의 작품전을 관람하지 못한 아쉬움을 쉽게 떨쳐 버리지 못했다. 그것은 마티스가 피카소와 함께 20세기 현대 미술의 최고 거장이기도 하지만 바로 그 전 주에 남프랑스 방스(vence) 여행길에서 아내와 방문했던 마티스의 최고 걸작인 '로사리오 성당(Chapelle du Rosaire)'에서의 감동이 아직 가시지 않아서인지도 몰랐다.

오월의 방스는 화사하고 한적했다. 지중해 연안의 햇살은 더없이 해맑고 남프랑스의 정겨운 시골길 풍경은 한 폭의 그림으로 다가왔다. 세월에 빛바랜 작은 집들 사이로 미풍에 실려 온 은은한 꽃향기가 지친 마음을 생기로 적셔 주었다. 투명한 햇살에 어디를 보아도 꽃들이 저마다의 색깔로 영혼의 노래를 들려주는 듯했다. 경사진 시골길을 한참 달리니 방스가 내려다보이는 언덕길 옆에 로사리오 성당이 숨어 있었다. 조금은 의외였다. 유럽의 당당한 성당들을 기대했던 나에게 그곳은 그야말로 숨어 있는 작은 성당이었다. 간이 성당 같은 느낌조차 드는 나지막한 백색 건물에는 입구에 청색의 로사리오 성당 표지와 마티스의 성모자상이 그려져 있을 뿐이었다. 대가의 그림이라기보다는 어린아이의 그림 같았다. 마티스의 최대 걸작이라는 성당 입구는 덧붙임도, 가식도 없이 그저 소박하기만 했다. 건물 입구에서 천천히 계단을 내려가 성당으로 들어서니 순간 평안한 느낌이었다. 작고 단순한 공간이었다. 아무 생각 없이 나무 의자에 앉으니 의자의 순한 느낌이 마치 어머니 품에 안기는 느낌이었다. 석양빛에 투사된 스테인드글라스의 신비한 빛이 나를 부드럽게 감싸주었다. 마티스가 빛으로 창조한 정화와 치유의 공간이다. 신성한 빛으로 충만한 공간에 머무르니 순간 내 안의 경계가 사라지는 느낌이 들었다. 침묵에 잠시 잠기니 고요한 자유로움이 밀려왔다. 마티스가 빛으로 창조한 정화의 공간이다. 수시로 변하는 빛과 환상적인 색조는 흰 벽에 그린 마티스 성화와 어우러져 정화의 공간을 연출했다. L자형 성당의 제대 뒷면과 측면 벽에 설치된 스테인드글라스는 지중해의 깊고 푸른 색채감으로 신비한 분위기를 연출했다. '생명의 나무로 명명된 이 작품은 파랑, 초록, 노랑의 3색 유리 바탕에 강인한 생명력을 상징하는 선인장 잎을 그려 넣었는데, 햇빛에 투영되어 반사되는 3색의 선율이 흰 대리석 바닥과 벽면의 성화에 스며들어 살아 숨 쉬는 느낌을 주었다.

마티스는 성당 벽면의 성화를 그릴 때 팔순의 노구임에도 불구하고 사닥다리에 올라가 작업을 하는가 하면, 체력이 달릴 때면 긴 대나무 가지 끝에 붓을 매어 그림을 그리는 투혼을 발휘하였다. 예수 수난 14처의 성화 장면을 하나하나 벽면에 그렸는데 벽에서 조금 물러서서 보면 모든 그림이 승천으로 승화되는 하나의 그림이 된다. 노년의 그림인데도 그의 작품성은 절정기의 기량을 그대로 유지하고 있다. 또 그는 놀랍게도 절제된 동양의 미적 감각으로 고해소 문을 흰 세라믹 작품으로 완성했는데 그 무늬가 마치 한옥의 한지 문창살에 포도알 그림을 오려 붙여 만든 것처럼 보인다.

마티스는 성당 설계와 건축 과정에서 그의 창의성과 최고의 원숙미를 발휘했다. 성당의 스테인드글라스 제작과 성당 벽화와 중앙 제단의 설계는 물론, 십자가와 성합 등 모든 기물을 손수 디자인하였다. 그의 설계와 디자인 그리고 성화 제작 등을 통해 모든 공간 구성 요소들이 하나로 조화를 이룸으로써 성당은 공간 예술의 새로운 경지를 보여 준다. 불과 15m 길이에 6m 넓이의 좁은 성당이지만, 신비한 빛으로 충만한 공간은 들어서는 순간 경계가 없는 넓은 공간으로 느껴진다.

설렘

로사리오 성당이 완성되고 나서 마티스는 "여기에 들어오는 이들은 정화되고 또 삶의 짐을 덜어 놓으시기 바랍니다."라고 말했다. 이는 세상 사람들을 위한 그의 기도였다. 단순함과 순수함 그리고 안정감이 가져다주는 고요한 공간의 정화는 순례자를 위한 마티스의 선물이었다. 20세기 현대 미술의 최고 거장인 마티스는 그의 회고록에서 "이 성당은 내 모든 삶을 완성한 작품이다."라고 말할 정도로 생을 마감하는 구도자의 자세로 성당의 완성에 혼신의 열정을 다하였다. 그러면서 그는 "내가 성당 건축에 참여한 것은 나의 선택이 아니라 하나의 운명이었다."라고 고백했다.

마티스는 80여 평생을 살아오며 몇 차례 건강의 고비를 맞는다. 그는 1942년 그의 나이 72세에 장암 수술을 받고 집에서 병간호를 받기 위해 '젊고 아름다운' 간병인을 물색하던 중 당시 니스에서 견습 간호사로 일하던 21세의 모니크(Monique bourgeois)라는 여성을 추천받는다. 그녀는 메즈의 가난한 군인 가정에서 태어나 엄격한 규율을 받고 자란 데다가 그녀의 어머니는 어릴 때부터 칭찬보다는 질책이 많아 그녀 스스로 아름다운 사람이라고는 생각해 보지 않았는데 얼떨결에 '아름다운 간병인'으로 추천을 받아 마티스를 만났다. 그녀는 노화가를 헌신적으로 보살폈다.

간병 생활 중 그녀는 마티스와의 대화에서 그녀가 몰랐던 자신의 아름다움을 처음으로 자각하기 시작했다. 그녀는 노화가와의 대화에서 부모와의 대화와는 달리 온화하고 평안함을 느꼈다. 마티스는 그녀의 솔직함과 단순함 그리고 위트와 예술적 재능을 발견하고 그녀를 격려했다. 그녀의 아름다운 검은 머릿결과 어깨로

마티스의 로사리오 성당

부터 귓가로 이어지는 긴 목선의 매력은 그녀가 마티스의 모델이 되기에 충분하였다. 그녀는 자신의 적성에는 맞지 않았으나 성장한 여인의 모습으로 몇 번인가 마티스의 모델이 되어 주기도 하였다. 하지만 두 사람이 헤어질 날이 다가온다. 어느 날 평소 수도원 성소에 관심이 많았던 모니크가 마티스에게 "이제 저는 수도자가 되고 싶습니다."라고 그녀의 결심을 말한다. 노화가는 그녀의 말에 놀라 "아름다움을 창조하는 것도 신에 대한 최고의 봉헌이다."라고 말하며 같이 있기를 권유하였으나 그녀는 끝내 결심을 굽히지 않았다. 1943년 그녀가 도미니코 수도회에 입회함으로써 니스에서의 두 사람의 만남은 끝나게 된다.

그러나 하늘의 섭리인지 이들의 만남은 1946년 방스에서 우연히 다시 이루어진다. 당시 마티스는 제2차 세계대전의 전란을 피해 니스에서 방스로 작업실을 임시로 옮겨 외롭게 생활하던 중이었고, 모니크는 인근 도미니코 수도원에서 요양 중이었다. 이때 이들의 만남은 마티스에게 모니크라는 여인과의 만남이 아니라 수도자 마리 수녀(Sister Jacques Marie)와의 만남이었다. 재회의 순간, 마티스는 수도자가 된 그녀의 맑고 깊은 온화함과 평화로움이 자신에게 평안함과 위로의 힘으로 다가옴을 느끼게 된다.

수도자와의 만남이 이루어지면서 마티스는 당시 도미니코 수도원이 기도실로 이용하던 낡은 차고 자리에 새 성당 건립이 필요하다는 것을 알게 된다. 어느 날 마티스는 마리 수녀가 임종을 맞은 동료 수녀를 밤새 간호하다가 침대 맡에서 그린 성모 승천 그림을 보게 된다. 그림을 보는 순간 그는 어떤 영감을 받았는지 성당 건축에 여생의 삶을 봉헌할 생각을 하게 된다. 그러나 마티스의 이러한 생각은 수도원에 의해 아쉽게도 거절된다. 당시 수도원의 시각에서는 현대 미술의 대가일지라도 많은 여성 누드화를 그리며 살아온 그의 삶이 그렇게 점잖게 보이지는 않았기 때문이었다. 또 일부 언론에서 과거 마티스와 마리 수녀와의 우정이 단순한 플라토닉 러브 이상이었을 것이라는 추측 기사까지 보도하면서 두 사람은 어려움에 직면하게 된다.

마리 수녀는 세간의 추측에 개의치 않고 진실을 말하고, 다른 한편으로는 수도원과 마티스 사이를 오가며 성당 건립에 대한 설득 작업을 한다. 여기서 평소 부드러움을 지닌 여성으로만 보였던 마리 수녀의 놀라운 저력이 발휘된다. 수녀의 설득 노력은 그녀의 부드러움과 위트, 그리고 참한 매력을 오히려 돋보이게 했다. 이 과정에서 마티스도 평소 지면이 있던 교구의 고위 인사들을 접촉하여 그들의 협조를 요청한다. 마침내 1947년 성당 건축이 승인되어 마티스는 수도원 수사들의 도움도 받으며 건물 설계와 실내 건축과 모든 기물의 고안에 착수했다. 착공 4년 만인 1951년에 세기의 기념비적인 성당인 '방스의 로사리오 성당'이 완공되었다. 완공된 성당에 대한 세상 사람들의 평가는 당초의 기대를 완전히 초월한 것이었다. 마티스는 그의 말대로 '순수, 조화, 평화'가 어우러진 지상의 천상 공간을 완성한 것이다.

완공 후 로사리오 성당의 봉헌 미사 예식이 있었으나 마티스는 거동이 불편하여 아쉽게도 참석하지 못한다. 그 후 그는 주로 침상에서 가위로 색종이를 오려 붙이는 콜라주 작업에 열중하며 생의 마지막 날까지 화가로서의 혼을 불태우며 살다가 1954년, 현대 미술의 거장으로서의 삶을 마감한다.

그가 세상을 떠난 후 마리 수녀는 1992년 한 언론사와의 대담에서 마티스에 대해 "그는 저에게 자상한 할아버지였고 대화할 때 온화하고 평화를 가져다주는 분이었습니다. 그리고 그는 항상 완전한 신사였습니다."라고 회고했다. 그리고 마리 수녀가 어느 날 마티스에게 "당신은 신의 영감을 받은 분 같아요."라고 말하자 마티스는 "그래, 맞아. 그런데 그 신은 바로 나야."라고 대답했다. 그는 자신 안의 무한한 예술적 영감을 믿었다.

화가로서 온 생애의 삶을 치열하게 살아온 그는 말년의 모든 작품을 단순성으로 완성하였다. 단순함은 그에게 아름다움의 완성이었다. 말년의 그는 비록 몸은 쇠락해가도 마음만은 단순한 어린이의 마음으로 남아 마지막 삶을 불태운 20세기의 위대한 화가였고, 상처받은 이들의 따뜻한 위로자였으며, 치유자였다.

마티스를 만나 로사리오 성당 건축에 결정적 역할을 한 마리 수녀는 후에 비다르 수도원으로 성소를 옮겨 그곳에서 은둔하며 수도 생활을 하다가 2005년 84세를 일기로 그녀의 선이 넘친 삶을 마감했다. 당시 마리 수녀의 영결식에는 마티스의 유족들도 참석하였는데 이날의 영결 미사 모습은 63년 전 두 사람의 만남이 죽

음을 넘어 선한 인연으로 살아 있음을 보여 주는 아름다운 장면
이었다.

봄날 아내와 함께 방스에서 만난 마티스의 삶과 예술, 그리고 사
랑과 우정은 진정 시간을 초월한 아름다움이었다. 로사리오 성당
을 천천히 나서는데 벽면에 걸려 있는 한 장의 흑백 사진이 눈에
들어왔다. 중절모를 쓰고 둥근 테 안경을 낀 마티스와 수줍은 미
소를 머금은 마리 수녀가 어깨를 나란히 하고 다정스레 서 있는 생
전의 모습을 찍은 사진이었다. 맑고도 선한 이들의 표정은 이들의
우정이 지금도 천상의 우정으로 살아 있음을 보여 주고 있었다.

성당 마당을 나와 방스의 한적한 언덕길을 오르는데, 봄날 저녁
어디선가 홀연 들려오는 듯한 그레고리안 성가가 이들의 우정을
축복해 주고 있었다.

로사리오 성당에서. 마티스와 마리 수녀

# 사랑으로 남아 있는 사람은 영원한 봄 길

우리 집 주방에는 판화 한 점이 걸려 있다. 1992년 아내와 함께 셰익스피어 생가를 처음 방문했을 때 구입한 판화 그림이다. 영국의 유명 화가 존 브런스돈(John Brunsdon)이 제작한 이 작품은 녹색 모노톤의 그림으로 셰익스피어 생가의 봄날 풍경을 담고 있다. 신록의 마당이 봄의 생동감으로 충만해 있어 볼 때마다 신선한 느낌을 준다. 판화 옆에는 20년 전 성탄절에 눈 내리는 셰익스피어 생가 마당에서 찍은 아내의 사진이 걸려 있다. 봄날의 셰익스피어 생가를 담은 판화와 눈 내리는 겨울날의 생가를 담은 사진은 계절의 흐름처럼 서로가 잘 어울리는 한 쌍의 작품이 된다. 그러고 보니 우리 가족은 사계절 셰익스피어 생가 마당 앞에서 식사를 즐긴 셈이니 두 작품이 새삼 의미 있게 다가온다.

영국에 유학하는 아들 집을 방문하는 길에 아내와 함께 셰익스피어 생가를 다시 방문키로 하였다. 아들 집이 있는 버밍엄에서 남동쪽으로 50여 분을 차로 달려 잉글랜드 중심부를 흐르는 에이번강 강가에 자리 잡은 스트랫퍼드 어폰 에이번(Stratford upon Avon)을 찾았다. 이곳은 영국의 문화유산 도시 가운데 하나로 세기의 위대한 시인이자 극작가인 윌리엄 셰익스피어의 생가가 있고, 전통적인 시골 마을의 고풍스러움이 그대로 살아 있는 아름다운 도시다. 공원 입구에는 셰익스피어 동상이 이곳을 찾은 사람들을 맞이하고 있는데, 동상 너머로 에이번 강변의 평화로운 봄날 전경이 눈에 들어온다. 강물에 백조와 흑조 떼가 유유히 떠 노니는데 할머니 한 분이 모이를 던져주자 이것들이 군무를 추듯 모여든다. 할머니가 모이 주기를 멈추자 백조 떼가 유영으로 할머니 곁을 떠나 멀리 사라진다. 하지만 흑조 한 마리는 할머니 곁을 떠나지 않고 계속 맴돌다가 드디어 강변으로 올라온다. 목을 쭉 빼고 할머니를 보며 꽥꽥거린다. 마치 할머니에게 "왜 내겐 모이를 주지 않아요?"라고 큰소리로 떼를 쓰는 모습이다. 할머니는 "그래, 다음에는 널 위해 다시 오마."라고 달래는 듯 고개를 숙이셨다. 할머니의 백조를 사랑하는 모습은 에이번 강변에서 한 폭의 그림이 된다.

봄바람 부는 강변길을 거니는 일은 즐거운 일이다. 유유히 산책하는 노부부의 모습, 잔디밭에서 뛰노는 어린아이들의 생기발랄한 모습과 체조를 즐기는 젊은이의 모습을 보니 공원은 사람들에게 쉼과 휴식의 공간으로 삶의 에너지를 충전해 주는 고향 마당처럼 보였다. 그런가 하면 공원 조경을 관리하느라 허리를 굽힌 채로 쉬지 않고 일하는 조경사, 관광객이 내린 배를 선착장에 매기 위해 밧줄을 힘껏 끌어당기는 배 주인의 모습을 보면서 평범한 사람들의 세상 사는 모습이 새삼 소중하게 느껴졌다.

셰익스피어 생가에 이르는 거리의 모습은 전통적인 영국의 시골 마을 풍경이다. 고풍스러운 작은 집들이 연이어 있는데 어떤 집은

눈 오는 날, 셰익스피어 생가 방문

건물의 형태가 곡선으로 그린 그림 같아 마치 동화에서 나오는 정
겨운 집처럼 보였다. 옛 모습을 그대로 간직하고 있는 호텔이나 상
가는 흰 벽면에 통나무 형태를 그대로 살려 투박한 아름다움을 드
러내고 있다. 상가의 인형 같은 간판은 하나하나가 그림이고 동화
였다. 레스토랑의 간판 이름이 특이하여 점심때 들렀던 'Dirty
Swan' 식당은 나중에 알고 보니 도시에서 가장 유명한 펍(Pub) 중
하나로 유명 배우들도 드나드는 곳이라고 했다. 이 집의 피시 앤
칩스(fish and chips)는 맛과 식감이 일품이었다. 창밖으로 보이는 에
이번 강변의 봄날 전경은 평화로웠고, 테라스에 앉아 친구들과 어
울려 맥주잔을 기울이는 사람들의 모습은 강물처럼 유유하였다.

헨리 거리(Henry Street)에 위치한 셰익스피어 생가를 20년 만에 다시 찾으니 감회가 새로웠다. 반은 목재로 지어진 생가 건물은 세월이 정지된 듯 옛 모습 그대로였다. 셰익스피어가 태어나 유년과 청년 시절을 보냈다는 그곳, 우리 부부가 처음 이곳을 방문했던 때는 성탄절 겨울날이었으나 이번에는 마당에 장미꽃이 피어 있는 봄날 노부부가 되어 방문한 것이다. 처음 호기심의 대상이었던 생가는 이제는 반가움으로, 그리고 고향 집 같은 친근함으로 다가왔다. 세월의 향기가 배어 있는 황토색 벽면에 올라간 노랑 덩굴장미 한 송이는 마치 셰익스피어 시혼의 향기처럼 다가왔다. 마당을 배경으로 아내의 모습을 카메라에 담는데 20년 세월에도 아내의 모습은 사랑스러웠다. 지금 우리 여기 있음이 새삼 감사했다.

생가를 나와 셰익스피어 책방에 들르니 서점 안은 방문객으로 붐비고 있었다. 1616년 53세로 작고한 셰익스피어는 성 트리니티 교회(Holy Trinity Church) 안에 고요히 잠들어 있지만, 그의 시혼과 시어는 시간을 초월하여 지금도 우리 곁에 살아 있다.

에이번 강변에 봄이 오다

"내가 누구인지 말할 수 있는 자는 누구인가(Who is it that can tell me who I am)?"

"인내하지 못하는 자는 얼마나 불행한가? 천천히 아물지 않는 상처가 어디 있단 말인가? 이제 기도하고 잊고 용서하라 (How poor are they who have not patience! What wound did ever heal but by degrees. Pray you now, forget and forgive)."

"정직만큼 풍요로운 유산은 없다(No legacy is so rich as honesty)."

"침묵이야말로 기쁨을 전하는 최고의 전령이지요. 말로 할 수 있는 정도의 기쁨이라면 대수롭지 않은 것이지요(Silence is the perfectest herald of joy: I were but little happy, if I could say how much)."

책방 옆문 앞 호젓한 마당은 시혼이 살아 숨 쉬는 공간이다. 고옥의 측면을 보니 세월의 향기가 살아 숨 쉬는 황갈색 벽면에는 질박한 통나무 무늬가 들어가 있어 고졸한 아름다움을 드러내고 있었다. 불현듯 언젠가 방문했던 예산 수덕사 대웅전의 측면 벽의 아름다움이 생각났다. 고려 불교 건축의 정수인 대웅전의 우측 벽면은 구도의 비례 체계와 기둥들의 연결과 흐름이 참으로 절묘하였다. 아침 햇살을 받은 밝은 황갈색 벽면은 천년의 세월이 스며들어 은은한 회갈색 색조의 기둥과 평안히 어울렸다. 어디서나 오랜 세월의 향기가 녹아 있는 흔적은 우리에게 고향의 안온함으로 다가온다.

셰익스피어의 혼이 살아 숨 쉬는 도시 스트랫퍼드 에이번을 떠나며 강변 선상의 '바지 갤러리(The Barge Gallery)'를 찾았다. 진홍색의 바지선을 갤러리 전시실로 개조한 것인데 유화 그림과 사진첩을 전시하는 공간이다. 갤러리에서 마주한 동화 그림과 과일 정물화의 화사한 색조가 여행자의 마음에 생기를 돋구어 준다. 선상 갤러리 코너에는 뜻밖에도 세기의 여우 오드리 헵번(Audrey Hepburn, 1929~1993년)의 사진첩이 전시되어 있었다. 셰익스피어 고향에서 만난 오드리 헵번의 청순한 모습. 그녀의 표정은 맑고 선하기 그지없다. 그녀의 눈빛은 고향의 봄 길처럼 푸근하게 느껴진다. 가난하고 소외된 사람들을 만날 때마다 '결코 그 누구라도 버려져서는 안 된다'는 믿음으로 말년에 아프리카에서 봉사의 삶을 살고 떠난 그녀의 삶은 영원한 사랑이다. 그녀는 스스로 사랑이 되어 한없이 봄 길을 걸어간 여인이다. 셰익스피어 생가 마을에서 만난 그녀의 선한 눈빛이 에이번 강변의 천상 노래로 들려오는 듯했다.

# '빛의 화가'
## 재불(在佛) 김인중 신부

화창한 봄날 아침이다. 창문을 여니 코끝에 와 닿는 솔숲 바람
이 상큼하고 새소리가 경쾌하다. 아침 산책을 하다 그날따라 그만
본당 주일미사 시간을 놓치고 말았다. 마침 한 시간 늦게 시작하는
이웃 마을 신봉동 성당 미사에 참석하게 되었다. 그날은 손님 신부
님이 미사 강론을 하신다고 한다. 누구신가 했더니 뜻밖에 프랑스
에서 '빛의 화가'로 알려진 도미니크 수도회의 김인중 신부님이다.

강론 중에 신부님은 신봉동 성당건립을 위해 당신의 스테인드글
라스 작품을 봉헌하고 싶다 하시며 "성당의 눈은 성당의 창이다."
하신다. 빛을 통해 하느님을 만나야 한다는 신부님의 시어 같은
강론 말씀에 마음이 환해진다.

강론 말씀에 문득 오래전 방문했던 앙리 마티스의 스테인드글
라스로 지어진 남프랑스 생폴 드 방스의 로사리오 성당을 생각했
다. 빛이 빚어낸 기도와 구원의 공간이며 또 정화와 치유의 공간이
다. 빛의 성당이 이곳 신봉동에도 들어서리라 생각하니 하늘이 이
땅에 내릴 축복이 아닌가 싶었다.

미사를 마치고 나오는데 마침 성당 입구에 김 신부님이 서 계신
다. 처음 인사를 드리며 생폴 드 방스의 로사리오 성당 같은 빛의

성당이 기다려진다고 말씀을 드리니 내 팔을 끌어당기시며 웃으신다.

김 신부님은 파리에서 도미니코 수도회 사제로서 지난 50년 동안 유화와 스테인드글라스, 세라믹 작품을 제작하며 유럽 화단에서는 샤갈에 버금가는 '빛의 사제'로 평가받고 있다. 신부님은 지금도 작품 제작을 위해 파리 수도원과 지방의 작업장을 오가며 왕성한 창작 활동을 펼치고 있다. 충남 부여 출신인 김 신부님(1940년생)은 서울대 미술대와 대학원을 졸업하고 잠시 성신 중고등학교에서 교편생활을 하다가 유학을 떠나게 된다. 첫 행선지는 스위스였다. 스위스 후리부르그대 유학 시절, 그는 낮에는 신학을 공부하고 밤에는 아르바이트를 하며 그림을 그렸다. 스위스는 그에게 삶의 행로를 바꾼 잊을 수 없는 곳이다. 그곳에서 만난 도미니크회 사제는 그에게 회화작업을 할 수 있도록 지하실을 마련해 주었고 그곳에서 틈틈이 그린 그림으로 전시회를 열기도 했다. 그러던 어느 날 그는 성 도미니코 수도회에 입회하여 1974년 수도회 사제서품을 받고 지금까지 사제와 화가로서 길을 걷고 있다.

신부님의 스테인드글라스 작품의 특징은 수묵처럼 색의 번짐으로 빚어져 종교적 구상(具象)이 등장하지 않는다. 그의 작품은 성화처럼 보이지는 않지만, 어느 성화보다 역동적이다. 파랑(성모)과 주홍(성령)과 노랑(기쁨)과 초록(평화) 등이 율동할 뿐이다. 작품에서 움직임은 살아있음, 즉 생명을 의미하며 또 경계와 틀을 벗어나는 자유로움은 영혼의 자유로움이라는 메시지를 전한다. 신부님 작품에서는 화면의 절반 이상을 흰색의 빈 공간으로 남겨둔다. 흰색의 여백은 고요의 세계이며 생명과 창조의 공간이기도 하다. 또 침묵과 고독의 세계를 의미하기도 한다. 신부님은 "좋은 기도와 좋은 예술작품이 이루어지기 위해서는 절대적인 고독이 필요하다."라고 말한다. 신부님 작품에는 습작이 없다. 자신이 그린 그림은 완성작이 되더라도 불태워버린다. 그는 자기 작품을 어떻게 시작하여 어떤 방법으로 끌어갈지 모른다, 게다가 다음 작업에 대해서도 예측할 수 없다고 말한다. 그러나 일단 시작하면 산보를 나선 사람처럼 걸어갈 길이 보인다고 한다. 작품 제작에 있어서 완전히 자유로움이 살아있다. 이탈리아 미술사학자 페데리카 도나토는 "파리에서 김 신부의 그림을 처음 보았을 때 천상의 움직임과 지상의 노래가 공명하는 그림에 압도되었다."라고 말한다.

김 신부님은 2003년 요한 바오로 2세 교황의 착좌 25주년을 기념하여 프랑스혁명 이후 200여 년 만에 처음으로 파리 노트르담 대성당에서 전시회를 가졌다. 신부님은 2000년 브로데 페르게 성당과 가나고비 성당의 스테인드글라스를 제작한 데 이어 2006년에는 12세기에 지어진 프랑스의 대표적 고딕건축인 샤르트르 대성당의 스테인드글라스 복원에 2점의 작품을 설치하기도 했다. 2008년에는 로마네스크 양식인 브리우드(Brioude)의 생-쥘리앙(Saint-Julien) 성당의 스테인드글라스를 제작했다. 특히 21세기 가장 큰 공사로 알려진 브리우드 생 줄리앙 성당의 스테인드글라스 공모전에는 52명의 작가가 참석했는데 최종심사에서 신부님의 작품이 선정되었다. 그는 최종심사 때 이런 인상적인 말을 남겼다.

"천년 된 돌을 노래하게 하겠다."

신부님은 침묵 중에 기도하며 자연에서 영감을 찾아 그만의 작품을 제작한다. 반세기를 유럽 미술계에서 활동해온 신부님은 문화예술 분야의 공로를 인정받아 2010년에는 프랑스 정부로부터 공훈훈장인 오피시에 officier를 수상하였고 2016년에는 동양인으로는 처음으로 '아카데미 프랑스 가톨릭 회원'에 추대되기도 했다.

2019년 5월 김 신부님의 스테인드글라스 작품으로 완공된 용인수지 신봉동성당의 봉헌미사가 있었다. 미사는 수원교구 주교님을 비롯하여 프랑스에서 오신 주교님 그리고 김인중 신부님 등 성직자들이 참석하여 우리말과 불어로 진행되었다. 스테인드글라스를 투과한 아침 햇살이 화선지처럼 유리에 번져 주홍·노랑·파랑·초록빛이 성당 안에 번진다. 신자들이 성가를 부르니 천상의 성전에 머무는 느낌이다. 중앙 제대 뒤의 역동적인 대형 스테인드글라스 작품은 아침햇살에 예수 부활과 승천을 상징하는 것 같기도 하고 성령 강림의 의미를 담고 있는 것 같기도 하다. 가톨릭대 조수정 교수는 신부님 작품에 대해, "빛으로 충만한 그의 작품 하나하나에 깊은 상징적·종교적 의미가 담겨있으며 또 인간의 아픔과 고통을 새로운 차원으로 승화시키는 치유의 힘이 있다."라고 말한다. 성당은 김 신부님과 교류하는 프랑스 건축가 베르나르 게일러(69)씨가 밑그림을 그려, 1년 반 동안의 공사 끝에 완공되었다. 노출콘크리트 방식의 단조로운 외관과 달리, 회중석 내부는 지극히 온화하고 부드럽다.

빛의 성당, 신봉동 성당

그날 성당 봉헌미사를 마치고 나오니 마침 성당 입구에 김 신부님이 서 계신다. 축하 인사를 하며 필자의 수필집 『설렘』을 전해드렸다. 세속의 삶을 사는 사람의 책을 수도자에게 전한다는 것은 조심스러운 일이었다. 신부님께서 책을 보시고 파리에서 뜻밖의 서신을 주셨다.

『설렘』 책자 고맙습니다. 책에서 특히 Vence에 관한 글이 여러 가지 추억을 떠올리게 합니다. Danneels 추기경님과 그곳에서 새로움이 언제나 느껴짐을 공감했던 것을 비롯해서 저와 가장 가까운 어수철 치과의 박사와 그분의 60세 기념으로 방문이 남겨준 여운이 더욱 그렇습니다. 그래서 곧 90을 맞으실 그분에게 『설렘』을 선물하고 싶어 한 권 보내드려 달라는 말씀을 불쑥 드립니다. 그분 내외분과 스위스에서 만난 지 만 50년 기념이 되겠습니다. 부탁할 만한 사람도 드문 데다 저자로부터 받게 되면 그 책은 몇 배로 와닿는 게 있겠지요. 오늘 여기 보내드리는 소책자 6페이지의 성모상은 Matisse나 자코메티 같은 이들도 감동받았을 현대감각이 있습니다. 도미니크 성인도 다녀가신 곳. 이렇게 해서 우리는 시간과 공감을 초월하는 모든 성인들의 통공을 쉽게 접근할 수 있는 것 같습니다. 성령강림절에 더 많은 inspiring의 은총을 기원합니다.

5월 18일
김인중 신부 드림

부족한 책을 오십 년 인연의 귀한 지인께 선물로 전해 드리고 싶다 하니 필자로서는 기쁨이고 감사한 일이다. 어 박사께 서신과 함께 바로 책을 보내드렸더니 답신을 주셨다. 90을 앞둔 노년에도 풍성한 삶을 사시는 어 박사님의 서신 내용이 인상적이다. 서신은 이런 내용을 담고 있다.

> "김인중 신부의 미술 세계도 오묘해서 몇 십 년을 두고 봐도 새로운 점에 대해 감명이 깊습니다. 저는 여러해 전 E.H. Gombrich의 서양미술사를 읽었는데 그 세계가 너무 방대하여 힘들었습니다. 하지만 한때, 미술작가의 작품도 수집했던 시절이 있어, 완전히 취미는 놓지 않고 삽니다. 김 신부는 빛의 화가로 미술계에서 평가를 받는데, 빛을 설명하자면 태양의 뒤쪽에서 오는 빛이 태양의 중력 때문에 휘어져서 지구에 도착한다는 게 사실입니다. 빛은 직진하지 않고 구부러진다는 아인슈타인의 직관이 이루어 낸 위대한 승리지요. 제가 오래전에 스위스 베른에서 7년을 사는 동안 젊은 아안슈타인이 살았던 골방 집을 방문했는데 지금은 박물관이 되어 그의 공로를 기리고 있답니다."

어 박사의 서신을 김 신부님께 참고로 보내드렸더니 신부님이 아래 서신을 주셨다.

이 루수님
신선한 충격을 주는 답신이었습니다. 이 루수님의 글월도 그렇지만 동봉해주신 어 박사님 글이 그분의 맑은 세계를 더 느끼게 할 수 있어 그렇습니다. 90을 앞둔 분한테서 나이를 느낄 수 없습니다. 그것을 거슬러 올라가 보면 우리 문화권에서는 서신 왕래를 하신 분들이 예사롭게 느껴지지 않는 세상으로 바뀐 것 같습니다. 갈수록 기계의 노예가 되는 줄 모르는 어두움에서 빠져나와야겠습니다. 서너 권 남은 2017년 달력 하나를 기념으로 보내드리니 간직하시겠습니까. 달력 사진의 'Espace Cardial Danneels'는 사실상 제 미술관입니다. 올 3월에 저세상에 태어나시어 더 많이 도와주고 계심을 체득할 수 있습니다.

장례식은 이름만 부쳐지지 않는 국장이었습니다. 각기 다른 종교계 으뜸 인물들이 모두 참석해서 내면의 빛을 얻어갔을 것입니다.

더욱 뜻깊고 좋은 글 쓰시기를 기원합니다.

2019년 6월 18일
김인중 신부 드림


신부님은 지난 3월에 선종하신 벨기에 단네일스 추기경(Cardial Danneels) 장례미사에 참석했던 벨기에 국왕이 신부님께 보내온 불어 편지 사본도 동봉하셨다. 편지에서는 생전에 단네일스 추기경님과 김 신부님이 신앙 안에서 나누었던 각별한 우애와 사랑을 느낄 수 있었다. 지금도 두 분이 나누시는 사랑과 기도의 통공이 살아있는 듯했다. 신부님의 'Espace Cardial Danneels' 갤러리는

2016년 8월 벨기에 브뤼셀의 쿠켈베르크 대성당 내에 설치되어 신부님 작품을 영구히 전시하고 있다. 김 신부님은 쿠켈베르크 대성당 갤러리 개관에 큰 의미를 부여한다. 벨기에인들이 존경하는 성직자이자 그가 영적 스승으로 모셨던 추기경을 추모하며 '단네일스 관'으로 명명한 이 갤러리는 브뤼셀의 테러 사건 이후 벨기에 내 불어계와 플라망계의 화해와 치유뿐만 아니라 전 세계의 평화를 지향하는 의미 있는 공간이 되었다.

브뤼셀 쿠켈베르크 대성당에서 단네일스(Danneels) 추기경과 김인중 신부

오늘 신부님의 편지 한 통이 다시 배달되었다. 2019년 6월 15일 프랑스 앙베르(Ambert)에서 개관한 '김인중 미술관' 개관 소식을 전해주셨다. 프랑스 중부의 소도시인 앙베르의 옛 재판소 건물에 흰 사제복을 입은 재불(在佛) 화가 김인중 신부님이 나타나자 미리암 푸제르 앙베르 시장을 비롯한 100여 명이 박수로 환영했다. 앙베르시(市)의 재판소가 새 건물을 지어 이전하자, 옛 재판소 건물을

주민들을 위한 미술관으로 재탄생시킨 것을 기념하는 행사였다. 앙베르시는 이 미술관의 이름을 '김인중 미술관'이라고 이름 지었다. 푸제르 시장은 "김 신부는 빛을 주제로 동양과 서양의 경계를 넘어 활동해온 작가"라며 "프랑스에서 시립 미술관에 동양인 예술가의 이름을 붙인 것은 전례가 드문 일"이라고 한다.

평생 빛의 작품 세계를 추구한 신부님에게 예술은 신에게로 가는 길, 즉 '해탈과 초월'의 길이 아닌가 싶다. 종교와 예술의 길을 걷고 있는 신부님은 그의 말처럼 "예술이 추구한 것이 아름다움이라면 종교가 추구하는 것도 하느님이라는 완전한 아름다움이다."라는 생각을 따르는 삶을 살고 계셨다. 그는 신부이자 화가로서 결국 한길을 걸어온 것이다. "성직은 생활, 미술은 강론"이라고 말해온 그는 그림을 통해 오늘도 세상에 빛과 성덕을 쌓고 있다. 신부님은 앞으로도 빛의 작품으로 세상에 희망과 치유 그리고 평화를 전해 주실 것이다. 이곳 시골 신봉동 성당도 빛의 성소(聖所)가 되어 이곳을 찾는 이들에게 희망과 위로와 구원의 공간이 될 것이다.

지난 10월 신봉동 성당에서 특별한 음악 연주회가 있었다. 바로 수원가톨릭 고음악 앙상블 콘체르리토 안티고(Concerto Antico) 창단 연주회다. 17세기 교회음악을 그 시대 악기로 연주하는 천상의 성음악을 들으니 김 신부님의 말씀처럼 성당은 "나비처럼, 꽃잎에 내려앉은 나비처럼, 피로한 이들의 눈길을 쉬게 하고 사랑받지 못한 이들의 참 안식처"가 되고, 또 "메마른 땅을 촉촉이 적셔주는 봄비나 헐벗은 나뭇가지들에 고요히 내리는 흰 눈발처럼 사람들에게 기쁨과 평화"를 가져다주는 성전이 되었다. 모든 이에게 천상의 축복이 내린 아름다운 밤이었다.

Sans titre, 285x200cm oil on canvas 1996 김인중

'빛을 향해 가슴을 연다는 것, 뭔가를 베푸는 것처럼 그 황홀함을 느끼는 것'- 김인중

제4부

# 홀로 걸으라,
# 그대. 행복한 이여

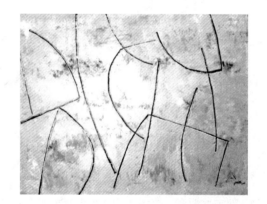

# 홀로 걸으라, 그대. 행복한 이여

　지난해 서울 서초동에서 용인 성복동으로 이사를 했다. 살기 좋은 동네다. 맑은 공기에 개천물이 시원하고 무엇보다 매일 아침 산책할 수 있는 숲길이 있어 좋다. 걷는 동안 마음이 편안하다. 땅을 밟는 두 발도 행복하다. 나는 걸을 수 있는 동안 행복하다. 김재진 시인의 시어가 내 마음을 노래한다. "둥근 우주같이 파꽃이 피고 살구나무 열매가 머리 위에 매달릴 때 가진 것 하나 없어도 나는 걸을 수 있는 동안 행복하다."

　산책길은 광교산 아랫자락에서 시작하는 완만한 숲길이다. 천천히 길을 들어선다. 솔숲의 청정한 기운이 흐르는 숲길을 걷다 보면 얼굴을 스치는 솔바람이 신선하고 숲의 소리에 눈과 마음이 맑아진다. 봄날이면 연분홍 진달래꽃으로 이어진 숲길은 시어가 흐르는 오솔길이 된다. 해 질 녘 석양빛 역광에 비친 진달래의 연분홍빛은 해맑고 화사하다.

　진달래, 개나리로 시작한 꽃길은 철 따라 민들레, 동자꽃, 도라지꽃, 바위구절초, 개쑥부쟁이, 감국, 코스모스로 이어지면서 계절에 따라 그 정취를 달리한다. 그런가 하면 비 온 다음 날 산책길

홀로 걷는 시간은 나를 만나고 신을 만나는 시간이다

을 걷다 보면 땅에 고여 있는 빗물이 푸른 하늘과 흰 구름을 담고 있어 이날은 마치 하늘 숲길을 걷는 기분이 든다.

산책길 꽃들 가운데는 여름부터 가을까지 피어 있는 도라지꽃이 좋다. 청보라색과 은은한 흰색의 꽃들이 서로 어우러져 하늘거릴 때면 숲길은 온통 시적 정취가 넘친다. 늦가을이 다가오면서 도라지꽃들은 거의 사라지는데, 간혹 남아 있는 몇 송이 꽃들이 마지막 온 힘을 다해 저마다의 색깔을 드러내고 있다. 계절의 막바지에 이른 도라지꽃의 보랏빛은 더 순수하고 곱게 보인다. 잠시 꽃 앞에 쭈그려 앉아 쇠잔해 가는 도라지꽃을 보니 한 꽃대에 두 송이 꽃만 남아 있다. 큰 꽃은 어머니 꽃, 작은 꽃은 자식 꽃으로 보인다. 늦가을, 이제 서로가 이별할 때다. 바람결에 꽃잎의 흔들림이 손을 들어 작별 인사를 하는 듯하다. 며칠 후 이 꽃들도 사라져 버린다. 꽃길이 텅 비어 버린다. 빈 터를 물끄러미 바라보고 있는데 느닷없이 곱고 고운 도라지꽃이 눈앞에 아른거린다. 보이지 않는 꽃이 보이는 꽃보다 더 아름답게 다가온다. 사라진 꽃이 가져다준 아름다움, 소멸의 아름다움인지 모르겠다.

또 어느 초가을 날, 도라지꽃에 시선을 두고 지나가는데 길옆 어디선가 나를 부르는 낮은 소리가 있었다. 옆을 보니 길가에 피어 있는 작은 구절초 한 송이가 부르는 소리였다. 다가가 꽃을 유심히 보니 구절초의 꾸밈없는 소박한 아름다움이 소중한 아름다움으로 느껴졌다. 머물러서 자세히 보면 나태주 시인의 시어처럼 모든 것이 사랑스럽고 아름답다.

한 번은 이런 일도 있었다. 늦가을, 그날도 산책길을 걷는데 송전탑 주위의 공사가 시작되어 작은 꽃밭 터가 하룻밤 사이에 크레인으로 파헤쳐져 있었다. 여기저기 흙더미에 꺾인 꽃나무 줄기만 보일 뿐이었다. 이젠 봄이 와도 꽃들을 볼 수 없겠구나 하는 생각에 아쉬웠다. 이듬해 봄이었다. 산길을 걷는데 공사장 길바닥에 새로 돋아나는 작은 새순들이 보이는 것이 아닌가? 지난해 파헤쳐 여기저기 흩어진 꽃씨들이 길 위에 다시 싹을 틔우며 새순이 돋아나기 시작한 것이다. 땅이 품어 주니 시간이 기른 것이다. 경이로운 생명력이었다. 새순을 보는 순간 내 마음에도 새순이 움트는 듯, 기쁨이 움텄다.

봄이 오면 산책길은 화사한 진달래꽃으로 계절의 운치가 넘친다. 이 꽃길은 오랫동안 암 투병을 하다가 지금은 고인이 된 김수철이란 분의 정성으로 이루어진 길이라고 한다. 알고 보니 그분은 나와 한 직장에서 오랫동안 함께 봉직했던 분이었다. 생전 꽃을 좋아해 손수 꽃길을 만드는데 수년 동안 온 정성을 다하셨다고 한다. 한 사람의 정성과 노고가 사람들에게 아름다움을 남겨 주니 그분은 하늘나라에 보화를 쌓은 분이라 생각된다. 저승과 이승의 두 사람이 진달래 꽃길에서 우연히 다시 만나게 되니 그분께 감사하며 천상에서 편히 쉬시기를 빌었다.

솔숲길을 걷다 보면 남향받이 언덕에 종중의 묘지가 눈에 들어온다. 잠시 돌아가신 분들을 생각하며 기도할 수 있고 또 죽음에 대해 묵상하는 시간이기도 하다. 죽음은 삶의 완성이라고 한다.

죽음의 시간은 '나 아닌 나'로 살아온 내가 '나'로 돌아가는 시간이 아닌가 싶다. 자신에게 정직해야 할 시간이며 자신의 삶과 화해해야 할 시간이다. 죽음은 삶의 완성이 아닌가 싶다. 오늘도 솔숲길을 홀로 걷는다. "홀로 걸으라, 그대. 행복한 이여." 인도의 성인 비노바 바베(Vinoba Bhave, 1895~1982년)의 말을 생각한다. 홀로 걷는 시간은 나를 만나고 신을 만나는 시간이 아닌가 싶다.

# 물이 있는 풍경, 본향이 되다

1.

　지금 살고 있는 수지 성복동 마을은 걷기 좋은 동네다. 동네 뒷산에 솔숲길이 있고, 앞쪽에는 성복천변 길이 있기 때문이다. 지금도 날마다 걷는 일을 즐긴다. 평소에는 뒷산 솔숲길을 걷지만, 아내와 함께하는 날이면 성복천변 길을 걷는다. 가을날 해 질 녘에 천변 길을 걷다 보면 주변에 구절초나 개쑥부쟁이, 코스모스 등이 피어 있고 언덕에는 장미꽃 두어 송이가 누구를 기다리듯 붉게 피어 있는 것을 볼 수 있다. 물길을 걷다 보면 물에 담긴 가을 하늘빛과 곱고 청정한 여울물 소리가 마음을 맑게 한다. 정겨운 징검다리도 보인다. 해 질 무렵 징검다리를 홀로 건너는 사람의 모습이 인상적이다. 이성희 시인의 시어가 떠오른다. "징검다리의 마지막 돌 하나로 살고 싶어라./ 시냇물의 노래를 들으며/ 가장 넉넉한 자리에 안착하는 새를 보며/ 저녁을 맞고 싶어라."

　어느 날은 작은 황새 두 마리가 날아와 물고기를 찾고 있고 어미 오리가 새끼오리들과 함께 소풍 나온 정겨운 모습도 보인다. 얼굴을 스치는 바람결에 실려 어디선가 새 소리가 들려온다. 참새

징검다리 건너면 어린 시절의 내가 된다
정겨운 여울물 소리, 고향 노랫소리가 된다

설렘

떼가 무리로 날아들어 천변 풀밭 언덕에 앉는다. 한참을 이리저리 먹이를 찾다가 다 함께 푸드덕 날갯짓하며 하늘에 오르는 소리가 마치 새들의 합창 같다. 양지바른 언덕에 내려앉은 비둘기의 모습도 평화롭다. 그날따라 환한 햇살에 반사되는 비둘기의 깃털 색깔이 유난히 곱다. 비둘기의 은은하고 부드러운 빛깔은 마치 수줍은 여인의 화색(和色) 같다. 천변을 천천히 걷다 보면 코끝을 스치는 물 향기가 풀냄새와 어우러져 향긋하게 다가온다. 물길을 걸으면 마음이 순해지고 맑아지는 느낌이다.

초여름 성복천변을 걷는다. 비 온 뒤 얼굴을 스치는 풋풋한 바람결이 상쾌하다. 산책 나온 사람들의 걸음걸이도 경쾌하다. 한 할머니가 어린 손자의 손을 잡고 걸어가는 모습이 보인다. 손자는 할머니 손을 끌어당기며 하늘을 보다가, 천변의 꽃들을 보다가 호기심에 이것저것 묻는다. 할머니와 손자가 이야기하며 걸어가는 뒷모습이 정겹게 보인다. 그날은 성복천 정비를 위해 물길에서 돌들을 옮기고 또 돌 사이에 풀꽃을 심는 사람들의 작업하는 모습도 보인다. 삶의 현장을 살아가는 사람들의 모습은 어디서나 다 소중하게 느껴진다. 저분들이 있어 아름다운 성복천이 오늘도 살아서 숨을 쉰다.

오늘 천변길에서 보랏빛 붓꽃을 처음으로 보았다. 빛깔이 얼마나 곱고 아름다운지, 마음이 다 설레었다. 천변 언덕에는 붉은빛의 접시꽃들이 아침 햇살에 눈부시다. 접시꽃이 바람에 흔들린다. 문득 도종환 시인의 시어가 음성으로 들려온다. "이제는 스스럼없이 나를 버리고 내 마음의 모두를 더욱 아리고 슬픈 사람에게 줄 수 있는 날들이 짧아진 것을 아파해야 합니다." 노년을 사는 사람에게 들려오는 하늘의 소리 같다.


## 2.


지난해 가을, 아내와 함께 송도의 '수변공원(水邊公園)'을 찾았다. 수변공원 북쪽 길을 따라 올라가다 보면 작은 갈대숲을 지나 탁 트인 공간에 특이한 건물 하나가 눈에 띈다. 바로 트라이볼(Tri-bowl) 건축물이다. 물 위에 세 개의 커다란 그릇이 떠 있는 듯한 느낌을 주는 건물이다. 2010년 준공된 트라이볼은 조개껍데기를 거꾸로 뒤집어엎은 듯 밑에서 위로 올라갈수록 넓어지는 역원뿔형 형태의 특이한 건물 구조를 가진 건축물이다. 가로 약 80m, 세로 약 40m의 수면 한가운데 있어 건물이 마치 물 위에 떠 있는 듯한 느낌을 준다. 건물 주위를 천천히 걷다 보면 수면에 비친 건물 곡선의 아름다움이 인상적이다. 해 질 녘에는 트라이볼 수면에 내려앉은 가을하늘과 건물 그림자의 흔들림이 환상적인 아름다움을 선사한다. 또 수면에 비친 키 큰 나뭇가지의 물그림자와 가을하늘은 클로드 모네의 강변 〈포플러〉 그림을 연상케 한다. 걸음을 멈추고 무심히 고요한 수면을 보고 있으면 그냥 물에 안기는 느낌이다. 한참을 그대로 머물고 나면 눈에 들어오는 하늘과 땅이 새롭게 보인다.

이곳에서 제주의 '물 미술관'을 방문했을 때의 일이 연상되었다.

트라이볼(Tri-bowl), 물과 빛과 건물의 조형 공간

재일교포 건축가 이타미 준이 설계한 미술관은 그림 한 점 없는 텅 빈 공간이었다. 실내의 천장은 큰 원형으로 뚫려 있고 바닥에는 맑은 물이 고여 있을 뿐이다. 고인 물의 수면에는 하늘빛이 아른거리고 실내에는 청정한 물소리만 흐른다. 마음이 맑아지고 편안해진다. 물 수면의 하늘 물빛에 한참을 머물다가 미술관 밖으로 나오니 눈 앞에 펼쳐지는 바다와 땅이 신천지 같았다. 단순한 공간에 머물고 나면 시계가 넓어지고 맑아지는 모양이다. 단순한 공간, 단순한 사람, 단순한 언어가 좋다. 사람에게 단순함은 무엇인가? 그것은 아름다움의 근원이며, 또한 '내 원형의 모습'이 아닐까 싶다.

　제주의 미술관 하면 2016년 9월에 개관한 제주도립 김창열 미술관이 있다. 김창열 화백은 1970년 이후 40여 년 동안 꾸준히 물방울을 그려왔다. 캔버스 마대에서 출발하여 신문지, 모래, 나무판 등 여러 재료를 바탕으로 물방울의 다양한 면모를 보여 주고 있다. 작품 앞에 서 있으면 실제로 눈앞에 물방울이 맺혀있는 듯한 느낌을 준다. 작가에게 물방울은 자신의 정체성으로 돌아가는 회귀성을 상징한다고 한다. 미술관의 중앙 공간에는 작은 물 정원이 보인다. 물 정원 중앙의 큰 돌과 물방울 조형물이 인상적이다. 물 정원 분수에서 물방울이 수면에 떨어지는 맑은 물소리는 여행자의 마음을 촉촉하게 적셔준다. 여행길에서 물 공간을 만나면 마음이 순해지고 편안해진다. 김창열 미술관은 여행자에게 있어 쉼과 정화의 공간이다.

　물방울 미술관을 나오니 짙은 안개에 비가 내리고 있었다. 서귀

제주 '물 미술관'
실내 수면에 하늘빛이 아른거리고 청정한 물소리가 흐른다

정화와 치유의 공간 – 김창열 미술관, 물망울 정원

설렘

포 안덕면에 있는 '본태(本態) 미술관'을 찾았다. 안도 타다오가 설계한 건축물로, 빛과 물이 조화롭게 어우러진 미술관이다. 미술관에 전시된 전통과 현대 공예품에는 인류 본원의 모습이 살아 숨쉬는 듯하다. 미술관 카페 '본태(本態)'를 찾았다. 이스라엘 작가 데이비드 걸스타인(David Gerstein)의 작품 〈백조의 호수〉가 방문객을 반갑게 맞이한다. 유리문 밖으로는 호수변에 설치된 걸스타인의 작품 〈유포리아(Euphoria)〉가 눈에 들어온다. 화사한 꽃길 위에서 자전거를 타는 사람의 환희로 가득 찬 모습을 형상화한 설치작품이다. 비바람에도 한결같은 아름다움이다. 문득 이런 생각을 한다. 사람 삶에 상처와 아픔의 비바람이 스쳐도 우리 마음 깊은 곳에는 변치 않는 아름다움과 선성이 항상 살아있지 않는가. 이것이 우리의 본태(本態)이며 이를 찾아가는 여정이 바로 삶이 아닌가 싶다. 카페 안이 조용하다. 늦은 점심으로 주문한 유부우동의 따끈한 국물이 몸과 마음을 훈훈하게 해준다. 미술관 카페에서 호수변 〈유포리아〉를 바라보며 즐긴 소박한 점심이 그날따라 풍성하기만 하다.

본태 미술관. 걸스타인의 〈유포리아(Euphoria)〉

설렘

# 낡아지는 것은 늘 새로워지는 것

화창한 봄날, 남부 프랑스의 아름다운 항구 도시들을 잇는 해변 길의 풍광은 더없이 화사하고 평화롭다. 차창 밖으로 스치는 지중해의 쪽빛 바다와 눈부신 하늘, 언덕길 라벤더의 보랏빛이 마음을 설레게 한다. 천천히 지나가는 차창 밖 풍경. 찻길 담장에는 노랑 덩굴장미가 피어 있는데 집주인이 담벼락을 온통 노란색으로 색칠해 놓았다. 노란 담벼락에 노랑 장미가 살아 있으니 마당이 온통 환희의 축제 분위기다. 노랑 장미를 위해 노랑 담벼락을 만들어 준 집주인의 장미 사랑이 눈부신 사랑으로 다가왔다.

지중해 휴양도시 니스에서 프랑스에서 가장 아름답다는 지중해변 코트다쥐르(Cote d'Azur)의 쪽빛 해안 길을 달려 앙티브(Antibes)에 도착했다. 앙티브는 프랑스 동남부 알프미리팀주에 있는 항구 도시다. 옛 로마의 항구였던 탓에 앙티브 해변을 따라가면 지금도 중세의 성곽이 남아 있는 아름다운 예술 도시다. 앙티브 해변을 따라 1565년에 건축되었다는 카레 성곽에 도착했을 때는 성곽 광장에서 마을 벼룩시장이 열리고 있었다. 프랑스 사람들의 삶을 엿볼 수 있는 기회였다. 광장에는 중고 가재, 살림 도구를 비롯하여 그림, 조각, 골동품, 액세서리, 카펫 등 그야말로 다양한 매물이 나와 있었다. 광장은 오가는 사람들로 붐볐고, 호객의 목소리로 분위기는 시끌벅적했다. 진솔한 사람들의 삶의 모습에서 의욕과 생동감이 넘쳤다. 그런가 하면 삶의 고달픔과 고뇌도 같이 숨어 있었다. 매장에는 한 노부부가 낮은 의자에 앉아 그들 무릎 앞에 그림 한 점을 놓고 손님을 기다리고 있었다. 노부부의 모습이 외롭고 고달파 보였다. 길 건너 공터에서는 어린이들이 잔디밭 위에 헌 운동화 몇 켤레를 놓고 팔고 있었다. 자리를 지키는 소년의 맑은 눈빛이 애처로웠다. 천혜의 아름다움을 누리는 앙티브에서 외롭고 고달픈 삶을 엮어가는 사람들의 모습이었다. 어디서나 사람들은 서로가 나누고, 보듬어 주어야 할 존재가 아닌가 싶었다. 문득 나 자신을 되돌아보게 되었다.

지난해 늦가을 저녁이었다. 강남 전철역을 나와 집으로 가는 버스 정류장을 향해 걸어가고 있었다. 환한 전등불을 켠 노점상들이 즐비한 강남대로는 사람들로 붐볐다. 잠시 걸어가는데 버스 정류장 부근 길바닥에 웬 천 원권 지폐 몇 장이 떨어져 있는 것이 아닌가. 주위를 둘러보니 60대 초반으로 보이는 할아버지가 호두과자 노점을 차려 놓고 과자를 만들어 팔고 있었다. 그는 호두과자를 만드는 데 정신이 팔려 노점 수레 좌판 위에 모아둔 지폐가 바람에 날아간 줄도 모르고 뜨거운 호두과자를 쇠판기에서 들어내는 데만 열중하고 있었다. 얼른 길바닥 지폐를 주워들고 할아버지에게 다가가 "이거 좀 잘 챙기셔야겠어요!" 하며 수레 좌판 위에 지폐를 놓아 주었다. 그는 "아이고, 나 좀 봐. 내가 정신이 없네." 하며 꾸벅 고맙다고 인사를 했다. 마침 할아버지 노점 옆에 위치한 버스 정류장에서 줄을 서 차를 기다리고 있었다. 누군가 "잠깐 여기 좀 봐요." 하는 소리에 돌아보니 바로 호두과자 노점상 할아버지가 옆에 와 서 있지 않은가. 그가 "이거 집에 가서 드셔유." 하며 호두과자 한 봉지를 내밀었다. 얼떨결에 "고맙습니다만 가지고 가셔서 손님들한테 파셔요."라고 사양하며 버스에 올랐다.

집에 오는 차 안에서 호두과자를 가져다준 노점상 할아버지에게 미안한 생각이 들었다. 성의를 받아주지 못한 것이 후회스러웠다. 할아버지가 고마움의 표시로 건네주는 호두과자 봉지를 감사히 받고 "고맙습니다." 하며 과잣값으로 사례를 하지 못한 자신이 부끄러웠다. 일상의 만남에서 작은 손도 내밀지 못하는 나의 각박함이었다. 어느새 차창 밖 멀리, 생폴 드 방스의 아름다운 마을 전경이 시야에 들어오고 있었다.


생폴 드 방스는 프랑스에서 가장 아름다운 마을 가운데 하나로 14세기 중세의 모습을 그대로 간직하고 있다. 중세로부터 내려오는 성당과 아기자기한 골목길에 아담한 돌집들로 이루어진 예술가들의 마을이다. 이곳은 샤갈, 르누아르, 마네, 마티스, 브라크, 피카소 등 당대의 대화가들이 영감을 얻고 작품 활동을 위해 머물렀던 곳이기도 하다. 마을 골목길에는 화가와 예술가들의 갤러리가 모두 70여 개나 있다고 하니 그야말로 화가들의 예술혼이 살아 숨 쉬는 마을이었다. 또 이곳 중세 마을은 유명 인사들의 방문도 잦아 프랑스 배우 이브 몽땅((Yves Montand, 1921~1991년) 같은 사람은 이곳에서 결혼식을 올렸다고 한다.

마을 돌담길을 들어서니 골목길 풍경이 중세 마을 분위기에 마치 동화 속의 마을을 연상케 했다. 세월에 빛바랜 돌집들이 규모는 작지만 하나하나 개성이 있고 아기자기했다. 오랜 세월의 흔적의 향기가 배어 있는 돌집 문 위로 포도나무 줄기 하나가 올라가 있는데, 그 전경이 절제된 아름다움이었다. 어떤 집은 창문틀 위에 형형색색의 오지단지를 올려놓았는데 창살 곡선과 어우러져 하나의 정물화 그림이 되어 있었다. 즐비한 고풍 상가의 작은 간판, 문패 하나하나에는 동화 속 그림과 시어가 담겨있고 또 골목길 바닥에는 작은 조약돌로 그림을 그려 놓았는데 모두가 하나의 예술 작품이었다. 골목길 가게에 전시된 여성 의상의 색조는 화사하기 이를 데 없고 광고 사진의 여성 모델의 자태 또한 매혹적이었다.

스컬프처(Sculpture)라는 갤러리 앞에 한참을 머물렀다. 갤러리 실내는 환한 조명에 지중해의 눈부신 코발트빛 색채를 발산하는 그림들로 환상적인 분위기를 연출하고 있었다. 화사한 색채가 여행자의 마음을 물들이는 것 같았다. 생폴 드 방스길에서 만난 작은 집들과 거리의 분수와 광장 그리고 그곳 사람들의 표정도 모두 코트다쥐르의 빛과 향기를 담고 있었다. 마을의 모든 공간에는 세월과 지중해의 혼이 살아 숨 쉬고 있었다.

마을 공원 묘원의 마르크 샤갈(Marc Chagall, 1887~1985년)의 묘를 찾았다. 러시아 태생의 화가로 20세기 유럽 화단의 거장이었던 샤갈이 잠들어 있는 대가의 무덤은 화려하지 않고 소박하기만 했다.

스컬프쳐 갤러리. 입구의 돌 조각상과 실내의 화사한 코발트 빛 그림들이 사람들의 발걸음을 멈추게 한다

설렘

소금이 뿌려져 있는 묘비 위에는 작은 꽃다발이 하나 놓여 있었다. 샤갈은 1985년 그의 나이 97세로 세상을 떠날 때까지 이 마을에서 20여 년 동안 작품 활동을 계속했다. 무덤 앞에 발길을 멈추니 며칠 전 니스 샤갈 미술관에서 관람했던 그의 작품들이 화사한 기억으로 되살아났다. 러시아의 민속적 주제와 유대인의 성서에서 영감을 받아 풍부한 상상력을 바탕으로 인간의 원초적 향수와 동경, 꿈과 그리움, 사랑과 낭만 등 다양한 주제를 눈부신 색채로 펼쳐 보였던 샤갈은 생전에 이런 말을 남겼다. "예술에서도 삶에서도 진정한 의미를 부여하는 색깔은 오직 하나이다. 그것은 사랑의 색이다." 예술가로서 열정과 사랑의 기쁨으로 하늘을 날 듯 행복하고 아름답게 살다가 간 샤갈, 그는 진정 축복받은 화가였다.

먼 하늘 노을빛이 서서히 내리는 저녁 시간이다. 오래된 돌집 계단 앞에 탐스러운 장미가 환히 피어 있다. 그 앞에서 아내의 미소 지은 얼굴 모습을 카메라에 담으니 내 마음도 환해진다.

생폴 드 방스 중세 마을을 떠나며 오래된 것에는 세월의 향기가 신비한 아름다움으로 배어 있음을 느낄 수 있었다. 박노해 시인은 "시간은 아름다움을 빚어내는 거장의 손길"이라고 말하며 오래된 것을 이렇게 찬미했다. "오래된 것들은 다 아름답다.// 해와 달의 손길로 닦아지고/ 비바람과 눈보라가 쓸어내려 준/ 순해지고 겸손해지고 깊어진 것들" 옛 마을의 오래됨이 아름다움이라면 사람에게 오래됨은 무엇일까. 그것은 늙어가며 드러나는 아름다움이다.

늙어가는 삶에도 날로 새로워지는 원숙한 아름다움이 있다. 시페르거스(Schipperges)는 늙어감을 이렇게 말하고 있다.

"늙는 것이 무엇인지 모르는 사람은 삶이 무엇인지 모르는 사람이다. 늙는다는 것은 나이와 함께 세월로 들어온다는 뜻이다. 늙는 것은 걷는 것이며, 사라지는 것이며, 자기 내면의 모습을 잃지 않으면서 변화하는 것이다. 삶에서 겪는 작은 체험들이 모여 큰 희망 한가운데로 늘 새롭게 걷는 것이다."

해가 서편으로 기우는 봄날 저녁, 마을 성벽을 나오니 길 언덕 위의 100년이 넘는 라임 나무 아래에 'Le Tilleul' 레스토랑이 있었다. 운치 있는 보리수나무 아래 레스토랑 식탁 꽃병에 장식된 순백의 카사블랑카 향기가 코끝에 와닿았다. 여행자의 마음이 설렌다. 라임 나무 카페 의자에 홀로 앉아 있는 중년 여인의 고운 자태가 카사블랑카의 매혹적인 향기로 다가왔다. 아름다운 봄날 저녁이었다.

봄날 저녁, 라임 나무 카페에 홀로 앉아있는 중년 여인의 고운 자태가 카사블랑카의 매혹
적인 향기로 다가온다

# 꽃이 지고 난 뒤의 정적까지 사랑하십시오

　주말이면 가끔 혼자서 청계산에 오른다. 집에서 가까울 뿐 아니라 바위가 없는 육산이어서 걷는 느낌이 편하기 때문이다. 청계산 관현사 입구의 완만한 산길을 오르다 보면 오른쪽으로 계곡을 두고 걷는 길이 운치가 있다. 비 갠 봄날 아침, 신갈나무의 새잎은 밝은 햇살에 눈부시게 빛나고 바람에 날리는 벚꽃잎의 율동은 라흐마니노프의 뱃노래 선율처럼 경쾌하다. 초여름에는 흰색과 보라색의 도라지꽃들이 뒤섞여 우아한 아름다움을 보여 주지만 봄날 벚꽃의 화려함에는 미치지 못한다.

　오늘은 봄날 아침 기운이 상쾌하다. 인적이 없는 동네 뒷길을 오르니 산비탈로 이어진 호젓한 오솔길이 몰래 환해진다. 산바람에 꽃향기가 싱그럽다. 아침 햇살에 왕벚꽃의 화사함이 눈부시다. 잔잔한 바람결에 꽃잎이 날리는 모습이 마치 봄눈 내리는 전경이다. 꽃길에 새 소리도 경쾌하다. 봄날의 새 소리는 참을 수 없는 기쁨이 넘치는 합창 소리다. 바람결의 감미로운 율동에 벚꽃 가지들도 흥에 겨워 흔들린다. 벚꽃의 떨림이 새 소리와 어울리니 꽃들의 환상적인 춤이다. 봄날 아침 꽃잎들의 자유로운 전율에 김상미 시인의 시 〈질투〉가 그만 그리움의 시로 다가온다.

옆집 작은 꽃밭의 채송화를 보세요
저리도 쬐그만 웃음들로 가득 찬
저리도 자유로운 흔들림
맑은 전율들

내 속에 있는 기쁨도
내 속에 있는 슬픔도

태양 아래 그냥 내버려 두면

저렇듯 소박한 한 덩어리의 작품이 될까요?
저렇듯 싱그러운 생 자체가 될까요?

— 〈질투〉, 김상미

벚꽃 가지의 아름다운 율동을 보며 나도 잠시 "저리도 자유로운 흔들림, 맑은 전율"이 될 수 있을까 상상해 본다. 스스로 온전히 자신을 비운 사람만이 즐길 수 있는 저 맑은 전율이 아닌가. 시인의 시어처럼 나도 저 꽃들의 환한 율동에 질투할 수밖에 없지 않은가. 질투가 있어도 오늘 아침은 행복한 봄날 아침이다.

오래전 다녀왔던 진해 벚꽃 구경이 생각난다. 무박 2일 일정으로 토요일 밤, 고속버스로 출발해 자다 깨다 하면서 진해에 도착했다. 잠에서 깨어 차창을 통해 밖을 보는 순간 벚꽃이 만개한 진해는 첫눈 내린 아침처럼 온 거리가 온통 눈부셨다. 누군가는 "벚꽃이 일시에 피어 절정을 이룰 때면 태양 아래서도 그 화려함을 자랑하기가 모자라 밤거리마저 술렁인다."고 했지만, 벚꽃처럼 한 순간에 사람을 끌어당기는 꽃은 없는 듯하다.

벚꽃길 인파에도 꽃길에 머문 사람은 모두가 아름답게 보였다. 시골에서 나들이 온 듯한 노부부가 번갈아 사진을 찍고 있었다. 할머니는 처녀 시절의 자태를 보이고 싶어 흐드러진 벚꽃 가지를 살며시 잡으며 이리저리 포즈를 취해 보는 모양이었다. 이를 카메라에 담는 할아버지도 행복해 보였다. 꽃바람이 사랑을 만들고 있었다. 언뜻 봄바람이 얼굴에 와닿았다. 바람결에 날리는 벚꽃 춤을 보며 잠시 생각했다. 꽃들이 다 떨어지고 나면 자취 없이 사라지게 될 아름다움, 아름다움이 지고 난 뒤의 정적은 우리에게 무엇인가. 도종환 시인이 말한다. "꽃 한 송이 사랑하려거든 그대여, 아름다움만 사랑하지 말고 아름다움이 지고 난 뒤의 정적까지 사랑해야 합니다. 올해도 꽃 피는가 싶더니 꽃이 지고 있습니다."

그렇다. 보이는 아름다움 너머에 보이지 않은 영원한 아름다움을 그리워하고 또 사랑할 수 있어야겠다. 참 아름다움은 눈에 보이지 않는다. 생텍쥐페리가 어린 왕자에게 한 말이다. "가장 중요한 것은 눈에 보이지 않아. 사막이 아름다운 것은 그 어딘가에 샘을 감추고 있기 때문이야. 눈으로 찾을 수 없어 마음으로 찾아야 해." 보이지 않는 아름다움에 대한 그리움과 사랑은 인간이 가진 놀라운 신성이 아닌가 싶다.

며칠 전엔 얼굴 박물관의 조경자 관장님이 전화를 하셨다. 남한강변의 버들 벚꽃이 마지막 한창이니 한번 구경 오라는 말씀이었다. 내일은 비가 내린다는 일기예보에 늦은 시간 서둘러 아내와 함께 남한 강변을 찾아 나섰다. 광주 남종면에 이르니 이미 날은 어둑어둑해지고 봄비마저 내리고 있었다. 연보랏빛 어둠이 내린 남한강은 저녁 안개 속에서 신비한 분위기를 연출했다. 초저녁 봄비에 감상하는 버들 벚꽃은 화창한 날의 그것과는 달리 애련함이 있었다. 화사함을 어둠에 서서히 감추고 있는 벚꽃의 아름다움은 소멸하는 아름다움이어서 그런지 아쉬웠다. 하지만 순한 꽃향기는 온몸을 적셨다. 도종환 시인의 시구가 생각난다. "꽃은 진종일 비에 젖어도 향기는 젖지 않는다." 봄꽃은 비에 묻혀가도 향기는 살아 숨 쉬고 있다.

실비 내리는 봄날 저녁, 벚꽃들은 어둠에 아름다움을 서서히 감추며 사라지고 있었다. 사라짐은 신비한 아름다움이 아닌가 싶다. 황병기 선생님은 가야금 소리가 아름다운 것은 소리가 사라지기 때문이라고 말한다. 사람에게도 사라짐이 있어 삶이 더 소중하고 아름답지 않은가. 폴란드 여류시인 비스와바 쉼보르스키(1923~2012년)는 그녀의 시 〈두 번은 없다〉에서 사라지는 아름다움을 이렇게 노래하고 있다. "나는 존재한다—그러므로 사라질 것이다. 너는 사라진다—그러므로 아름답다."

사라짐의 아름다움은 하늘이 세상에 내린 신비한 선물이 아닌가. 봄꽃이 사라지는 남한 강변의 봄날 저녁, 홀연 마음에 차오르는 불빛 하나, 멀리 보랏빛 강물 위에 사랑으로 아른거린다.

꽃은 지는 것, 그래서 아름다운 것

설렘

# 나는 언제쯤
# 당신의 편한 의자가 될 수 있을까


늦깎이에 시 공부를 시작한 동우회 K형은 요즘 지인들에게 아침마다 시 한 수를 전하는 재미에 빠져있다. 시를 읽고 나누는 일이 노년에 만난 새로운 기쁨이라며 나에게도 시 한 수를 보내 왔다. 이정록 시인의 시, 〈의자〉다. 농사짓는 어머니가 아들에게 던진 말이 그만 삶의 지혜가 된다. 사는 일이 세상에 의자를 내주는 일이란다. '사람과 꽃과 열매와 참외밭과 호박과 그리고 망자'에게도 의자를 내주란다. 의자는 서로가 서로에게 내주는 사랑이고 보살핌이자 배려다. 어느 시인의 말처럼 삶은 가는 것, 서둘지 말고 가는 것, 서로가 의자가 되어 가는 것이다.

지난해 런던 큐가든(The Royal Botanic Gardens, Kew)에서의 일이다. 오월의 이른 아침이었다. 서둘러 정원 입구에 도착하여 숲길에 들어서니 싱그러운 숲 향기가 온몸을 감쌌다. 250년 수령의 우람한 숲길에 신성한 기운이 충만했다. 마음이 맑아지고 고요해졌다. 얼마를 걸었을까. 확 트인 호숫길이 이어진다. 잔잔한 수면에 백조가 갈대 사이로 평화로이 유영을 즐기고 있다. 호젓한 호반 길에 나무 의자가 보인다. '정원에 의자를 놓은 건 걸음을 잠깐 멈추라는 의미'란다. 쉬어가고 싶다. 의자에 앉아 등받이에 등을 기대니 몸에 와닿는 나무의 느낌이 순하고 부드러웠다. 의자가 나를 편하게 보듬어 주는 느낌에 어린 시절 어머니 품에 안긴 기분이었다. 아무도 보이지 않는 이른 시간, 아예 신발을 벗고 편안한 자세로 앉아 눈을 감아 보았다.

얼굴에 와닿는 바람결이 순하게 느껴진다. 마음이 고요해진다. 얼마나 긴 시간이 지났을까. 천천히 눈을 뜨니 멀리 시야에 들어오는 호수와 숲과 하늘이 새롭게 보인다. 눈과 마음이 쉬고 나면 세상이 사랑으로 다가오는 모양이다. 어느새, 눈앞에는 반백의 머리에 검은 티셔츠를 입은 초로(初老)의 남자가 호숫가 의자에 앉아서 백조에게 먹이를 주고 있다. 자연과 하나 된 시간이다.

백조에게 모이를 주는 사람. 자연과 하나 된 시간

앉았던 자리에서 천천히 일어나니 의자 등받이에 붙어 있는 작

여행자를 편하게 보듬어 준 큐가든 의자

은 표지가 보인다. "IN MEMORY OF DORA TODD(1907~2010), LEONARD TODD(1905~1980), MUCH LOVED REMEMBERD." 세상을 떠난 사랑하는 부모님을 기리며 '토드'가(家) 유족들이 감사의 표시로 큐가든에 기증한 의자다. 아무 인연도 없는 한 여행자가 편하게 쉬어 갈 수 있도록 보듬어 준 고마운 의자다. 고인의 안식을 빌어 주고 싶었다. 이런 생각이 머리를 스친다. 사람이 살다보면 이승에서 아무 인연 없는 사람과는 말할 것도 없고, 저승 사람과도 영겁 속에 의자로 만날 수 있는 신비한 존재가 바로 사람이 아닌가 싶다. "삶은 신비한 것이고 아름다운 것"이라는 법정 스님의 말씀을 다시 생각한다.

정원 호수에 다리 하나가 걸려 있다. 바람결 같은 부드러운 곡선의 다리다. 자연과 조화되는 단순한 조형미가 돋보인다. 2008년 건축상 'Steph Lawrence Prize'을 수상한 색클러 다리(Sackler

큐가든 다리 위에서 만난 호주인 부부가 서로가 서로에게 의자가 된 모습이다

Crossing)다. 쑥돌과 1m 높이의 동판 난간으로 제작된 다리인데 난간 사이로 보이는 물빛과 호숫가 전경이 인상적이다. 마침 다리 위로 다정한 부부의 모습이 보인다. 사진작가인 듯한 아내가 삼각발을 세워놓고 사진 촬영에 열중하고 있는데 남편이 그 옆에서 거들어 주는 모습이 사랑스러웠다.

다리를 지나며 우연히 남편 되는 사람과 눈을 마주쳤다. 이 어찌 된 일인가. 구면이다. 아까 숲길에서 우연히 만났던 사람이 아닌가. 숲길을 걷고 있는 나에게 누군가 다가와 "실례합니다만 오늘 혹시 우산 가져오셨나요?"라고 묻는다. 아니라 대답하니 그는 손에 쥐고 있던 우산 커버 하나를 보여 주며 조금 전에 주웠는데 혹시 주인이 아닌가 하여 묻는다고 했다. 작은 물건이지만 주인을 찾아주고자 하는 그의 착한 마음이 와닿았다. 이런 말이 내 안에서 튀어 나왔다. "God loves your mind." 내 말에 그는 환한 미소로 '윙크'를 하며 고맙다는 표정을 지었다. 호주에 사는 이들 부부는 런던에서 딸 결혼식에 참석하고 큐가든을 방문했다고 한다. 정원의 환상적인 아름다움에 매료되어 이번 방문이 두 번째라고 한다. 다리 위에서 헤어지며 그들의 다정한 모습을 사진에 담았다. 미모의 아내와 착한 남편의 모습이 서로가 서로에게 의자가 된 아름다운 모습으로 보였다.

우연히 스쳐 간 만남이지만 이런 만남이 있어 숲길을 걷는 시간이 더 행복했다.

그날 해거름에 큐가든을 떠나오며 이런 생각을 해 보았다. "지나온 어느 순간인들 꽃이 아닌 적이 있으랴."는 어느 시인의 시어처럼, 지나온 삶, 어느 순간인들 서로가 서로에게 의자가 아닌 순간이 없지 않은가. 제대로 보지 못하고, 깨어있지 못하고 살아왔으니, 나는 언제쯤 당신의 편한 의자가 될 수 있을까. 여기 정채봉(1946~2001년) 시인의 〈기도〉가 나에게 위로와 희망이 되니, 천상의 그에게 감사하고 싶다.

> 쫓기는 듯이 살고 있는/ 한심한 나를 살피소서/ 늘 바쁜 걸음을 천천히 걷게 하시며/ 추녀 끝의 풍경소리를 알아듣게 하시고/ 거미의 그물 짜는 마무리도 지켜보게 하소서// 꾹 다문 입술 위에/ 어린 날에 불렀던 동요를 얹어주시고/ 굳어있는 얼굴에도/ 소슬바람에도 어우러지는/ 풀밭 같은 부드러움을 허락하소서// 책 한 구절이 좋아/ 한참을 하늘을 우러르게 하시고/ 차 한 잔에도 혀의 오랜 사색을 허락하소

서// 돌 틈에서 피어난/ 민들레꽃 한 송이에도 마음이 가게 하시고/ 기왓장의 이끼 한 낱에서도 배움을 얻게 하소서.

— 〈기도〉, 정채봉

# '두잉*Doing*'의 땅에서 '빙*Being*'의 세계를 그리다

> 그 사막에서 그는
>
> 너무도 외로워
>
> 때로는 뒷걸음질로 걸었다
>
> 자기 앞에 찍힌 발자국을 보려고
>
> — 〈사막〉, 오르텅스 블루

아무것도 보이지 않는 사막을 홀로 걷다 보면 뒤로 걷고 싶어질 때가 있다고 한다. 적막한 광야에서 모랫바닥에 남겨진 자신의 발자국이라도 보고 싶어서 하는 말이다. 사막은 외로움과 침묵의 공간이다.

고대부터 여러 은둔자, 영성가, 수도자들이 사막을 찾았다. 그들에게 사막은 보이지 않는 마음의 골방이었다. 세상에서 벗어나 침묵으로 신의 현존을 체험하고 자신과의 대면을 통해 진정한 자아를 찾고자 하였던 정화와 비움의 땅이 사막이다.

지난봄 아내와 함께 찾았던 사막의 땅 두바이(Dubai)는 비움의 땅이 아니라 채움의 땅이었다. 열사의 땅에 건립된 두바이 공항은

두바이의 화려한 색채 스카프, 사막에 핀 꽃처럼 아름답다

전 세계 사람들로 붐볐고, 공항의 규모나 쇼핑 상가의 화려함은
상상을 초월했다. 공항 매점은 세계 일류 브랜드 상품으로 진열되
어 있었고, 화려한 색채와 조명이 여행객의 눈을 끊임없이 자극했
다. 공항 상가는 색이 살아 숨 쉬는 공간이었다. 여성들의 스카프
나 넥타이가 진열된 매장에서 화사한 색채들의 어우러짐은 벽면
에 그려진 하나의 야수파 그림이 되었다. 세련된 디자인과 제품 배
열, 그리고 다양한 색들이 연출하는 공간은 색의 미술관에 들어
선 느낌이 들 정도였다.

　두바이는 사막 위에 인간의 열정과 기술 그리고 예술이 만들어
낸 현대 건축의 도시 공간이다. 실험 건축이라 할 정도로 건축 외

양이 다양할 뿐만 아니라 건물들의 조형이 세계 일류를 지향하는 경이로운 도시다. 열사의 두바이는 자연에 순응하는 도시라기보다는 자연에 도전하는 도시였다. 바다 위에 모래섬을 만들고 그 위에 건축한 호텔은 그 규모나 건축미를 감상하기에 앞서 인간의 도전 의지와 함께 자본과 기술의 위력을 실감케 하는 공간이었다.

'팜 주메이라(Palm Jumeira)'라고 하는 야자수 모양의 인공섬에 15억 달러를 투자하여 세워진 7성급 '아틀란티스(Atlantis)' 호텔에 관광 삼아 들렀다. '로스트 체임버(Lost Chamber)'라는 이름의 호텔 수족관은 규모와 어종의 다양성은 말할 것도 없고, 수족관 하나하나의 공간 조형이 모두 탁월한 예술적 감각을 드러내고 있었다. 호텔에서 만난 필리핀 안내인의 권유로 시내로 돌아오면서는 모노레일인 '두바이 메트로'를 이용하였다. 시내로 향하는 모노레일 정류장은 현대식 건물에 완벽한 냉방장치를 갖추고 있어 시원하고 쾌적했으나 여행자 눈에는 과도한 에너지 소비에 절제의 문화도 함께했으면 하는 마음이 들었다.

모노레일 창밖으로 사막에 건설된 골프장 전경이 눈에 들어왔다. 처음 대하는 전경이 생소하고 조금은 피곤해 보였다. 시내 가까이 들어가니 도심 주변의 건설 현장에서 일하고 있는 근로자들의 모습이 보였다. 방글라데시나 파키스탄 등에서 일자리를 위해 이곳에 온 해외 인력이라고 한다. 섭씨 40도가 넘는 열기의 건설 현장에서 일하고 있는 근로자들의 고달픈 삶이 생사를 건 치열한 생존의 삶으로 느껴졌다. 화려한 도시 뒤의 절박한 삶의 현장이었다. 도시의 위용과 화려함 뒤에 숨어 있는 사람들의 고통과 아픔이었다.

치열한 삶의 현장에 초대형 호화 쇼핑몰이 들어서 있다. 예술적 감각의 쇼핑몰로 세계 일류 브랜드 제품이 즐비하다. 화려한 매장에서 부유한 원주민 가족들이 쇼핑을 즐기고 있는데 쇼핑몰 공원에서는 화려한 저녁 분수 쇼가 펼쳐져 밤하늘의 더위를 식혀 주고 있다. 경쾌한 음악 선율에 뿜어 올려지는 물줄기의 율동이 화려한 조명 속에서 장관으로 펼쳐졌다. 분수대의 힘찬 물줄기 너머로 초고층 건물이 보인다. 건물은 우리나라 삼성물산이 수주하여 2010년 개장한 부르즈 할리파(Burj Khalifa) 건물로, 총 163층에 높이가 828m에 달하는 세계 최고층 건물이다. 지상 최고를 지향하는 인간의 욕망이 성취해 낸 경이로운 도시 건물이다. 두바이 사막은 비움의 땅이 아니라 채움의 땅이었고 '빙(Being)'의 땅이 아니라 '두잉(Doing)'의 땅이었다.

스즈키 히데코 수녀는 '떠나는 사람이 가르쳐 주는 삶의 진실'이라는 글에서 '두잉(Doing)'과 '빙(Being)'의 세계에 대해 이렇게 말하고 있다.

"보이는 세계를 '두잉'이라고 하고 보이지 않는 세계를 '빙'이라고 합니다. 보이는 '두잉'의 세계에서는 성과와 우열을 구분합니다. '두잉'의 세계는 업적과 조건의 영역에 가치를 두고 살아가는 세계입니다. 그러나 '빙'의 세계에서는 모두가 존재로서 평등합니다. 많은 사람은 '빙'의 세계를 의식하지 않고 살아갑니다. 그러다가 사람이 죽음에 직면하게 되면 '두잉'의 세계는 의미를 잃게 됩니다. 이때 사람들은 나의 존재에 대해서 생각하게 됩니다. 자연이나 사람들과의 조화 안에서 살아온 존재인 나를 발견하게 됩니다. 그리고 인간들이 근원적으로 하나로 이어져 있음을 자각하게 됩니다. 또 대우주와의 일체감도 체험합니다. 이것이 사랑으로 하나 되는 영혼의 세계입니다. '빙'의 세계는 무조건의 영역이며 존재 자체를 있는 그대로 인정하고 받아들이는 세계입니다. 여기서 상대방이나 자기 자신을 있는 그대로 받아들이는 것은 치유의 시작입니다. '빙'의 세계에 들어서면 자긍심, 자존감, 안도감, 충족감을 가질 수 있고 모든 것이 가득 찬 느낌, 지복의 감각을 맛볼 수 있습니다."

글을 읽으며 인간의 삶이 건강하게 진화하려면 '두잉'과 '빙'의 세계가 조화를 이루어야 함을 생각했다. 오늘을 바쁘게 살아가는 현대인들은 '두잉'의 세계에서 불현듯 '빙'의 세계를 그리워하게 된다. 사람들이 고독한 사막을 찾고 또 순례의 길을 걷는 것은 이 때문이 아닌가 싶다.

서울로 향하는 비행기 안에서, 몇 해 전 미국 라스베이거스(Las Vegas) 방문길에 머물렀던 네바다(Nevada)의 광활한 사막이 기억에 되살아났다. 온종일 차를 달려도 끝없는 사막뿐이었다. 망망한 사막에서 차가 멈추어 섰다. 밖으로 나오니 모든 것이 고요했다. 침묵의 세계였다. 보이는 것은 끝없이 펼쳐지는 열기 속의 사막 모래뿐이었다. 홀연 그대로 그 자리에 머무르고 싶었다. 이상하게도 마냥 머물고 싶었다. 사막의 침묵은 잠시 '내가 나로 있는 시간', 바로 내가 나를 만나는 시간이 아닐까 싶다.

# '킬리만자로의 눈'에서 만난 사람

1970년대에 〈돌아와요 부산항에〉를 불러 한때 국민가요로 히트한 조용필의 노래 가운데 〈킬리만자로의 표범〉이라는 노래가 있다. 1990년대에 들었던 노래인데 지금 들어 봐도 가수의 애절한 목소리에 고독한 남자의 영혼을 노래한 가사가 깊은 여운으로 남는다.

> 바람처럼 왔다가 이슬처럼 갈 순 없잖아.
> 내가 산 흔적일랑 남겨 둬야지.
> 한 줄기 연기처럼 가뭇없이 사라져도
> 빛나는 불꽃으로 타올라야지.
> 묻지 마라, 왜냐고. 왜 그렇게 높은 곳까지
> 오르려 애쓰는지 묻지를 마라.
> 고독한 남자의 불타는 영혼을.
>
> ― 〈킬리만자로의 표범〉 中, 조용필

이 노래 가사는 1954년에 노벨문학상을 받은 어니스트 헤밍웨이(Ernest Hemingway, 1888~1962년)의 소설 『킬리만자로의 눈(The Snows of Kilimanjaro)』의 서두에서 연유한 것이다.

"킬리만자로는 높이가 19,710피트 되는 눈 덮인 산으로 아프리카 대륙의 최고봉이다. 그 서쪽 봉우리 정상에는 얼어붙은 한 마리의 표범 사체가 있다. 도대체 그 높은 곳에서 표범은 무엇을 찾고 있었던가? 아무도 설명해 주는 사람이 없다."

잠시 묻고 싶다. 킬리만자로 겨울 정상에서 죽어간 표범은 과연 무엇을 찾고 있었을까. 스스로 묻고 찾아야 할 답이 아닌가 싶다. 소설의 줄거리는 다음과 같다.

부유한 여자와 결혼한 작가 해리는 아내 헬렌과 함께 아프리카 킬리만자로로 사냥 여행을 떠난다. 그는 사냥 도중 들판의 양 떼를 발견하고 이를 사진에 담기 위해 이동하다가 그만 무릎 부분을 가시에 찔리게 된다. 처음에는 대수롭지 않게 생각한 상처였지만 제때 약을 바르지 못한 채 2주일을 지내자 그의 다리는 괴저병으로 점점 썩어들어가게 된다. 죽음을 예감한 그는 지난날을 되돌아보며 마음의 갈등과 회한의 시간을 겪는다. 그는 지금의 아내를 보며 젊은 날 파리에서 돈 많은 여자들과 술과 사랑에 빠진 지난 일들을 회상하기도 한다. 호기심 많은 그는 지금의 돈 많은 아내를 만나 안일한 생활을 하지만 작가로서 쓰고 싶은 글들을 집필하지 않고 '언젠가는 쓰겠지.' 하며 살아간다. 그러다가 그는 자기 재능을 사장한 것은 바로 그 자신임을 알게 된다. 결국 해리는 작가로서 자기실현의 삶을 살지 못한 것을 후회하며 푸념하기도 한다. 그의 아내 헬렌은 이런 그를 위로한다. 그녀는 특별히 뛰어난 미모는 아니었지만, 책을 좋아하는 독서가에다 승마와 사냥을 즐기며 잠자리에서는 여자로서의 역할을 다하는 착한 아내다. 이런 아내에게 그는 "당신을 온전히 사랑해 본 일이 없어."라며 외로움을 토로하기도 한다. 그는 죽음이 임박해 오자 고통을 잊고 모든 것을 현실로 받아들이려 한다. 치료를 위해 이동하는 비행기 안에서 그는 창문을 통해 핑크빛 엷은 구름 같은 메뚜기 떼를 본다. 땅 위를 날다가 하늘로 번진다. 그것은 남방으로부터 날아온 메뚜기 떼였다. 메뚜기 떼가 접근하자 비행기 주위가 어두워지고 폭풍우 속을 지나가는 것 같았다. 마침내 메뚜기 떼의 어둠이 사라지자 밝은 햇살에 눈부시게 빛나는 킬리만자로의 눈 덮인 정상이 그의 눈에 들어온다. 순간 그는 자기가 가고 있는 곳이 바로 저곳이라는 것을 깨닫는다.

소설은 이렇게 끝이 난다. 책의 마지막 장을 덮고 소설의 주인공 해리, 그가 마지막으로 가고 싶었던 눈 덮인 킬리만자로의 정상은 과연 그에게 무엇인가 묻고 싶었다.

여기 한 산악인의 삶이 있다. 바로 산악인 엄홍길 씨의 삶이다. 그는 한 방송에 출연하여 "산도, 인생도 내려가는 것이 중요하다."는 주제로 그의 삶을 이야기했다. 경남 고성에서 태어난 그는 어린 시절 부모님을 따라 서울 도봉구 원도봉산으로 이사를 했다. 매일 학교를 오가는 산길을 거의 하루 두 시간씩 걷다 보니 그때부터 산은 그의 마음 안에 자리 잡게 되었다. 지금도 그는 도시의 평탄한 길을 걷기보다 산길을 오르는 일이 힘들지 않고 마음도 편하다고 한다. 그의 생사를 넘나드는 히말라야 등정 체험 이야기가 인상적이다. 그는 1985년 9월에 처음으로 에베레스트(8,848m) 남서벽 원정을 시도하였으나 실패한다. 1988년에 다시 도전하여 등정에 성공하면서 1993년의 '초우유' 등정을 비롯하여 2000년 7월, K2를 등정함으로써 히말라야의 8,000m급 14좌를 모두 등정하는 데 성공한다. 그는 이어 로체샤르를 등정함으로써 세계 최초로 8,000m 이상의 모든 봉우리를 완등한 산악인이 되었다. 하지만 그에게는 뼈아픈 실패와 좌절 그리고 동료와 친구를 잃어버리는 아픔도 있었다. 그러면서 그는 어떤 상황에서도 꿈과 희망이 있는 한 그것은 이루어진다는 믿음을 세상에 전한다. 이런 이야기도 소개한다. 살얼음의 찬 바람이 몰아치는 8,000m의 고봉을 정복한 순간 그는 아무 생각도 할 수 없었다. 그저 "감사합니다. 고맙습니다."를 외쳤다고 한다. 신과 산에 대한 감사의 외침이었다고 한다. 그의 삶에는 항상 겸손과 감사의 마음이 자리 잡고 있었다. 한마디로 산만 바라보고 산만 생각하며 살아온 산악인의 순수한 삶이다.

그런 그가 이제는 세상 사랑을 살고 있다. 히말라야 등정길에서 현지인들의 가난과 열악한 환경에서 맑은 눈빛으로 살아가는 어린이들을 보고 현지 어린이를 위한 학교를 짓기 시작한 것이다. 지금까지 16개의 학교 건물을 지었고 앞으로도 이 사업을 계속할 것이라고 한다. 그의 삶이 세상 사랑으로 결실을 맺고 있으니 그는 진정으로 복된 분이다.

산악인 엄홍길 씨를 보며 생각했다. 그는 산을 살다가 결국 자기 자신으로 돌아간 사람, 바로 순수한 '원래의 나'로 돌아간 사람이 아닌가 싶다. 그는 산행이란 '원상태로 돌아가는 것'이라고 말한다. 그는 스스로 이런 삶을 산 사람이 아닌가 싶다. 소설 『킬리만자로의 눈』에서 주인공 해리가 비행기 안에서 킬리만자로의 눈 덮인 정상을 보고 바로 저곳이 내가 마지막 가야 할 곳이라고 외친것은 바로 자기 삶을 사랑하며 '원래의 나로 돌아가고 싶다는 외침이 아닐까 싶었다. 킬리만자로 정상을 오르다 죽은 표범은 바로 그런 삶을 추구하며 살다간 한 인간의 모습을 상징하는 것이 아닐까싶었다.

마지막 책장을 덮고 나니 참 행복을 사는 사람은 아무리 소박해보여도 세상 사랑을 사는 사람이 아닐까 싶었다. 문득 프랑스 장지오노의 소설 『나무를 심은 사람』의 실제 주인공 엘제아르 부피에의 삶을 생각했다. 그는 남프랑스 고산지대에서 혼자 살면서 해마다 꾸준히 나무를 심고 가꾸는 양치기였다. 세상 시선을 의식하지 않고 묵묵히 떡갈나무를 심어 황폐한 땅에 생명을 불어넣고 있었다. 그는 대지가 천천히 변해가는 것을 보는 것만으로도 행복했다. 드디어 새로운 숲이 탄생하고 샘물이 회복되어 인간에게 희망과 행복의 땅을 선사한 놀라운 일을 해냈다. 소박하고 겸손한 그는 침묵 속에서 서두르지 않고 아무런 보상도 바라지 않고 꾸준히나무를 심어 지구 표면에 기적 같은 위대한 일을 해낸 것이다. 엘제아르 부피에는 1947년 여든아홉 살로 바농 요양원에서 평화롭게 눈을 감았다. 세상에서 한 거룩한 사람의 조용한 죽음이다. 킬리만자로 정상의 눈처럼 눈부시게 영원을 살다간 거룩한 죽음이아닌가 싶다.

# 하늘이 내린 선물, 봄날의 지베르니 정원

　칠순의 나이에 조금은 두렵기도 하였으나 지난봄 4박 5일의 파리 여행은 민박에 배낭여행이었다. 처음 해보는 배낭여행에는 스케줄에 얽매이지 않는 자유로움과 여백이 있어 좋았으나, 한편으로는 예기치 않은 해프닝으로 당황하는 일도 있었다.

　이른 아침, 사람들로 붐비는 시간에 아내와 박물관 관람을 위해 전철을 탔다. 차량이 출발하는데 차 안이 갑자기 술렁이며 소란해졌다. 그때 한 청년이 고함을 쳤다. 옆을 보니 젊은 소매치기 일당이 다른 사람이 아닌 아내를 둘러싸며 손가방을 열려고 했던 것이다. 마침 옆에 서 있던 청년이 이를 보고 참지 못해 고함을 친 것이었다. 청년과 일당이 큰 소리로 설전을 벌이고 있었는데, 분위기로 보아서는 "자기 일도 아닌 일에 왜 관여하느냐?"는 소매치기의 말에 그 청년이 다그치는 것 같았다. 다음 역에서 그 일당은 급히 내려 사라져 버렸다. 흔히 도심 거리 다른 사람에게 일어나는 일에 눈감아 버리는 도회인과는 달리, 청년은 참으로 선한 일을 해준 사람이었다. 제대로 인사도 못하고 헤어졌지만, 용기 있는 청년이 고마웠다.

착한 청년 덕분에 전철역에서 무사히 내려 루브르 박물관을 길을 물어 찾아가는 길이었다. 길 위에서 한국 사람의 말소리가 들려 뒤돌아보니 40대 가장이 아내와 두 딸과 함께 파리 여행을 온 모양이었다. 내가 먼저 인사를 건네자 서로 간에 이야기가 오갔다. 이들은 그제 파리에 와서 어제는 인상파의 대가 모네의 정원이 있는 지베르니를 다녀왔다고 하며 정원은 지금 같은 5~6월이 가장 아름답고 했다. 모네의 정원 이야기에 불현듯 그곳에 가 보고 싶은 충동이 나를 사로잡았다. 무엇보다 아내가 정원 꽃 가꾸기를 좋아했기 때문에 방문해 보고 싶었다. 게다가 바로 전날 오랑주리 미술관에서 모네가 지베르니에서 그린 〈수련〉 연작을 관람했을 때의 감동 때문에 더욱 그러했다. 우리 부부가 지베르니 정원을 가고 싶다고 하자 그들은 여행 책자에서 '모네와 지베르니' 편을 떼어 주고 기차 시간 안내표까지 배낭에서 찾아 주었다. 그들의 친절과 배려가 고마웠다. 여행길, 선한 사람과의 만남은 하늘이 내린 선물이었다.

　이튿날 지베르니의 모네 정원 방문을 위해 이른 아침 아내와 함께 '생 라자르역'에서 베르송행 첫 기차를 탔다. 차창에 비치는 파리 근교의 아침 풍경은 엷은 안개 속의 한 폭 그림처럼 아름다웠다. 프랑스 국철로 40여 분을 달려 베르송 시골역에 내리니 순박해 보이는 여성 운전자가 방문객들을 버스로 지베르니까지 안내해 주었다. 파리에서 북서쪽으로 70㎞가량 떨어진 센 강변의 작고 한적한 마을이다. 지베르니는 인상파의 대가 모네가 말년에 그의 전성기의 기량을 발휘했던 곳으로, 그 유명한 〈수련〉 연작도 이곳에서 완성하였다. 그의 저택과 아틀리에가 자리 잡고 있는 정원으로 들어서는데 싱그러운 꽃향기가 코끝에 와닿았다. 어디선가 장닭의 우는 소리가 장대하게 들려 왔다. 어린 시절 고향 마을의 아침을 열던 서기 어린 소리가 아닌가. 오랜만에 들어 보는 닭의 우는 소리에 어린 시절 고향 마을의 풍경이 아른거리니 그것은 모네 정원에서 경험한 소리 풍경이었다. 마당 한 쪽에 지어 놓은 닭장 우리 안에서 적황색 빛깔의 닭들이 칠면조와 어울려 놀고 있는 모습이 봄날의 포근한 전경으로 다가왔다. 칠면조들의 모습을 보니 그것은 오르세 미술관에서 관람했던 모네가 봄날 마당에서 그린 칠면조 군의 모습을 닮아 있었다.

오월의 모네 정원은 감미로운 꽃향기가 넘쳤다. 형형색색들의 꽃은 화사하면서도 순한 모습이었다. 아이리스, 튤립, 작약, 백합, 개양귀비, 장미, 수선화, 라일락, 등나무꽃, 부채꽃 등이 저마다 고유한 색과 자태를 드러내고 있지만 어떤 꽃도 그렇게 튀는 꽃이 없었다.

정원의 꽃들은 다양해도 서로가 서로에게 배경이 되어 주어 분위기가 순하고 평안했다. 화려한 아름다움보다는 절제된 아름다움을 보여 주는 공간이었다. 그대로 머물러 안기고 싶은 모네의 정원은 쉼과 정화의 공간이었다.

봄날의 모네 정원

정원 끝자락의 지하도를 지나 작은 냇물이 흐르는 대나무 길을 따라 안쪽으로 들어가니 수련 연못이 이어졌다. 연못 주위를 거니는데 수면에 흔들거리는 주변의 풍광이 그림으로 다가왔다. 연꽃 봉오리가 오른 수면에 나무다리 위의 등꽃이 향기로 아른거렸다. 수면에 비치는 나무와 꽃무늬가 그림이 되어 흔들리는데 수면에 반영되는 하늘 구름은 흰 여백을 만들고 있었다. 수면의 바람결과 그림자는 수시로 변하는데 그 안에 빛과 색의 떨림이 있었다.

갑자기 하늘이 낮아지더니 가는 비가 내리며 수면에 작은 원형의 파문을 일으켰다. 작은 파장의 움직임이 수면 위의 그림자와 색채의 율동과 어우러져 하나의 판타지아가 되었다. 하늘이 수면에 그림을 내리는데 돌연 개구리 합창 소리가 들렸다. 개구리 노래도 수면 그림에 녹아드는 듯했다. 지극히 회화적이고 음악적인 공간이었다. 이곳은 모네가 1926년, 생을 마칠 때까지 사계절 햇빛과 바람결에 따라 일렁이는 수면의 빛과 색채를 수련의 화폭에 담은 곳이었다.

그는 27년에 걸쳐 무려 300여 점의 〈수련〉 연작을 그렸는데 처음에는 연못의 일본식 다리와 주변의 나무와 꽃들을 그리다가 점차 수면에서 일어나는 빛과 색의 변화만을 작품에 담았다. "모네가 가진 것은 눈밖에 없다. 그러나 얼마나 위대한 눈인가!"라고 말한 세잔의 말처럼, 모네의 눈은 이 연못에서 빛의 떨림, 수면의 일렁임, 구름과 연꽃의 조화를 빛과 색으로 담아 〈수련〉 연작을 선사한 것이다.

모네 정원의 붓꽃에 맺힌 아침이슬

은은한 꽃 향기가 모네의 수련 연못에 번진다

바로 전날 관람한 파리 오랑주리 미술관에는 시간을 초월하여 시들지 않는 수련이 살아 숨 쉬고 있었다. 자연 채광이 들어오는 타원형의 공간 벽을 온전히 둘러싸고 있는 모네의 거대한 〈수련〉 연작 때문이었다. 수련 연못의 신비한 아름다움을 담고 있는 〈수련〉 그림은 멀리서 보면 수면의 흔들림과 색채의 율동이 몸으로 느껴져 온다. 어떤 때는 연못의 개구리 노랫소리가 들려오는 듯한 느낌에 그야말로 '살아 있는 미술 정원'이라고 여겨진다.

모네는 어떻게 이 놀라운 경지의 작품을 창조해 낼 수 있었을까. 사람은 집을 짓고, 집은 사람을 짓는다고 하는데 모네가 머무른 집과 공간은 모네의 영감과 작품 세계의 원천이 되었다. 지베르니 정원 언덕 윗자락에 자리한 모네의 집은 일자형의 2층 저택으로 단순한 구조의 집이다. 아래층 모네의 아틀리에에 들어서니 화집에서 보았던 바로 그 화실이었다. 큰 정방형 화실 창문을 통해 들어오는 빛이 순한데 남쪽 창문은 정원의 꽃향기와 화사한 꽃들의 율동을 집안으로 끌어들인다. 2층 거실 창문을 통해 들어온 정원의 탁 트인 전경은 꽃과 정원수가 편안하게 어우러진 낙원의 모습이었다. '머무르고 싶은 공간'은 이런 곳을 두고 하는 말이 아닌가 싶었다. 위대한 눈을 가진 모네는 영혼의 쉼터가 된 정원과 연못길을 걸으며 자연과 하나 되는 영감으로 빛과 색의 그림들을 쏟아낸 것이다.

하지만 어찌 모네의 그림에 아름다움만 투사되었겠는가. 아픔이 없는 아름다움이 이 세상 어디 있겠는가. 1876년 기존 화단의 비판과 반발로 인상파 화가들의 그림이 파리 살롱전에서 계속 낙선되면서 모네의 삶은 마네 등 선배 친구들의 도움이 없이는 유지될 수 없을 정도로 어려워졌다. 당시 한 지인에게 보낸 편지에서 모네는 "마지막으로 아내에게 작은 목걸이를 걸어 주고 싶네. 저당 잡힌 아내의 메달을 좀 찾아 주게."라고 부탁할 정도였다. 그러던 중 1879년 사랑하던 아내 카미유가 32세의 젊은 나이에 자궁암으로 고통 중에 세상을 떠나게 되었다. 1870년 모네와 결혼한 미모의 카미유는 모네의 젊은 날 기념비적인 작품이라고 할 수 있는 〈초록색 드레스〉와 〈정원의 여인들〉의 모델이 되어 주기도 하면서 모네의 가장 어려운 시기를 같이한 동반자였다. 사랑하는 아내를 위해 남편으로서 도리를 다하지 못한 모네의 심경은 누구도 헤아릴 수 없는 비통함과 쓸쓸함으로 아팠으리라. 오르세 미술관에서 관람했던 모네의 〈임종을 맞은 카미유〉는 이런 아픔을 담고 있었기에 오랫동안 내 기억에 남는 작품이 되었다.

1883년에 들어서야 모네는 화단의 인정을 받으면서 생활 형편도 점차 여유를 갖게 된다. 그해 모네는 두 번째 아내와 아이들을 데리고 지베르니에 이주해 그곳의 풍광에 매료되어 1890년에 집과 땅을 구입하게 된다. 이때는 화상의 재정적 지원도 있었고 국내외 전시들도 활발하여 어느 정도 여유가 생긴 시기였다. 당시 그는 안정적 생활을 하며 수련의 작업에 몰두하고, 또 미식가로서 지인들도 초대하여 식도락을 즐기기도 하는 여유로운 삶을 누린다. 그러나 누구에게나 삶의 굴곡은 반복되는 것일까! 1911년 두 번째 부인 아리스와 사별하고, 맏아들도 잃고 자신의 시력도 약화되는 고통이 겹치면서 76세의 노화가는 실의에 차서 그만 오랫동안 화필을 던져 버리고 만다. 그러다가 그의 친구인, 정치가이자 언론인인 조르주 클레망소(Georges Clemenceau)의 격려와 권유로 다시 화필을 잡기 시작하여 그린 그림이 바로 튈르리궁 오랑주리 미술관에 전시된 〈수련〉 대 연작이었다. 모네의 아픔과 고뇌가 녹아 있는 마지막 작품이다.

"그림을 그린다는 것은 참으로 어렵고 고된 일이다. 그림을 그리다가 절망을 느낄 때가 있다. 하지만 나는 표현하고 싶은 것을 다 표현할 때까지는, 그것을 표현하려고 시도하기 전에는 죽을 수가 없다."고 고백하며 그린 〈수련〉은 1926년 그가 죽을 때까지 심혈을 기울인 최후의 연작이었다. 모네는 말년에 이르면서 시력의 약화로 거의 형태를 구분하지 못하고 그저 현란한 색채로 추상적인 터치의 그림을 그리다가 그의 나이 86세로 '빛의 대가'로서의 마지막 삶을 마감한다.

파리로 돌아오는 기차 안에서 모네의 삶을 반추하며 이런 생각을 해 보았다. "위대한 예술가의 삶은 마지막 순간까지 자기의 혼을 불태우는 삶이다. 그것은 어쩌면 '나의 원형'으로 돌아가고자 하는, 더없이 고귀한 몸부림이 아니겠는가. '나의 원형으로 돌아가고자 하는 삶'을 마지막까지 추구한 사람, 그는 진정 누구보다 자기 자신을 사랑한 사람이요, 또 세상을 사랑한 사람이 아닌가."

해 질 녘, 파리에 도착하니 아침에 출발했던 생 라자르역이었다.

바로 모네가 생전에 화폭에 연작으로 담았던 '생 라자르역'으로 돌아온 것이다. 그러고 보니 그날 우리는 모네와 함께 지베르니의 정원에 머물다 생 라자르역까지 동행한 하루였다. 길 위의 여행자와의 우연한 만남이 가져다준 봄날의 하루, 그것은 신비한 선물이었다.

# 흙을 만질 때 나는 저절로 착해진다

영국은 정원의 나라다. 집에 정원이 없으면 몸에 영혼이 없다고 말할 정도로 영국 국민들에게 정원 일은 자연과 하나 되는 일상적인 삶이다. 찰스 황태자도 "내가 황태자가 아니었으면 정원사가 되었을 것"이라고 말할 정도로 영국 사람들은 정원 일을 좋아하고 사랑한다. 원예 산업이 발달한 영국에서는 매년 다양한 정원 행사와 박람회 등이 열리는데, 그중에서도 으뜸은 영국왕립원예학회(Royal Horticultural Society, RHS)가 주관하는 첼시 플라워 쇼(Chealsea Flower Show)다.

해마다 5월 마지막 주 런던의 로열 호스피털(왕립병원) 공원에서 열리는 이 행사는 각국의 정원 디자인과 다양한 품종의 꽃과 조경을 보여 주는 세계 최대의 정원 원예박람회 중 하나다. 박람회의 명성에 걸맞게 엘리자베스 여왕 등 왕족과 귀족들도 행사에 참여하고, 또 BBC 등 여러 방송사에서 현장에 스튜디오를 설치하여 생방송을 하는 등 첼시 플라워 쇼는 영국의 국가적인 행사가 되었다.

몇 해 전 유럽 여행 중에 첼시 플라워 쇼를 관람할 수 있었던 것은 우연이었다. 런던의 저녁 시간 아내와 함께 뮤지컬 〈위키드(Wicked)〉를 관람하고 빅토리아역 부근의 호텔 숙소로 돌아오는데 도로 담벼락에 붉은색 글씨로 'Chealsea Flower Show Bus Stop'이라는 버스 정차 표지판이 눈에 띄었다. 정원을 좋아하는 아내의 의견을 듣고 다음 날 플라워 쇼를 관람하기로 하였다. 이튿날 아침 서둘러 버스 정류장에 나갔다. 가죽 가방을 어깨에 멘 할아버지 한 분이 출발 버스 옆에 서서 승차권을 팔고 있었다. 얼른 왕복 티켓을 구입하고 공원 입구에 도착해 보니 전시장을 향하는 많은 인파가 이미 길을 메우고 있었다. 서둘러 매표소에서 입장권을 알아보니 오래전 예매 방식에 의해 매진되었다는 이야기였다. 모처럼 기회였는데 아쉬웠다. 마침 한 안내원이 매표소 앞에서 한번 기다려 보라는 말에 기대를 걸고 20여 분을 앉아 있었으나 아무 연락이 없었다. 그만 기대를 접고 자리를 일어서려 하는데 그때 한 할아버지가 나에게 다가와 티켓 두 장을 보여 주며 구입 의사를 물었다. 두말없이 100파운드를 지불하고 입장권 두 장을 구입하였다. 행운이었다.

정원 박람회장 입구에서 만난 영국 정원의 아름다움은 한마디로 자연스러움에 있었다. 정원은 화려하기보다는 조화와 절제된 아름다움을 살린 공간으로 화초와 나무, 연못과 수로 자연석이 조화를 이룬 휴식의 공간이었다. 풀과 잡초의 아름다움에 돌과 담벼락의 자연스러운 조경도 최대한 살리는 자연 정원 같았다. 자작나무와 돌다리, 그리고 수로의 들꽃들이 자연스럽게 배치된 '사라 프라이스'의 정원은 한마디로 머무르고 싶은 쉼의 공간이었다. 정원은 사람이 자연과 하나 되는 치유와 영감의 공간임을 다시 생각했다.

정원 숲길을 돌아 공원 중앙에 설치된 대형 화훼전시장에 들어
섰다. 전시장 규모와 다채로움 그리고 축제 분위기가 한 마디로 장
관이었다. 무엇보다 화사한 꽃들의 풍성한 색채와 향기가 관람객

첼시 꽃 전시장. 다양한 빛깔의 꽃들이 자연스럽게 어우러져 환상적인 분위기를 연출한다

의 마음을 설레게 했다. 동선 길을 따라 전시된 클레마티스(Clematis), 큰꽃으아리, 아이리스, 장미, 라벤더, 피오니즈, 달리아, 베르바스컴 등 다채로운 꽃들이 저마다의 색과 자태를 뽐내고 있어 마치 저마다 춤을 추고 있는 모습이었다. 여행길에서 풍성하고 다양한 꽃들의 색깔을 만나니 마음에 신선한 파문이 일며 생기가 도는 느낌이었다. 마주한 꽃들의 색깔에 취하니 그만 여행자의 마음도 그 빛깔에 물드는 느낌이었다.

화훼 전시장에서 만났던 반가운 꽃은 클레마티스였다. 아내가 서초동 집 정원에서 10년 가까이 기르며 특별히 좋아했던 꽃이다. 깊고 풍성한 색감의 클레마티스는 꽃 지지대를 올라가는 줄기 꽃으로, 형태가 단순하나 그 색조가 화려하면서도 절제감이 있어 고아한 정취를 풍긴다. 자색과 보랏빛 색조의 클레마티스가 흰색과 분홍 클레마티스와 절묘하게 어우러지면 그 환상적인 색조 배합이 고아한 한국 여인의 옷차림처럼 보인다. 클레마티스 꽃을 본 아내는 고향 친구를 만난 듯 그 앞에서 떠날 줄을 몰랐다. 평소 사진 찍기를 별로 좋아하지 않았던 아내지만, 그날은 클레마티스 앞에서 어린아이처럼 여러 장의 사진을 카메라에 담았다. 꽃 앞에 선 아내의 얼굴이 유난히 환하니 내 마음도 환해졌다.

그날 전시장에는 제주도 돌담 옆에서 보았던 흰색 아가판토스도 피어 있었다. 긴 꽃줄기들의 시원한 흐름이 경쾌하고 생동감이 있었다. 이런 꽃을 만나면 마음도 맑아지는 느낌이다. 꽃을 구경하는 사람들의 표정이 모두 순하고 선해 보였다. 꽃의 향기와 아

첼시 꽃 전시장의 클레마티스

름다움을 즐긴 사람들은 모두가 꽃을 닮아가는 것 같다. 꽃 한 송이가 전시장을 나오는 나에게 이렇게 말하는 것 같았다. "꽃도 피고 질 때 참 아픈 거랍니다." 그렇다. 아픔이 없는 아름다움은 없지 않은가. 저 꽃들의 아름다움을 피우기 위해 얼마나 많은 정성과 보살핌이 있었을까. 꽃들이 감사와 사랑으로 다가온다.

정원 쇼가든에는 각국의 정원도 설치되어 있었다. 한 정원 입구에는 사람들이 길게 줄지어 서 있었다. 다가가 보니 한국인 정원 디자이너 황지해의 작품인 〈DMZ: 금지된 정원〉 작품이 설치되어 있었다. 뜻밖이었다. 정원의 나라 영국에서 한국인의 정원 작품을 볼 수 있다니 반가웠다. 그 해의 쇼가든 부문 금상 수상 작품이라니 더욱 자랑스러웠다. 정원은 한국전쟁의 상흔으로 남은 숲이 원형의 숲으로 소생한 비무장지대를 재현한 것으로 전선의 경계 초소와 낡은 철책, 6·25 참전 한국군과 영국군의 군번줄 조형물, 노병들의 빛바랜 사진과 철모 등이 조형적으로 배치되어 있었다. 이산가족의 편지를 담은 유리병들로 철책을 장식했고 철책을 따라 흐르는 물줄기 주위에는 쑥, 질경이, 머루, 다래, 민들레 등 한국의 들풀과 야생화가 심어져 있어 향토의 정취가 생생히 살아 있었다. 〈DMZ: 금지된 정원〉은 생태계의 보고가 된 비무장지대를 화해와 치유의 상징으로 표현한 공간으로, 현지 언론에서도 가장 흥미 있는 정원(The most intriguing garden)으로 평가받았다. 엘리자베스 여왕의 남편인 필립 공, 앤 공주, 에드워드 왕자 등 왕실 가족도 관람한 〈DMZ: 금지된 정원〉은 전쟁의 상흔이 원형의 숲과 치유의 공간으로 다시 태어나는 자연의 위대한 힘을 보여 준 정원이었다. 마침 현장에 나와 있던 황지해 디자이너와 함께 〈DMZ: 금지된 정

소박하지만 한국적인 정취를 살린 〈DMZ 정원〉. 국군 군번표를 모아 만든 정원 조형물이 인상적이다

원)을 배경으로 사진을 담으니 잠시 비무장지대에 와 있는듯한 느낌이었다.

온종일 꽃 잔치 속에서 머물다 첼시 전시장을 나오려는데 광장에는 피아노 연주회가 열리고 있고 예술의 거리에는 화가들이 텐트 화랑에서 정원과 꽃 그림을 전시하고 있었다. 한 화랑에서 미모의 중년 화가인 '린다' 부인을 만났다. 작약과 과일을 사실적으로 그린 그녀의 화사한 그림이 그녀를 닮았다. 십여 장의 그림엽서를 구입하니 다른 선물들도 덤으로 넣어 주며 좋은 여행이 되라고 인사를 해 주었다. 한국에 돌아가 '린다' 부인의 그림 카드로 친구들에게 안부를 전하면 그녀의 넉넉한 마음도 같이 전해질 것 같았다.

첼시 플라워 쇼에서 정원과 꽃을 즐기는 영국 사람들을 보면서 이런 생각을 해 보았다. 일상에서 꽃과 정원, 흙일을 즐기는 일은 마음을 순화하고 정화하는 일이며 스스로 자신을 사랑하는 일이 아닌가. 자신의 소박한 삶을 아름답게 즐기는 영국인의 삶, 그것은 꽃씨를 뿌리고 흙을 만지는 삶에서 이루어지는 것이 아닐까 싶었다. "이랑을 만들고/ 흙을 만지며/ 씨를 뿌릴 때/ 나는 저절로 착해진다."는 서정홍 시인의 시어가 생각났다.

봄날 해 질 무렵, 숙소로 돌아가기 위해 로열 호스피털 공원 옆의 버스 탑승장에 도착했다. 아침에 구입했던 왕복 버스 티켓을 지갑에서 찾는데 보이지 않았다. 다시 버스표를 사려고 매표소에

가니 마침 아침에 표를 팔았던 할아버지가 그곳에 서 있지 않은 가. 혹시나 하여 "할아버지, 아침에 왕복 버스표를 샀었는데 그만 찾을 수가 없네요."라고 말하자 그는 나를 한 번 쳐다보더니 "아, 나 당신 기억하고 있어요."라고 말하며 환한 미소로 어서 버스를 타라고 했다. 길에서 우연히 만난 사람을 기억해 준다는 것도 작은 사랑이 아닌가. 정원 일을 사랑하는 할아버지였기에 어린이 같은 미소로 길손을 대하는 것은 아닐까 싶었다. 여행길에서 만난 노인의 환한 미소가 꽃향기처럼 번졌다. 그날 처음 타본 런던의 빨강 버스였다. 2층 제일 앞 좌석에 앉아 아내와 함께 숙소로 돌아오는 런던의 저녁 시간, 안복(眼福)을 누린 봄날의 하루가 꽃향기에 서서히 저물고 있었다.

# 달팽이 걸음으로 즐긴 여름날의 정원

영국에서는 "매일의 삶은 오늘이 마지막인 것처럼 살고, 정원은 영원히 살 것처럼 가꿔라."라는 말이 있다. 큐가든 정원을 거닐다 보면 이 말에 저절로 공감하게 된다. 정원 하나하나가 인간이 자연과 더불어 완성한 하나의 예술이다. 어느 때는 설렘으로, 어느 때는 침묵으로 다가오는 아름다움이다. 큐가든의 정원은 정원사들이 대지 위에 형언할 수 없는 다채로운 꽃빛으로 그림을 그려놓은 캔버스다. 정원은 화가의 캔버스가 되고 꽃빛은 물감이 된다. 때론 선이 되고 형태가 되고 명암이 되니, 정원은 화가의 그림을 닮았다. 정원은 풍요로운 색채가 살아 숨 쉬고 있다. 물빛 진한 파란색은 분홍색을 만나고, 연보라는 노란색을 만나며 순간순간이 색채와 향기의 향연이다. "내가 화가가 된 것은 아마도 꽃 덕분일 것이다."라는 클로드 모네(Claude Monet, 1840~1926년)의 말은 그에게 지베르니 정원이 있어 화가 모네로서의 삶이 가능했다는 말이다. 사람은 자기가 보는 것을 닮아가는 존재가 아닌가 싶다. 신현림 시인의 시어처럼 "바다를 보면 바다를 닮고/ 나무를 보면 나무를 닮고/ 모두 자신이 보는 걸 닮아간다."

큐가든 동편 외진 곳에 자리 잡은 'FAMILY PLANT BEDS'라는

나일강의 백합, 아가판투스

꽃밭은 소박하지만, 환상적인 정원이다. 오랜 세월에 빛바랜 적색 담벼락으로 둘러싸인 정원으로, 같은 종류의 꽃나무들이 무리 지어 피어 있다. 이 정원은 첫날 방문에서는 들르지 못하고 다음 날 아침에 다시 방문한 곳이다. 그날은 런던의 청명한 아침이었다. 정원을 들어서는 순간 첫눈에 들어오는 나일강의 백합, 아가판투스(Agapanthus)의 매혹적인 청색 꽃빛이 가슴을 설레게 했다. '사랑의 편지'라는 꽃말 때문인지, 나일의 백합 색채를 보면 마음 안에서 어떤 율동적 에너지가 생동하는 느낌이 든다.

아침 햇살에 순순한 핑크빛 작은 꽃 하나가 눈에 들어왔다. 팻말에 적혀 있는 'Colchicum Macrophyllum'이라는 이름이 생소했다. 꽃대도 없이 땅을 뚫고 올라오는 꽃이다. 신성한 느낌을 주는 꽃이다. 엎드려 자세히 보니 꽃잎 속에서 작은 벌들이 한참 일하고 있었다. 경이로운 순간이었다.

아침 햇살에 벌들을 맞아들인 작은 꽃(Colchicum Macrophyllum)이 눈부시다

　사람의 눈에는 그저 아름답게만 보이는 꽃이지만, 그 순간에도 작은 꽃에는 놀라운 생명의 경이로움이 살아있음을 실감하게 된다. 정원 꽃밭을 천천히 거닐다 보면 모든 꽃이 나 홀로 드러나기보다 서로가 서로에게 배경이 되어 주고 있다. "정원이 아름다운 건 홀로 서지 않기 때문이다. 아무리 빼어난 꽃도 홀로 서서 아름다울 순 없다. 때론 나란히 때론 기대어 서로를 아름답게 빛내준다."는 어느 작가의 말이 있다. 사람의 삶도 마찬가지가 아닌가 싶다. 자신의 삶 속에서 우린 각자 주인이 되어 살지만, 또 어느 때는 누군가의 배경이 되기도 한다. 내가 때론 다른 누군가의 배경으로 더욱 눈부시게 아름다울 수 있지 않은가.

　정원에는 다양한 색들의 작은 꽃들이 무리 지어 피어 있다. 아침 햇살에 드러난 꽃 무리의 환상적인 아름다움이 그만 시가 되고 음악이 된다. 갑자기 한줄기 바람결에 꽃 무리가 흔들리며 율동으로 군무를 추기 시작한다. 꽃향기가 대지에 번지며 꽃밭이 춤추는 황홀한 무대가 된다. 여름날 아침, 꽃들의 화려한 외출이다. 이 순간을 놓칠세라 정신없이 이를 사진에 담는다. 영국 사람들은 정원에서 사진을 찍지 않는다. 그저 머물러 쉬어가기를 즐긴다. 이런 영국인들이 정원에서 무엇에 홀린 듯 정신없이 꽃 사진을 찍어대는 한 노인의 모습을 보았다면 어떤 느낌이었을까? 이기철 시인의 시어처럼 "그 작은 향내를 맡고/ 배추밭까지 날아온 가난한 나비처럼// 보리밭 뒤에 피어난/ 철 이른 패랭꽃처럼// 개나리 꽃잎에도 눈부셔/ 마을 앞길을 쫓아가는/ 병아리처럼" 그만 어린이의 마음이 된 시간이다. 여름날 정원에서 나를 새로 만난 신선한 시간이다.

정원은 어디를 보아도 그 전경이 황홀하다. 정원 담벼락의 줄기나무 꽃들이 정감 있는 정취를 자아낸다. 오랜 세월에 빛바랜 적벽담이 향기로운 꽃들을 보듬어 주니 고졸한 아름다움이다. 세월의 향기가 밴 담벼락과 무리 지어 피어 있는 꽃들의 흔들림과 율동, 그리고 환상적인 꽃밭의 은은한 꽃향기에 아침 정원은 천상의 정원이다. 그만 내 영혼이 춤을 추는 시간이다. 어디선가 귓가에 와닿는 경쾌한 아침 새 소리가 여행자의 마음과 영혼을 맑게 해준다. 그날 정원에서 나에게는 시간의 흐름이 없었다.

무리지어 핀 작은 꽃들의 색조와 율동이 환상적이다

정원을 걷다 보니 꽃밭의 한구석에서 한 정원사가 땅에 바짝 엎드려 꽃 사진 촬영에 몰입하는 모습이 인상적이었다. 양 팔꿈치는 땅에 닿아 있고 굴곡진 엉덩이는 하늘을 향하고 있는데 그런 정원사의 자기 일에 열중하는 모습이 거룩해 보였다. 더 머물지 못하는 것에 대한 아쉬움에 정원을 천천히 나오는데, 갑자기 출출했다. 식당 오랑제리(Orangery Restaurant)를 찾았다. 이 건물은 원래 온실 건물로 1761년에 지어진 건물인데 지금은 대중식당 건물로 사용되고 있다. 좀 이른 시간인지 내가 식당을 찾은 첫 번째 손님이었다. 식당에서 주문한 음식을 받아들고 식당 홀로 들어서니 환한 실내 분위기 덕분에 대형 화랑 건물에 들어선 느낌이었다. 높은 천장에 반원형 창문 밖으로 보이는 화사한 정원 전경이 한 폭의 풍경화 그림으로 다가오는 운치 있는 공간이었다.

그날 주문한 음식은 버터에 갓 구운 닭고기 요리에 감자, 당근,

양파, 호박, 파프리카가 들어간 야채향 요리인데 맛이 일품이었다. 오전 내내 정원 관람을 한 탓인지 음식이 달게 느껴졌다. 식후경(食後景)이 아니라 경후식(景後食) 음식 맛이었다. 세상 아름다움을 눈으로 즐기고 나면 음식 맛이 더 좋아지는 모양이다. 300년의 정원 숲과 화단 식당에서 시간 가는 줄 모르고 느긋하게 즐긴 음식 맛이 성찬의 풍미보다 더 넉넉했다. 바쁘게 살아온 여행자에게 달팽이 걸음으로 즐긴 여름날의 정원은 내 영혼에 내린 하늘의 선물이 아닌가 싶다.

큐가든 안에 위치한 퀸스가든(Queen's Garden)을 찾았다. 조지 3세 왕(King George Ⅲ, 1738~1820년)의 여름 별장이었던 큐 궁전의 후정인 이 정원은 1969년에 복원되었는데, 300년 전의 모습을 그

꽃 정원의 '오랑제리 레스토랑' 전경이 한 폭의 그림이다

대로 재현했다. 정원에 들어서니 허브 식물의 향기가 은은하다. 이런 생각이 머리를 스친다. 옛 정원을 가꾸었던 사람들은 이미 세상을 떠나갔지만, 그날의 정원은 정화와 치유의 공간으로 오늘 다시 살아나 있지 않은가. 사람들의 나무 사랑이 있는 곳에서 정원은 영원한 것이 아닌가 싶다.

퀸스가든 뒤편의 나지막한 언덕에 오르니 얼굴을 스치는 강변 바람이 상쾌하다. 큐가든 담 너머 바로 테임스강이 유유히 흐르고 있다. 저 강물은 오늘도 쉼 없이 흐르며 바다에 이르기까지 도심과 시골을 지나며 많은 들판과 계곡을 만날 것이다. 사람 삶의 여정도 저 강물처럼 흘러가는 만남의 여정이 아닌가 싶었다. 인생 여정의 수많은 만남이 새삼 감사로 다가오며, 이제 사랑할 수 있는 시간이 얼마나 될까 묻고 싶다. 강물처럼 흘러가는 세월, 오늘, 나 얼마나 사랑했는지 묻고, 또 묻고 싶다.

테임스 강변 해거름에 여름 해가 서서히 기울고 있었다. 큐가든을 떠나며 정원 책자 'Kew Guide'를 구입하였다. 정원의 아름다움을 사진으로 수록한 소책자다. 마지막 장에 눈 덮인 큐가든의 겨울 전경 사진이 눈에 들어온다. 순간 나도 모르게 눈 덮인 겨울날 정원을 한번 걷고 싶어졌다. 어느 겨울날, 눈 덮인 정원을 홀로 걸을 수 있다면 그날의 고요는 나에게 무엇일까. 그날이 기다려진다. 아니, 내가 기다려진다.

# 비 오는 날의 성지순례

아침부터 비가 내린다. 오늘은 아프리카에서 선교 활동을 하다가 잠시 귀국하신 박 세실리아 수녀님과 함께 은이성지(隱里聖址)를 방문하기로 한 날이다. 수녀님을 모시고 아내와 함께 은이성지로 출발하는데 비가 그칠 기미를 보이지 않는다. 비 오는 날 성지 방문이지만 마음은 왠지 환하다. 은이성지 순례는 처음이다.

은이성지는 한국 최초의 사제요, 순교자인 성 김대건(金大建, 1821~1846년) 안드레아 신부가 1836년 모방(Maubant) 신부에게 세례성사와 첫영성체를 받고 신학생으로 선발된 곳으로, 한국 천주교회에서 첫 번째로 사제 성소(聖召)의 열매가 맺어진 자리이다. 1845년 조선인 최초로 사제 서품을 받고 귀국한 김대건 신부의 첫 사목활동은 은이공소를 중심으로 이루어졌으며, 이곳에서 순교 전 마지막 미사를 봉헌하였다. 즉, 은이성지는 김대건 신부의 성장(산 너머 골배마실), 세례성사, 신학생 선발, 사제서품 등의 사목 활동을 한 직접적인 장소로서 한국 교회사적으로 매우 중요한 성지다. '은이'는 '숨겨진 동네', '숨어있는 마을'을 의미하는데, 이곳은 박해를 피해 숨어 살던 천주교 신자들의 은신처로서 일찍이 교우촌이 형성되었다.

은이성지 성당. 성 김대건 신부가 1845년 사제서품을 받았던 상해 김가항(金家巷) 성당을
그대로 복원한 건물로, 성당 전면에 천주당(天主堂)이란 글씨가 보인다

설렘

지금 은이성지에는 김대건 신부가 1845년 사제서품을 받았던 상해 김가항(金家巷) 성당이 복원되어 있고 기념관도 건립되어 있다. 김대건 신부가 사제서품을 받았던 상해 김가항 성당은 명말 숭정년간(1628~1644년)에 김씨 성을 가진 교우들에 의해 황포강 건너 김가항 마을에 처음으로 세워졌던 성당이다. 김가항 성당은 1990년 그곳을 방문한 오기선 신부님에 의해 국내에 다시 알려졌는데, 2001년 3월 상해 정부의 도시개발 정책에 따라 성당이 철거되자 수원교구는 그 철거 부자재를 가져와 2016년 9월에 은이성지에 김가항 성당을 복원 건립하였다.

　그날 아침 빗길을 달려 영동고속도에서 양평 방향으로 길을 가다 보니 은이성지 푯말이 보인다. 진입로에 들어서니 좁은 시골길이 이어진다. 용인시 처인구 양지면 남곡리다. 성지 입구에 도착하니 큰 나무 사이로 흰색의 작고 아담한 성당이 보인다. 짙은 녹색 숲을 배경으로 서있는 작은 순백의 성당은 한 폭의 그림 같다.

　1933년 성모님이 여덟 차례나 발현했던 벨기에 바뇌성지의 작은 성 미카엘 성당과 닮아 보인다. 작은 성당이 있는 성지가 친근하게 다가오는데, 마치 본향에 돌아온 느낌이다. 성당 입구 정면에 쓰여진 천주당(天主堂)이라는 글씨가 인상적이다. 아치형 입구 성당에 들어서니 은은한 나무 내음이 순하고 편하게 느껴진다. 성당 천장을 받치고 있는 오래된 나무 기둥과 대들보가 인상적이다. 성당 건물을 지지하는 나무 기둥 4개와 대들보 2개, 동자주(童子柱) 1개는 당시 김가항 성당의 자재를 그대로 옮겨다가 쓴 것이라고 한다. 오랜 세월의 흔적을 드러낸 기둥을 만져 보니 손에 와 닿는 느낌이 순하고 부드럽다. 성인이 서품받던 날에도 이 기둥들에 어쩌면 성인의 숨결이 닿았는지도 모를 일이다.

미사가 끝나자 수녀님과 아내는 성당 기둥에 다가가 두 손을 얹고 제단을 보며 잠시 기도한다. 성당을 나오며 우연히 마주친 신부님께서 우리를 반가이 맞아 주시며 김대건 기념관으로 안내해 주셨다. 전시자료를 하나하나 설명하시며 은이성지와 김대건 신부님의 삶에 대하여 열성적으로 말씀해 주신다. 그동안 김대건 신부님의 삶과 순교에 대해 배웠지만, 그날처럼 순교 성인의 삶이 가슴에 와닿은 적은 없었던 것 같다. 순교자의 믿음과 피가 우리 신앙의 뿌리가 되어 한국 가톨릭의 오늘을 받쳐주고 키워왔음을 깊이 묵상하게 된다.

은이성지 마당에는 김대건 성인의 세례 터가 조형물로 표시되어 있다. 세례 터에는 우람한 나무 한 그루가 서 있다. 오랜 세월 풍상을 견디어 건장하게 자란 나무다. 한국 가톨릭의 성장 나무처럼 보인다. 은이성지를 떠나려는데, 텅 빈 성지 마당에 가는 비가 계속 내리고 있다. 조용한 빗소리에 어디선가 성가 〈성 안드레아 김대건 신부님 노래〉가 들려오는 듯하다.

> 서라벌 옛 터전에 연꽃이 이울어라/ 선비네 흰 옷자락 어둠에 짙어갈 제/ 진리의 찬란한 빛 그 몸에 담뿍 안고/ 한 떨기 무궁화로 피어난 님이시여

성지순례를 마치고 돌아오는 길, 동네 식당에서 간단한 식사를 마치고 인근 카페 갤러리에 들렀다. 비 오는 날, 시골 카페에서 함께하는 차 한 잔이 좋다. 마침 갤러리에는 김성로 선생의 그림들이 전시되어 있어 분위기가 환하다. 박 수녀님은 그림 작품 하나하나를 유심히 보신다. 작품들 앞에서 조용히 그림을 응시하는 모습이 마치 기도하는 모습처럼 보인다. 김성로 화가는 현직 중학교 교장 선생님으로, 시인으로도 등단하신 분이란다. 그림 작품과 함께 전시된 선생님의 시어들이 신선하다. "행복은 내 안의 나, 바로 내 원래의 모습을 찾는 데 있습니다." "우리 모두는 개체로 존재하지만 하나의 영혼입니다." "우리 모두는 똑같답니다. 모두 사랑을 받고 싶어 합니다." 글귀 하나하나가 삶의 의미를 담고 있다. 김 화백의 〈소중한 당신〉의 시어는 우리가 무한히 사랑받고 있는 존재임을 일러준다. "그대는 모든 것의 중심이며/ 행복의 빛과 불행의 그림자 모두/ 그대가 만든 허상일 뿐이다/ 소중하고 고귀한 당신/ 이토록 풍요롭고 아름다운 세상은/ 그대가 태어나는 그 순간부터/ 모두 그대의 것이다."

성지방문 귀갓길에서 우연히 만난 한 화가의 시어들이 삶의 의미를 새롭게 일깨워 준다. 카페에서 나오는데 비가 계속 내리고 있다. 온종일 내리는 비다. 여주인이 얼른 우산을 가져와 우리를 차까지 바래다준다. 세상이 사랑으로 다가온다. 집에 돌아오는 길, 가는 빗줄기가 대지를 적시고 있다. 은총이 하늘에서 이슬비처럼 내리는 저녁 시간이다. 내 마음 깊은 곳에 성가 소리 들려온다. '내 마음은 주님이 가꾸시는 작은 정원, 봄비처럼 은총을 내게 내려 주옵소서.'

# "세상이 새로 보이네요."

　며칠 전 밤늦게 원고 글들을 정리하다 그만 실수로 저장할 원고 하나를 지워버리고 말았다. 이리저리 시도해 보았으나 재생할 방법을 찾지 못했다. 한밤중 아들에게도 전화를 걸어 방법을 물었으나 별다른 방안이 없다는 것이다. 서투른 글이었지만 다시 볼 수 없어 아쉬웠다. 2년 전 수지도서관 글쓰기 공부방에서 썼던 글이다. 당시 지도 선생님은 소설 장르를 설명하면서 스마트 소설을 써 보라고 했다. 스마트 소설은 한마디로 초단편 소설로, 손바닥만 한 장편(掌篇)소설을 말한다. 그때 처음 써본 소설 글이 「낙향 길」이었는데 그만 실수로 지워져 버린 것이다. 그날 잠자리에 들었으나 아쉬움에 잠이 오지 않았다. 문득 수지도서관 '글쓰기 방' 홈페이지에 혹시나 글이 남아있지는 않을까 하는 생각에 다시 일어나 컴퓨터를 열고 도서관의 글쓰기 공부방에 접속해 보았다. 아니나 다를까, 2015년에 쓴 「낙향 길」이 댓글들과 함께 그대로 남아 있었다. 다행이었다. 지도 선생님의 댓글도 보였다. "이 선생님의 마음과 소망이 짧은 글로 잘 형상화되었습니다. 꿈과 현실을 잘 엮어 짧지만 엑기스만 농축된 글 같습니다. 특히 끝 문장이 힘을 실어 주네요." 서투른 소설 글을 쓴 늦깎이 초보자에 대한 선생님의 과분한 격려의 메시지였다. 여기 픽션 「낙향 길」을 열어 본다.

고심 끝에 서울 생활을 접고 낙향을 결심했다. 아내의 반대는 물론 자식들의 만류도 있었지만, 누구도 막을 수 없었다. 하지만 막상 내일이면 낙향을 하게 되니 두렵기도 하고 친구들의 충고를 뿌리치고 왜 이런 결정을 했나 후회스럽기도 하다. 잠자리에 드니 이런저런 생각에 잠이 오지 않아 밤새 뒤척이게 된다. 지나온 삶에 큰 후회는 없다. 고향에서 고교 졸업 때는 우수학생으로 뽑혀 대표상을 받았고 남들이 선망하는 일류대학 졸업 후에는 신의 직장이라는 공기업에서 평생을 헌신과 보람으로 일하는 기쁨도 있었다. 좋은 친구, 훌륭한 선배들도 만났다. 서울의 일터는 내 삶을 꽃 피운 곳이고 여생을 함께하고 싶은 친구들이 기다리는 곳이다. 그런데 왜 나는 '이런 삶의 터전을 떠나 낙향을 해야만 하나?' 갑자기 회의와 두려움이 엄습한다. 하지만 내일은 지난날을 모두 내려놓고 떠나는 날이다. 내 안의 나를 찾아 본향으로 돌아가는 날이다. 이런저런 생각에 밤이 깊어간다. 밤하늘 별빛 하나 외로운 깊은 밤이다.

한 사람이 사막을 걷고 있다. 아니, 내가 사막을 걷고 있다. 끝없는 사막을 아무리 걸어도 눈에 보이는 것이 없다. 열기의 사막을 홀로 터벅터벅 걸을 뿐이다. 얼마를 걸었을까, 홀연 눈앞에 작은 점 하나가 나타난다. 형체를 알아볼 수 없는 작은 점이다. 점을 향해 앞으로 나아가지만, 점은 쉽게 다가오지 않는다. 한참을 더 걸어가니 이제는 사막의 열기 속에 아른거리는 점이 어떤 물체의 형상으로 보인다. 호기심에 서둘러 다가가니 그 형상이 어떤 빛을 발하는 사람의 모습으로 보인다.

어떤 사람이 나를 기다리며 서 있는 듯하다. 가까이 다가가 보니 이 어찌 된 일인가? 거기 서 있는 사람은 다른 사람이 아닌 바로 내가 아닌가. 노년의 모습이 아닌 또 다른 모습의 내가 거기 서 있는 것이다. 눈이 부신 모습이다. 어린아이와 같은 순수한 표정에 환한 얼굴 모습이다. 티 없는 맑은 내 모습이다. 미소로 나를 반기며 어서 오라고 손짓하는 듯하다. 얼마나 반가운 손짓인가. 어머니 품에 안기고 싶은 어린아이처럼 마구 달려가 두 손을 내밀었다. 하지만 웬일인지 손이 닿지 않는다. 다시 힘을 내어 더 나아가도 가까워지지 않는다. 두 손을 잡고 싶은 마음에 온 힘으로 다가가려 해도 마음대로 되지 않는다. 답답한 가슴에 심장박동이 빨라진다.

꿈에서 깨어 눈을 뜨니 새벽의 여명이다. 동이 트고 있다. 밤잠을 설쳤지만, 이상하게 머리는 개운하다. 지난밤 꿈에서는 '본향의 나'를 찾아가는 나의 모습을 본 것 같다. 서둘러 떠날 준비를 시작한다. 마지막 짐을 챙기고 아내와 함께 식탁에 앉으니 이 집이 지난 반백 년 동안 가족들과 함께했던 정든 집이었다. 삶의 에너지를 충전하고 가족의 꿈을 키운 곳이었다. 두 아들이 결혼하고 손주들이 태어나 성장해 온 고마운 집터다. 여름날이면 손주들이 마당에서 물놀이를 하고, 눈 내린 겨울이면 눈사람을 만들어 즐겼던 곳이다. 이제는 모든 것이 지나간 일들이다. 이른 봄이면 화사하게 피었던 마당의 수선화도 이제 더는 볼 수 없게 되었다. 마지막 정든 집을 뒤로하고 발걸음을 나서니 착잡한 마음에 나도 모르게 자꾸만 뒤돌아보게 된다.

이른 아침 아내와 낙향 길을 나선다. 본향으로의 여정이다. 차 안에서 서로 말이 없다. 침묵이 우리들에게 편안하다. 한참을 달리다 무심결에 라디오를 켜니 재즈 가락이 흘러나온다. 마음이 산란해진다. 얼른 라디오를 끈다. 차 안에 침묵이 다시 흐른다. 가족과 함께 한 지난날들이 그리움과 감사로 다가오며 주마등처럼 스쳐 지나간다. 차창 밖 가을 하늘이 눈이 부시게 푸르다.

김제 만경 평야 고향길에 접어들었다. 끝없는 대지가 가을의 황금 물결이다. 마음이 탁 트이며 옆자리의 아내 얼굴도 이제야 환해 보인다. 아내 손을 가만히 잡아 본다. 온기가 느껴진다. 평생을 함께했고 또 여생을 함께할 사람이 새삼 소중하게 느껴진다. 농로 주막집 앞에 차를 세우고 잠시 마루에 걸터앉는다. 얼굴을 스치는 바람결에 벼 익는 냄새가 그리운 고향 냄새로 다가온다. 바로 이때다. 저 멀리 끝없이 펼쳐지는 만경 평야 끝자락에 한 사람이 작은 점으로 다가오는 것이 아닌가? 어젯밤 꿈속 사막에서 내게 다가왔던 그 점, 바로 내가 찾아가는 본향의 내가 아닌가 싶다. 이때 내 안에서 들려오는 고요한 외침이 있다.

"당신은 나의 영원한 그리움, 본향의 나입니다. 당신은 길가의 풀꽃 같은 겸손, 봄날의 새순 같은 새로움입니다." 홀연 내 안에 한줄기 싱그러운 기운이 감돌며 두려움도, 아쉬움도 사라져 버린다. 고요한 환희의 에너지가 내 안에 천천히 번진다.

한 낯선 농부가 밀대 모자에 삽을 들고 가까이 다가온다. 순박한 얼굴에 따뜻하고 맑은 눈빛이다. 흙을 사는 사람의 눈빛이 아닌가? 흙을 찾아, '나'를 찾아온 낙향 길이 이제 편안하다. 차가 다시 만경 평야를 가르며 서서히 움직인다. 무심결에 라디오를 켜 본다. 베토벤의 교향곡 〈환희의 송가〉가 흘러나온다. 가을 만경 평야가 환희의 합창에 춤추듯 물결친다.

아내가 불쑥 한마디 한다.

"세상이 새로 보이네요!"

# "삶이 너에게
# 해답을 가져다줄 것이다."

『설렘』이 출간되고 나서 빛고을 사람들과 귀한 만남의 자리가 있었습니다. '드맹 시 강좌 모임'의 '작가와의 만남'이라는 자리에서였습니다. 시를 가까이하는 사람들과 함께 하는 자리여서 한 가족처럼 반갑기도 하고 설레기도 했습니다. 그날 강연은 노년을 위하여 윤석구 시인의 〈늙어가는 길〉 시 낭송으로 시작했습니다.

"노을처럼 아름답기를 소망하면서 황혼 길을 천천히 걸어갑니다. 꽃보다 곱다는 단풍처럼 해돋이 못지않은 저녁노을처럼 아름답게 아름답게 걸어가고 싶습니다."

그날 강연에서는 아름다운 노년은 먼저 자신을 들여다볼 줄 아는 삶에서 시작한다고 말하고 싶었습니다. 나를 볼 수 있는 사람은 자신을 사랑하는 사람입니다. 나를 보고 나약한 자신을 있는 그대로 받아들이고 보듬어 주는 일은 스스로 나 자신을 일으켜 세우는 일입니다. 자존감을 갖고 자신의 삶을 사는 것이 행복한 삶의 바탕이 아닌가 싶습니다.

　강연을 마치며 "자신을 보는 만큼 견딜 수 있고, 자신을 아는 만큼 기다릴 수 있고, 자신을 사랑하는 만큼 세상을 사랑할 수 있다."라는 말을 남기고 싶었습니다. 이 말은 지금도 나 자신의 삶이 흔들릴 때면 스스로에게 하는 말이기도 합니다.


　우면산 마을의 문명섭 선생님이 아침에 전화를 하셨습니다. 선생님은 노년을 공기업에서 은퇴하신 다음 늦은 나이에 신학 공부를 하신 분입니다. 우리 문학에도 조예가 깊으시고 평소 시를 가까이하시는 분으로 언젠가 곽재구 시인의 〈사평역에서〉를 암송하시는 모습이 인상적이었습니다. 선생님은 전화로 이런 말씀을 하십니다. "어젯밤 『설렘』 책 잘 읽었습니다. 책 마지막 장 '세상이 새로 보이네요'라는 글에서는 언어가 세상을 새롭게 탄생시키는 것 같습니다." 그러면서 "언어는 존재의 집이다."라는 독일 철학자 하이데거의 말을 언급했습니다. 언어의 힘을 다시 생각하게 하는 현자의 말입니다. 오늘 내가 선한 말 한마디를 하면 선한 사람이 되고 어둠에서도 희망을 말하면 내가 희망이 된다는 말입니다. "좋은 말 한마디, 빛나는 문장 하나를 품고 있어도 하루 종일 외롭지 않다."라는 안도현 시인의 시어가 새삼 새롭게 와 닿습니다.


　『설렘』이 출간되고 독자분들이 보내온 글들이 있습니다. 여기 금융계 한 선배님의 다섯 쪽짜리 친필 서신(발문)입니다.


　　"수필집 『설렘』 정말 고맙고 감사하는 마음으로 받았습니다. 책을 수필집으로 묶었습니다만 소생이 보기에는 깊은 사색과 가슴에서 울려오는 영혼의 소리를 그대로 글로 쓴 명상록으로 읽었습니다.

책을 읽다가 소생에게는 '홀로 걸으라. 그대 행복한 자여!', 이 작은 제목이 심장을 두드리는 큰 울림으로 제 마음에 와 닿았습니다. 인간은 어쩔 수 없이 고독한 존재요, 홀로 설 수밖에 없는 존재입니다. 그래서 감히 제 생각을 다시 써 본다면 '홀로 서라. 그리고 홀로 걸으라. 그대 고독한 이여!' 입니다.

소생 늘 홀로 서서, 홀로 걸으며, 끊임없이 '나' 스스로에게 '질문'을 하고 해답을 얻기 위해 '생각'을 하면서 살아가고 있습니다. 그래서 인간은 어쩔 수 없이 고독한 존재이지만 고독하다는 생각은 크게 해 보지 않고 '자유인'으로 나 자신의 길을 걷고 있습니다."

자유인으로 살아가는 선배님의 글은 신선한 울림입니다. 홀로 걷는 길은 외로운 길 같지만 살아있는 길이 아닌가 싶습니다. 박노해 시인의 시어가 생각납니다. "여행을 떠날 때 혼자 떠나라. 그러나 돌아올 땐 손 잡고 오라. 낯선 길에서 기다려온 또 다른 나와 함께". 그렇습니다. 홀로 걷는 길은 나를 만나는 참 행복의 길입니다. 선배님은 스스로 행복한 길을 찾아 걷는 복된 분이셨습니다.

남도 강진 박 화백이 『설렘』을 읽고 보내주신 친필 서신이 있습니다. 짧은 글이지만 정감(情感)과 시성(詩性)이 넘치는 글입니다.

"70대 중반, 어느결에 별 내용 없는 생(生)의 장(章)이 켜켜
이 쌓여 버렸습니다. 돌아보니 결코 수월치 않은 나그네 길
이었습니다. 그러나 그 노정(路程)에 행운이 찾아왔습니다.
2019년 1월 어느 날 산문집 『설렘』을 만났습니다. 책 속엔
시종일관 청풍(淸風) 불고 옥수(玉水) 흘러 땟국물 줄줄이
묻어있는 저의 영혼을 씻어주는 듯 숨통을 틔워줍니다. 책
을 읽는 동안 선경 같은 신선한 글을 만나니 저절로 정화되
는 느낌입니다."

박 화백은 '꽃과 여인을 사랑한 근대 색채 화가' 임직순 선생님 (1921~1996)의 수제자였습니다. 화백은 지금도 드로잉 작품과 환상적인 색채로 유화 작품 제작에 몰두하고 있습니다. 한때는 테라코타 작품 제작에 몰입하여 전시회를 갖기도 했습니다. 오래전 강진 화백의 화실을 방문했을 때의 일입니다. 후박한 성품의 박 화백은 무엇이든 주기를 좋아해 그날도 당신이 아끼는 귀한 작품 하나를 선물로 주셨습니다. 바로 테라코타 여인상 작품입니다. 정감 넘친 여인의 얼굴상에 머리에는 작은 꽃바구니를 이고 있는 모습입니다. 여인상은 아침마다 용인 집 거실에서 은은한 꽃향기로 집 안에 화기(和氣)를 돌게 합니다. 박 화백은 해마다 제철이 되면 밭에서 수확한 감자와 고구마에 남도 전복까지 푸짐하게 보내 주시니 그저 감사할 뿐입니다. 평소 책을 가까이하는 화백은 김주영 작가

등이 집필한 『문학이라 쓰고 인생이라 읽다』라는 산문집을 보내 주시더니 올해는 당신 원색의 그림에 윌리엄 블레이크의 시어를 담은 예쁜 책갈피를 만들어 보내 주셨습니다. "한 알의 모래에서 우주를 보며 한 송이 들꽃에서 천국을 보라 그대 손바닥 안에 무한을 쥐고 한순간 속에서 영원을 보라" 작은 책갈피에 우주를 담은 시어입니다. 가족 같은 정을 나누는 화백과 가끔 전화 통화를 하고 나면 항상 풍성해진 느낌입니다. 박 화백은 화가로써 지금도 마르지 않는 샘물 같은 삶을 살고 계십니다. 노년에도 자신을 찾아가는 참 기쁨의 삶을 누리시니 화백의 삶이 부럽고 존경스럽습니다.

여기 고향 친구가 보내온 편지글입니다.

"책 『설렘』을 읽으면서 '반짝이는 무쇠솥과 부뚜막, 곁에 있는 기영통 위 살강에 잘 씻겨져 정연하게 엎드려 놓은 그릇들 그리고 크고 작은 반찬 그릇들이 반듯하게 정돈된 자그마한 찬장-어머니의 정성과 근면과 사랑이 묻어있는 옛날 부엌에서 느꼈던 정갈함과 편안함이 떠오릅니다. 필자가 준 편안함과 정갈함 때문이겠지요.

책장을 열자마자 '나를 기다리는 삶이 오늘도 나를 지탱해 주고 확장해 줍니다'라는 글귀가 한참이나 나를 붙잡습니다.

'어느 날 시가 내게로 왔다'는 글은 나를 다시 되돌아보게

합니다. 2년 전쯤에 목포대 교수를 정년퇴직한 후배가 자작
시 몇 편을 보내왔습니다. 그중 한편의 서두를 소개합니다

〈아내 그리고 시〉

선보던 날
회갑 기념 시집 한 권 내고 죽으면
성공적인 삶이라는 말에 반하여
선뜻 결혼 결심하였다는 아내
그때만 해도 시는 나의 자랑이었습니다.

내일모레면 고희 마루턱에 들어서는데
아직까지 시 한 편 쓰는 거 못 보았다고
나보고 사기꾼이라고 다그치는 아내
그때에 시가 꿈이 되어 나에게 다시 돌아왔습니다. (후략)

사실 저도 생전에 시 한 편은 남기리라 생각하면서도 아직
시 한 편 완성하지 못한 처지라 책 『설렘』에서 '시가 내게로
왔다'는 글을 만나니 이제라도 다시 내 안의 시를 만나고 싶
습니다."

　고향 친구의 편지를 읽다 보니 "사람은 누구나 다 시인이다. 사
람의 가슴 속에는 누구나 다 시가 들어있다."는 정호승 시인의 시
어가 떠오릅니다. 인생은 어쩌면 내 가슴 속 시를 찾아가는 여정

이 아닌가 싶습니다. 봄이 오면 가슴 속 시를 만난 친구의 글이 다시 기다려집니다.

도곡동 사부인께서는 『설렘』을 읽고 축하의 친필 서신을 보내주셨습니다. 가족 사랑과 정원 꿈이 담긴 서신입니다.

"며칠 전 종은이로부터 사돈 어르신이 출판하신 『설렘』을 받아보았습니다. 여백이 있는 표지디자인이며 아름다운 사진들, 세련된 공간 활용…. 깨끗한 느낌에 쉽게 다가오는 친근한 책이어서 금세 읽었습니다. 책에서 저는 사부인의 이야기가 쓰인 글 '기쁨과 사랑이 열리는 창, 아내의 정원 일'이 좋았습니다. 특히 깽깽이 풀꽃은 이름도 예쁘고 귀여워서 그 페이지를 자꾸 펴 보곤 했습니다. 그리고 서초동 사돈집이 이사 가기 전에 그 꽃들을 한번 보았으면 참 좋았겠다는 생각까지 하였습니다.

저도 오랫동안 그런 집을 꿈꾸며 살았습니다. 그러나 아이들 키우고 정신없다가 종은이 시집보내고 나서는 단독주택은 아니어도 조그만 타운하우스로 이사 가리라 마음먹었는데 이젠 건강 문제로 이사할 엄두도 나지 않습니다. 책을 읽다 보면 네 명의 어린 손자의 모습이 보이는 것도, 사부인의 행복했던 시간을 글로 남긴 것도 좋았습니다. 시간은 지나가면 그냥 흐르는 것이지만 이렇게 엮으면 한 사람의, 아니, 한 가족의 역사가 묶이는 것이 될 것입니다. 손자들도 더 커서 할아버지, 할머니가 이렇게 사셨구나, 우리 아빠가 이렇게 사셨구나, 그리고 우리 엄마가 내 생일날 이런 바람을 가졌었고 그렇게 키우셨구나, 모두가 소중한 추억이 될 것입니다. 참 잘하셨습니다. 책이 참 좋습니다."

정원 일을 꿈꾸셨던 사부인의 글이 마음에 여운으로 남습니다. 가족에 대한 따뜻한 사랑을 담아주신 글입니다. 글을 읽고 부모의 작은 삶도 글로 남길 수 있다면 자식들에게 소중한 자산이 될 수 있구나 하는 생각을 잠시 했습니다. 사람은 누구나 굴곡진 삶에 아쉬움과 아픔이 있어도 가족과 함께했던 소중한 기억들이 자기 안에 살아 있다면 노년의 삶은 눈부시게 풍성한 것이 아닌가 싶습니다. 사부인은 평소 단아한 성품에 지금도 계절 따라 자연을 사진에 담기를 좋아하시니 세상 사랑을 사시는 분이십니다. 건강 회복하셔서 오래오래 세상의 아름다움을 즐기셨으면 합니다.

문길섭 선생님은 '아트플러스'의 고정 칼럼에 당신의 '설렘' 독후감을 실어 주셨습니다. 세상 사랑을 사시는 분의 시적 정서가 넘치는 글입니다.(발문)

"책을 좋아하는 고은 시인이 이런 말을 한 적이 있습니다. "난 밥이 맛있고, 술이 맛있고, 책이 맛있어요." 나도 최근에 '설렘'을 맛있게 읽었습니다. 정원을 사랑하는 저자는 영국의 어느 유명한 정원을 거닐며 그 정원이 자신에게 이렇게 조용히 일러준다고 상상합니다. "당신의 마음정원을 가꾸고 사랑하십시오. 당신의 존재가 놀랍게도 세상에 위로와 치유의 정원이 될 수 있습니다." 이 구절을 읽으며 시와 관련한 생각을 해 봤습니다. "그래, 내 마음의 정원에 많은 암송시비(詩碑)를 세워서 틈나는대로 시비가 있는 오솔길을 한가롭게 산책해 보리라. 때로는 시를 좋아하는 지인들과 시비를 감상하면서 함께 걸어도 좋겠지." 또 책에서는 마음에 담고 싶은 보석 같은 잠언들도 만납니다. 그중 하나입니다. "노년의 삶이 나날이 쇠잔해가도 이 순간 소소한 일에서 스스로 좋아하는 일을 찾아 즐기며 나날을 보낼 수 있다는 것, 그것이야말로 진정 축복이라고 말하고 싶다." 이 책은 마음이 지칠 때 돌아가고 싶은 "고향 같은 책"이 아닐까 생각해 봅니다."

대구 문복자 님은 정성스러운 붓글씨로 축하의 서신을 보내왔습니다. 글 마지막에는 "나에게 힘을 주시는 분 안에서 나는 모든 것을 할 수 있습니다."라는 성경 구절을 담았습니다. 믿음과 겸손의 삶을 일깨워준 귀한 서신입니다. 문득 진도 박기순 할머니의 삶을 생각했습니다. 낮아지고 작아진 삶에서도 감사하는 일이 참 겸손의 삶이 아닌가 싶습니다.

마지막으로 파리에서 빛의 화가 김인중 신부님이 『설렘』책을 받아보시고 뜻밖의 서신을 보내왔습니다. 50년 전 스위스에서 만난 지인에게 책 『설렘』을 전하고 싶다는 신부님의 서신은 필자에게 기쁨이고 격려였습니다. 신부님은 평생 신앙 안에서 예술 활동을 하시며 "좋은 기도와 좋은 예술 작품이 이루어지기 위해서는 절대적인 고독이 필요하다."고 말합니다. 또 작품 제작에는 완전한 자유로움이 살아있어야 한다고 합니다. 그러면서 "거침없는 붓놀림만

이 나를 자유롭게 해줍니다."라고 말합니다. 온전히 자유로운 내가 되어 '참나'를 찾으라는 가르침이 아닌가 싶습니다.

영성가 에크하르트 톨레(Eckhart Tolle)는 이렇게 말합니다. "삶이 너에게 해답을 줄 것이다. 생각으로는 문제를 풀 수 없다. 오히려 문제를 더욱 복잡하게 만들 뿐, 해답은 언제나 스스로 우리를 찾아온다. 복잡한 생각에서 한 걸음 벗어나 고요함 속에 진정으로 존재하는 바로 그 순간에 온다." 참나로 돌아가라는 말입니다. 그는 또 이렇게 말합니다. "자신을 남과 비교하거나 더 많은 것을 이루려 애쓰지 마라. 모든 이를 있는 그대로의 모습으로 받아들여라. 그들을 변화시킬 필요가 없다. 당신이 행복해지기 위해 그들을 이용할 필요가 없다." 행복의 주체는 바로 나 자신임을 일깨워주는 말입니다. 이런 시어를 만나면 '나'를 찾고 또 나를 살고 싶습니다. 자유로워지고 싶습니다. 오늘도 잠시 생각을 내려놓고 쉬어 갑니다. 쉼은 나를 만나는 조용한 머무름 바로 침묵입니다. 침묵으로 '나'를 만나면 내가 정화되고 세상이 사랑으로 다가옵니다. '만물만상 어느 것 하나 소중하지 않은 것 없고, 아름답지 않은 것 없습니다.' 들꽃 하나 볼 수 있는 기쁨만으로도 삶은 경이로움이며 감사입니다. 침묵으로 여는 아침은 고요한 설렘입니다. 오늘도 내가 기다려집니다.

쉼은 나를 만나는 머무름입니다